白銀《しろがね》の巫女

乾石智子

JN090244

悪意に満ちたイスリルの魔道師に呼び覚まされた過去の化物と、もとコンスル帝国軍人率いる侵略軍の両方に追いつめられた紐結びの魔道師リクエンシスたち一行は、トゥーラの暮らすオルン村に難を逃れる。村で冬を越すことになったエンス、星読みのトゥーラ、もと拝月教の巫女エミラーダ、知恵者のリコに、ウィダチスの魔道師エイリャも加わり、トゥーラがさがし求める、1500年前にかけられたオルン魔国の魔女の呪いを解く方法を調べる。だがそこで浮かんだのは、オルン魔国最後の女王の血塗られた真の姿だった。〈紐結びの魔道師〉三部作第二弾。

登場人物

エンス（リクエンシス）……紐結《テイクオク》びの魔道師
リコ（グラーコ）……エンスの祐筆《ゆうひつ》
マーセンサス……元剣闘士
トゥーラ……オルン村の〈星読み〉。魔女
ユーストゥス（ユース）……ロックラント出身の少年
エミラーダ（ラーダ）……元カダーの拝月教《はいげつきょう》の軌師《きし》
シャラナ……カダーの拝月教の軌師。元エミラーダの弟子
パネー……同、大軌師
ダンダン……〈思索の蜥蜴《とかげ》〉
エイリャ……ウィダチスの魔道師
サンジペルス……エイリャの弟子（？）
ライディネス……元コンスル帝国軍人
アムド……ライディネスの腹心
ケイス（ヨブケイシス）……エンスの大々伯父。故人

キアラナ……………………お針子。故人
ヒューリー…………………キアラナの夫。船大工。故人
ネデル………………………キアラナとヒューリーの息子。故人

オルン魔国（約千五百年前）
トゥルリアラル……………オルン魔国の女王
ネスティ……………………〈星読み〉
ヴァイダー…………………ネスティの弟
ツェロン……………………トゥルリアラルの恋人
サンドゥリアル……………トゥルリアラルとツェロンの娘

紐結びの魔道師Ⅱ

白《しろ》銀《がね》の巫女

乾石智子

創元推理文庫

STAR-STUDDED TOWER

by

Tomoko Inuishi

2018

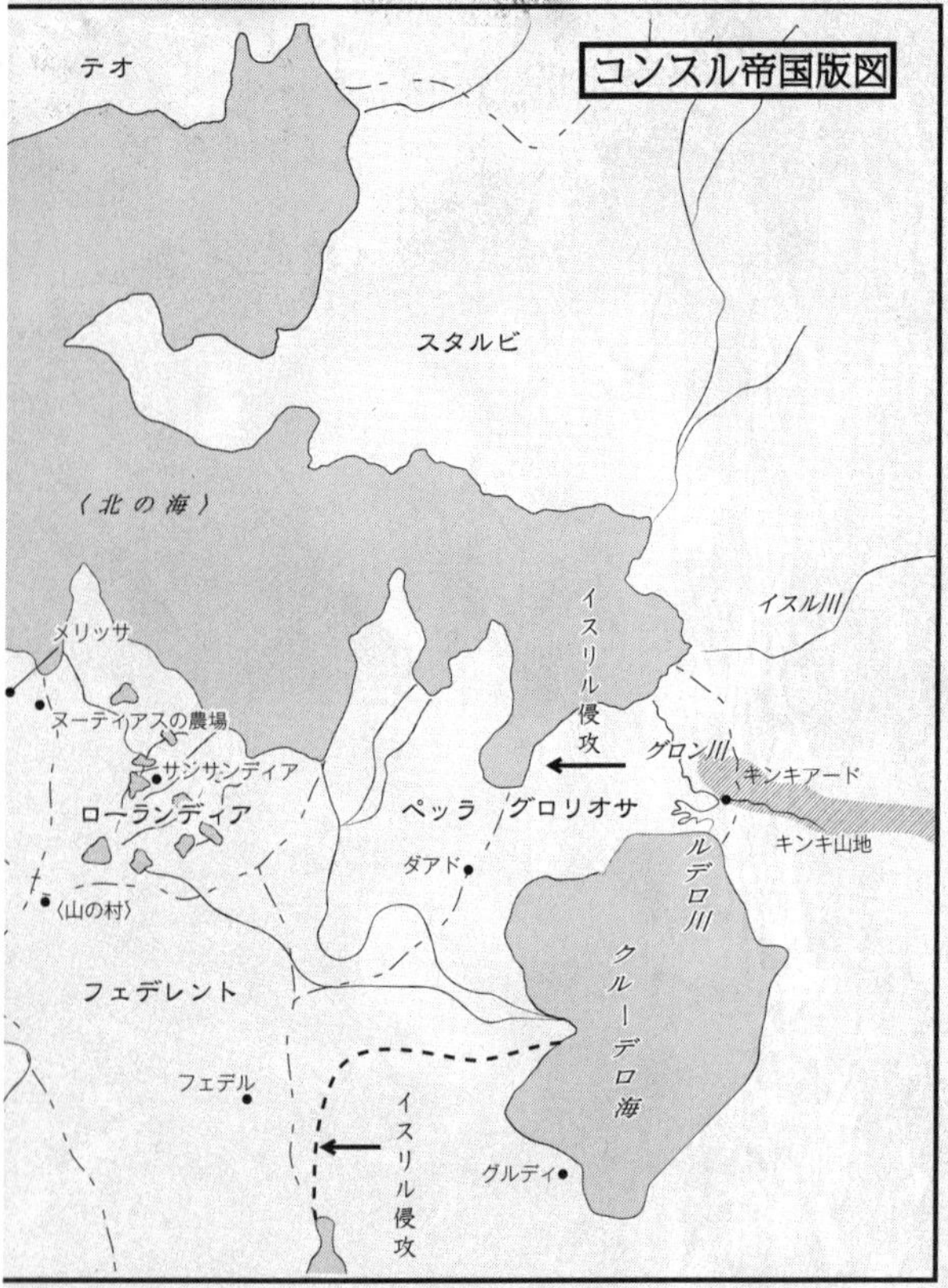
コンスル帝国版図
テオ
スタルビ
〈北の海〉
イスル川
イスリル侵攻
メリッサ
ヌーティアスの農場
グロン川
キンキアード
サンサンディア
ローランディア
ペッラ
グロリオサ
キンキ山地
ダアド
ルデロ川
〈山の村〉
クルーデロ海
フェデレント
フェデル
イスリル侵攻
グルディ

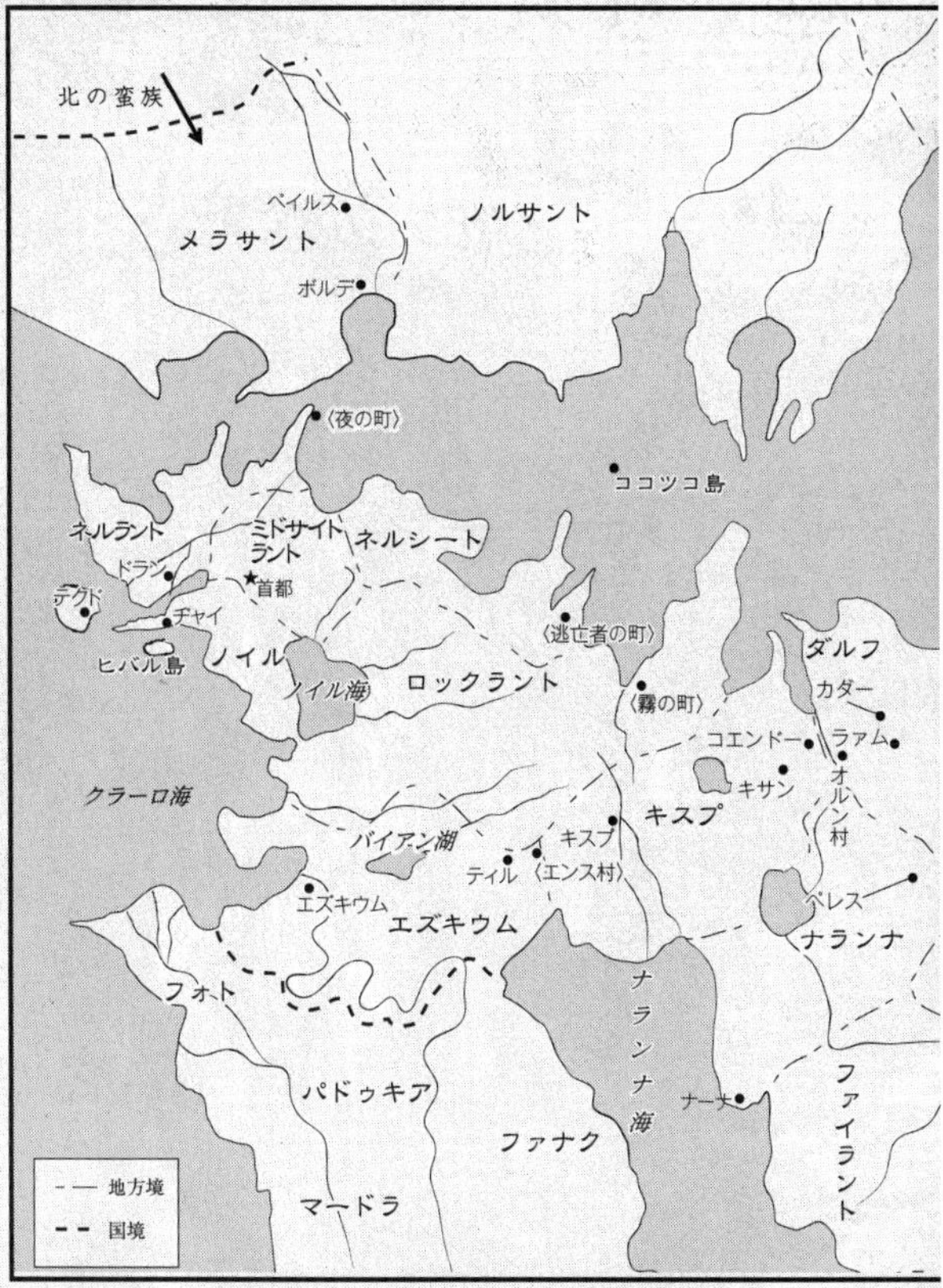

北の蛮族
ペイルス
ノルサント
メラサント
ボルデ
〈夜の町〉
ココツコ島
ネルラント
ミドサイトラント
ネルシート
ドラン
デグド
首都
チャイ
ヒバル島
ノイル
ノイル海
ロックラント
〈逃亡者の町〉
ダルフ
〈霧の町〉
カダー
コエンドー
ラアム
キサン
オルン村
クラーロ海
キスプ
バイアン湖
キスプ
ティル
〈エンス村〉
ペレス
エズキウム
エズキウム
ナランナ
ナランナ海
フォト
パドゥキア
ナーナ
ファイラント
ファナク
マードラ
地方境
国境

白銀《しろがね》の巫女

紐結びの魔道師Ⅱ

1

すっかり忘れ去っていた過去が、墓から起きだして追いかけてきた。死んでいたものをわざわざ起こしてけしかけるとは、どういう神経をしているんだ、イスリルの魔道師め。おれの視線はいつだって明日にむいているはずだった。それがおれの生き方だった。ふりかえるのはもっと年をとって、明日にもお迎えが来そうなときでいいと思っていたのに。過去が化物の形をとって追いかけてきたとあっては、そうも言っていられなくなった。

今のところ防戦一方だが、今に見ていろ、必ずあいつを墓におし戻してやる。そして、悪意で心の臓をいっぱいにした魔道師に、目にもの見せてやろうじゃあないか。

と、心の中でいきまいてはいたものの、現実は厳しい。ダルフ州一帯を侵略しようと包囲網を完成させつつある、元帝国軍人ライディネスの手の者に追いつめられ、ほうほうの体で逃げだす始末。トゥーラがオルン村に招いてくれなければ、冬の山野をさすらって野垂れ死にしていたかもしれない。

オルン村は、北側にそびえる山並みを背面の壁にした集落で、五百軒ほどの家がその山懐《やまふところ》にへばりついていた。果樹、野菜畑、カラン麦の畑が裾野に豊かに広がっている。東の山稜《さんりょう》から昇った太陽は一日畑地を暖めて、西の山稜に沈んでいく。南の森端までは、てくてく歩いて一刻以上もかかろうか。耕作地と村の境目には、かつてこのあたりを治めていた女王の国の城壁の跡が土に埋もれていた。それは、おれたちのように、滅びた都市や崩れた町や忘れ去られた土地を幾つも目にしてきた者でなければ気づかずに通りすぎてしまう、わずかな隆起にすぎなかったが。

空は白蠟で蓋がされたかのよう、凬は尾根と尾根の隙間をくぐって北西から雪の匂いを運んでくる。晴れた夏の日にはさぞうつくしいだろうこの谷も、今は冬の王の錫杖《しゃくじょう》が鳴りわたって、すべてが凍りつくのをおののきながら待っているようだ。

ナフェサスの遺骸《いがい》と共に村長の館——千五百年前までこの地を治めていた女王の館であったという。黒石の柱や床のモザイク、壁の色石はそのままに、磨きあげられた栗の円柱、白杉の飾り鴨居《かもい》、青ブナの横柱や浮彫を施された支柱で幾世代にもわたって補強され、コンスル様式の幅広の石段や壁龕《へきがん》さえまじって、建築家が見たら卒倒することうけあいの空間となっていた——についたのは、凬もぱたりとやみ、同時に上空から寒気が静かに降りてきた夕刻だった。

ナフェサスの手下たちが、父親である村長に顚末《てんまつ》を説明した。彼を溺愛していた母親は、遺骸にすがりつき、すすり泣きながら、雄々しく散ったわが子の最期を聞いていたが、つと顔をあげて、

「それで、この子を殺したキードルとかいう男はどうなったの？　おまえたちの誰かが仇を討

ってくれたんだろうね」

と唇を震わせながらも尋ねた。

一瞬、手下たちは凍りついた。なんと答えたらいいのだろうと互いに気まずそうな視線を交わす。

「え？　誰か仇をとってくれたんだろ？　え？　誰もその勇気がなかったなんて、言わないだろうね」

するとユーストゥスが一歩進みでた。

「おばさん、……仇はトゥーラさんが――」

「トゥーラ！」

母親は濡れそぼった顔で周囲を見まわした。

「トゥーラ！　どこにおいでかえ？　出てきておくれ。……ああ、そら、こっちへ来て、さあ、こっちへ……」

気のすすまないふうにトゥーラがそばに寄ると、野良仕事で節くれだった手で彼女の頰をはさみ、

「父親も村の衆もナフェサスを駄目男だと嘲《あざけ》ったとき、あんただけはうちの息子がじき偉くなると言ってくれた。あたしゃ覚えているよ。何年も前のことだけど、そう言ってくれたのをちゃんと覚えているよ。それからだ、この子がやる気を出したのはね。がさつで乱暴で短気で我慢のきかない子だった。ああ、そうともさ、そんなこと誰よりもあたしがよく知ってたよ。で

も母親まで見捨てたらこの子がかわいそうだ。だけどあたしにできることは、愛することだけだった。それでもあんたはこの子に夢をくれた。そうして、そのうえ、仇も討ってくれたのかい。ありがとよ、トゥーラ。ありがとよ」

そう言うと、ナフェサスの胸の上に泣きくずれた。トゥーラはためらいがちに、その肩にそっと手をのせた。

葬儀は翌日正午におこなうことに決まり、トゥーラとその客であるおれたちも、弔問につめかけた村人たちと一緒に遺骸のそばで一夜をすごした。村長から葡萄《ぶどう》酒と食事がふるまわれ、故人の逸話があちこちで語られた。

ナフェサスの母親がやっと離れた隙に、おれはトゥーラの隣にすべりこんだ。

「大丈夫か?」

トゥーラは口角を少しだけあげて頷いた。それから二人してしばらく黙って杯を傾けた。むこうではリコが若い村の衆に囲まれて、何やら静かに薀蓄《うんちく》を披露している。こちらではマーセンサスとエミラーダとユーストゥスが猪の肉をつまんでいる。

「エイリャさんはどうしたの?」

とトゥーラがぽつりと聞いた。

「おれもまさに今、それを考えたところだ。また迷路にはめちまったからなあ」

くすっと笑うトゥーラの声がかすかに聞こえた。

「怒り狂っているかもよ」

「今度はおれが、牛にされるかな」

「牛にされてもいい。……生きていて、リクエンシス」

トゥーラはそう言うと、ぼろぼろと涙を流しはじめた。彼女を抱きよせるべきだろうか？ 嫌がったりしないか？ おれは広げた右の手のひらを宙で止め、ええいままよと彼女の肩にそっとふれた。彼女はふり払わなかった。

「人の死なんて……みんな同じだと思っていた。……母が死んだとき、少しも悲しくなかったんですもの。父が死んでも、多分何とも思わないはずだった。だけど――」

彼女が額をおれの胸におしつけてきたぞ。これは男としてしっかりうけとめてやらなければ。おれは彼女の身体に腕をまわした。すまん、ナフェサス。おまえの死を悼《いた》んではいる。が、とても、すごく、うれしいことも確かだ。

ナフェサスの母親が戻ってきたが、おれたちを目にするとおれの左側に腰をおろして、トゥーラにやるはずだった杯を渡してよこした。

「本当なら頭から葡萄酒をぶっかけてやりたいところだけど」

と彼女は言って洟《はな》をすすった。

「息子を悼んでくれてんだから、大目に見るとするよ」

翌朝、ユーストゥスの叫びに起こされて外に出てみると、すっかり雪景色だった。くるぶしまで淡く積もった雪は、靴で踏むと水っぽい煮凝《にこご》り状になった。雪片がまだ未練がましくちらついていたものの、葬儀ができないほどではなく、大広間にいた全員が出て、館の裏手の空地で薪を井桁《いげた》に組んだ。

ナフェサスは薪の上に横たえられ、〈星読み〉のトゥーラが祈りの文句を先導し、このあたりの者たち全員があとについて唱和した。文言も弔《とむら》う方法も異なっていたが、〈死者の丘〉を登った者がやがて再び別人としてこの世に生をうけて戻ってくるという思想は同じだった。コンスル帝国は瓦解《がかい》したといっても、こうした暮らしの中に、コンスルの落とし子は熾《おき》さながらに息づいているのだと、感慨深かった。

薪に貴重な油がまかれ、焚きつけに火が移された。静かにはぜていた炎はやがて大きく育ってごうごうと音をたて、たちまちナフェサスをおおいかくした。煙と灰と煤《すす》が雪片のあいだをぬって空へと昇っていく。

村人たちにつづいて踵《きびす》をかえしかけたとき、煙と雲のあいだをつっきっていく大きな鳥の影が目に入ってきた。

「エンス、あれ――！」

ユーストゥスが袖をひっぱる。おれたちは、平たく大きい翼で必死に均衡をとりながら飛んでいくそれを見送った。リコが世も末だというように頭をふって、

「なんじゃ、あれは。見たことのないおかしな鳥のようじゃったが」

「鳥……だった？」

とユーストゥスが首を傾げ、エミラーダがふうむと呻《うな》った。

「若いときほど目が良くなくなってしまったのですけれど……あれは、鳥には――」

「ハゲタカのようでもあるが、翼はちょっと違っていたぞ」

マーセンサスもいぶかしがる。

「あんな大きな鳥、いるか?」

とおれも口にしながら、一つだけ思いあたるものを連想して、首筋に冷たいものを感じた。

北の大陸に生まれ、共喰いをして育ち、成長すると人家を襲う黒い怪物の噂は耳にしていた。〈歌い手〉たちが歌い、銀戦士もあえて戦いを挑むことはないそいつらは、まるまる村一つを喰い散らかして次の集落へとむかうという。剣も弓矢も役にたたない。魔道師が五人いてもかなうかどうか。できることは地下室や床下にもぐり、ただ神々に祈ることのみ。そのうち充分に堪能したあいつらが、卵を産みに再び北の大陸に帰っていくのを待つのみ。

ソルプスジンター、とその空飛ぶ災厄の名を口にしようとしたとき、

「あれはエイリャさんよ!」

とトゥーラが小さく叫んだ。

「エ……エイリャ……?」

「竜のまたいとこみたいなわけのわからないものになって飛んでくるなんて、彼女くらいでしょう?」

「りゅ……竜……?」

「どうやらわたしの塔に降りたみたい。行ってみる?」

ふむ、とマーセンサスは顎をさすったが、そのいかにも納得したような返事の裏で彼もまた

ソルプスジンターを疑い、トゥーラの観察で安堵したことがしれた。エイリャか。おれもほっと息を吐き、マーセンサスと目を合わせ、ぞろぞろと歩きだした列の後尾につき、歩調を一《いっ》にして呟いた。

「ソルプス……」

「うん。エイリャでよかったぜ」

「言われてみれば、翼は茶色だったな」

「黒くなくてよかったぜ」

「黒いのがもしやって来たら、予言だなんだとも言っていられないな」

おれはぷっと吹きだした。

「エイリャでよかったって？　怒ってると思うぞ。どう言い訳するか、今のうちに考えておかなきゃな」

ライディネスの別働隊に迷路の魔法をかけたその中へ、鷲となって突っこんでいったエイリャがなんと言うか、内心戦々恐々である。

館の裏手から疎林をぬけて、犬のように寝そべっている家々を横目で見ながら丘の小道を行く。雪上に野兎《うさぎ》の足跡がついていた。ふと思いついたように、マーセンサスが尋ねた。

「なあ、エンス。もしもエイリャがおまえを牛に変えようとしていたら、おまえ、魔法で防ぐことはできるのか？」

「魔道師相手に魔法の打ち消しができるかってか？　ううむ、難しい問題だなぁ」

「力量の問題、だけではないのか？」

「同じ種類の魔法だったら力量で決まるだろうけれど、なあ。ううむ。……例えば、だ。おれが手首に護りの紐を巻いているとする。普通の魔法をかけようとしても、あるいは護りの魔法を無効にしようとしても、おれをはるかに凌駕《りょうが》するような力の持ち主でない限りは、無駄に終わると思う。だが、エイリャの魔法は、おそらく物質の変質に生命力を吹きこんでさらに目くらましを加味した複雑な体系に属しているんだ。そんな複雑なものに対抗できるかというと――」

「おまえ自身、充分複雑じゃあ、ないか」

マーセンサスは茶化した。

「それでもさ。おれの魔法はおれの人の良さがにじんでいるわけだから、エイリャの呪文に結び目がついゆるむ、ってことも考えられる。で、ゆるんだ隙に変質がおきて紐そのものがカナチョロとか青虫とか蛇とかになってしまえば、護りの力は失われ、あらエンス様は食肉牛に変身、となりかねないな」

「なんとまあ……頼りのない紐結び《テイクオク》の魔道師だなあ」

「まっ、そんなことはないと思うが。なにせ、ほれ、複雑な男だから、おれは」

丘を下り、人家の軒下をすりぬけ、再び登って下ると、トゥーラの塔が建っている。その屋上で人影が動いた。

「リクエンシス！　話があるよ！　とっとと登っておいで！　トゥーラ！　下の部屋に行く扉、

閂《かんぬき》がかかっていて入れないよ。壊してしまっていいかい？」

きゃっ、と叫んでトゥーラが一目散に駆けだす。おれは歩調をゆるめる。リコとエミラーダがなだめてくれたあとで登っていくことにしよう。

長外套《セオル》の中に手をつっこんで、ぶらぶらとことさらゆっくり進むうちに、また雪がひどくなってきた。谷の端あたりで狐が二声、声をあげた。さっきの足跡をつけた兎を追ったのか、はたまたネズミを捕えたのか。

まもなく屋上からエイリャの姿が消え、煙出しから青白い煙があがった。おれは村の方角に踵をまわしてナフェサスの弔いの印をさがしたが、次々に落ちてくる大きな雪片に遮《さえぎ》られて、とうとう見つけることはできなかった。あいつは〈死者の丘〉を登り、次は誰に生まれ変わってくるのだろう。知らずに再会することだってありうるんだな、なぞと思っているうちに、玄関口についた。

塔と母屋に一つずつ出入口があり、母屋の方にはトゥーラの父らしき酔いどれが肩を戸口にもたせかけておれたちを睨《ね》めつけていた。

「何なんだ、おめえらは。ぞろぞろと、他人の家に」

するとマーセンサスが目で任せろと合図をし、片手をあげて近づいていく。これはこれは、トゥーラさんのお父上ですな。どうもどうも。先に行った者たちは礼儀知らずで失礼をばいたしました。わたしはマーセンサス、トゥーラさんの友人です。昔は剣闘士をしておりましてね、皇帝陛下から木剣を賜ったこともあるんですよ。それ以降は、ほら。こんな御時世でしょ？

あちこち流れ歩いておりますが、いろんなおもしろい話もたくさん見聞きしておりましてね。こう寒いときは炉の前でうまい肴《さかな》で一杯、といきたいもんですなあ。何か作りましょうかね。おお、そうだ、ローランディアの湖でとれたオスゴスという珍しい魚の塩漬けでも焼きましょうか。知己となりし記念に、どうでしょうかねえ——。

大きく厚い胸板で父親を室内に少しずつおしこみ、ばたんと戸を閉めてしまう。おれは苦笑しながら、塔の上階《うえ》へとつづく石段を登った。

四階の最上階に入ってまず目に入ってきたのは、壁を埋めるタペストリーだった。青い絹地に、天の星が金糸銀糸で縫いとめられている。おお、これはおれでもわかるぞ、〈狼の口〉座、〈王の拳《こぶし》〉座、それから〈笑い山猫〉座……。

咳ばらいにふりむくとエイリャの顔があった。しまった、言い訳を考えていなかったぞ。エイリャは腕を組んで睨んできた。ええと、何を言えばいいのかな。両手を広げて口をひらこうとした。エイリャが機先を制した。

「リコのためにしたこと、として今回は大目に見てあげるよ、テイクオクの魔道師。だけどまた迷路の紐をあたしの通り道に投げこんだら、たとえどこにいようとさがしだして蝙蝠《こうもり》にしてやるからね。どこに隠れようと、必ず見つけるから」

それは本当だろう、彼女ならネズミになろうとノミになろうと、どこへでももぐりこんで目的を達するに違いない。おれはしおらしく謝意を表して頭をさげた。

エイリャは気がすんだようだ。大卓をまわって椅子に座る。リコ、エミラーダ、トゥーラの三人は早くも、卓上に広げられている〈星読み〉の資料をためつすがめつしている。ユーストゥスは暖炉の火に太い薪を二本のせ、トゥーラをふりかえった。

「トゥーラさん、薪はあとどこに？」

「二階と三階に積んであるわ」

とトゥーラはエミラーダが注目している巻物の方に身を乗りだしながら答えた。

「じゃ、おれ、運んでくるね」

ユースが立ちあがったのに、おれも一緒に行こう、と声をかける。ややこしい計算や文書同士のつきあわせは面倒だ。四人に任せて、力仕事をしよう。

階段をおりて三階の物置から薪を運びだしながら、ユースが呟いた。

「ねえ。トゥーラさん、大丈夫だよね」

「しばらくは、ことあるごとに思いだして良心の呵責にさいなまれるだろうが。大丈夫だ」

おれがそばについている。黙って抱きしめてやる。喪失感やら罪悪感やら後悔が、あきらめに変わり、やがて薄れていくまで。

「おれ、ここにいていいのかな？」

両手の上に渡した薪が一本ずつ増えるに従って、のけぞる恰好になっていきながらユースは心配する。なぜ、と無言で問いかければ、

「だって、ほら……おれがナフェサスさんの抜くべきだった剣を……蹴とばして……抜いちゃったわけだし。おれを見るたび思いだすんじゃない？」

彼女がついた嘘を。ナフェサスを死においやったそもそものきっかけを。彼女の罪を。おれは最後の一本をのせた。木は乾いた音をたてた。

「思いだして悪いことではあるまいよ」

「え……？　でも……だって……」

「むろん、傷つくだろうさ、ユース。だが人は、自分のなしたことの責任をとらなければならない。中には忘れてしまった方がいい罪もあるにはあるが、今度のことはトゥーラ自身でむきあわなければならないと思う。おまえにはどうすることもできない。……おれにも、な。わかるか？」

「う……うん……何となく……」

もう行け、と身ぶりをすると、ユースは一歩踏みだしてまた止まった。肩越しに、

「じゃあ、おれ、一緒にいていい？　村の……あの連中のところに戻らなくてもいい？」

ナフェサスの配下にもう一度まざらなくてもいいか、ということか。おれは目まぐるしく考えをめぐらし、ああ、と頷いた。

「ここの倉庫、ちゃんと暖炉があるな。どうだ、ちょいと片づけておれたちの居場所にするっていうのは。もちろん、トゥーラがいいって言えばだが」

ユーストゥスの顔がぱっと輝いた。

「いいね！　おれ、聞いてくる！」

重い薪を抱えながら、石段を駆けあがっていく。おれは腰に手を当てて一息入れ、それから

部屋を見わたして、何をどう整理すればいいかを考えはじめた。石壁を伝って、母屋で歌うマーセンサスの声がかすかに聞こえる。ふむ。ローランディアからはるばるダルフ州の西端まで。イスリル軍に追われる旅ではじまったが、いまや予言に振りまわされる旅になっているな、と思った。

日がすぎていく。トゥーラの塔に寝泊まりするようになって自然に役割が決まっていった。諍《いさか》い一つなく暮らしが定まるというのは、いいことだった。三人の女とリコがトゥーラのこれまで調べたことや蔵書、それぞれの知識を披露しあって予言と事実のつきあわせを試していた。おれとユースは薪係と食事係、マーセンサスはトゥーラの父親の機嫌をとり、村へ行って日用品や情報を仕入れる、いわゆる渉外というやつを担当していた。

雪が深くふりつもり、外界との連絡は絶えた。それでも村の男たちは、春になれば襲ってくるライディネス軍に対する護りを少しずつかためようとしていた。ライディネスの思惑はカダーの包囲にある。ライディネスにとってオルンを残しておくことは、背後を衝かれるのと同じなのだ。

村人たちはマーセンサスやトゥーラの説得で、かつての城壁跡の上に、新たに土塁と石積みを施した。弓矢を作り、武器を研いだ。一軒しかない鍛冶屋は昼夜火花を散らし、湯気を噴きあげた。逆茂木《さかもぎ》を削る少年、石ころを集める少女、食料を倉庫に貯える女たち。マーセンサスはナフェサスの配下だった者たちに訓練を施し、ナフェサスの父は息子のかわりに戦略をたて、指揮をとることを宣言した。だがこれは、おそらく、自然にマーセンサスが代理をつとめることになりそうだった。

冬は村に時をもたらし、久方ぶりの活気が村に満ちていった。

2

変幻の塔　足踏み入れれば
過ぎ行きて　長きとき
星々の遺産　渡さるるは　名を失いたる女王
名を失いたる女王よりの……

——バーレンの大予言　第一一四章
カヒースの解読による

「サンジペルスが来ないっ」

共同生活も軌道に乗ったある日、エイリャが喚いた。おれは指折り日数を数えて、約束の期限をはるかにこしていることを確かめ、内心驚いていた。エイリャもよくここまで我慢したものだ。

彼女は大卓の周りをまわりながら、口の中で独り言を言っていた。どうやらそれは他愛のない呪文らしく、大卓の上の三角尺や円尺が一瞬だけキビタキやアオジ、シジュウカラといった野の小鳥に変わったり、羽根ペンが羽ばたいてがあと鳴いたり、インク壺が躍ったかと思うやネズミに変じて書物の隙間にもぐりこんだりした。

　はじめはおもしろがって見物していたリコだが、古地図の何枚かがめくれあがってくしゃくしゃと玉に丸まり、ぎろりと八個もの目を見ひらいてあっちに跳びこっちに跳びをはじめると、何とかしてくれ、エイリャを止めてくれ、と悲鳴をあげた。

　おれはエイリャの肩をおさえ、いささか強引に座らせた。

「サンジペルスが来ないのよっ」

　肘かけを両手の人差し指で叩きながら、おれを睨みつける。

「あいつ、本当に使えないったら。ネズミなんて上等だね、いっそのこと蛆虫《うじむし》にでもしてやろうか」

　まあまあまあ、となだめているとちょろりと蜥蜴《とかげ》の襟巻がはずれ、エイリャの肩に乗って、

「ダンダン」と呟いた。とたんにエイリャの口元がゆるみ、

「そうだねえ。おまえはいい子だねぇ」

と猫なで声で返事をしてまたすぐに目尻を吊りあげる。

「それにひきかえ、あのうすのろはっ。どこでどうしているもんだか」

「この雪だし。山の中の洞穴にでも避難しているんじゃないかな」

　おれは、暖炉の薬缶《やかん》から注いだ温かい葡萄《ぶどう》酒の杯を手渡しながら、気休めを口にした。確か

に遅すぎる。約束した日より十日もすぎている。ネズミにしてしまうと脅されれば、あのサンジペルスだって本気にならざるをえないはずだ。何か事故があったか、遭難してしまったか。

「ダンダン、ミテクル？」

蜥蜴の尻尾が金色に輝きだす。エイリャは片手でそれをおさえ、

「あたしの大事な本たちが、おいそれと濡れたり破けたりはしないはずなんだけどね。大丈夫だとは思うんだが。……サンジペルスが行き倒れても、本たちはあたしのところに来るはずなんだけど」

リコが片手で顔をおおい、まったく、魔道師っちゅうのは、と呟いた。人より本の心配かい。だがおれはにやりとした。エイリャもリコも本気で言っているわけではない。

「ダンダン、ミテクル！」

「だめだよ、ダンダン。おまえさんはこの、大きい男についていなきゃね」

「タブン、チョットダケ」

エイリャはふふんと笑ったが、蜥蜴に対する愛情のこもったふふんだった。

「ふふん、サンジペルスもおっつけやって来るだろうさ。大丈夫、悪かったね。あいつが来たら何に変えてやるか考えて暇つぶしにするよ」

おれは卓上におとなしく戻った地図やら書きちらしやらに頭を傾けた。

「あっちはけりがついたのかい？」

「やっぱりあたしの本がないとね。あっちの記述こっちの記述、嬢ちゃんの星読み、何ともと

っちらかっていて、整理がつかないんだよ。何が本当で何が歪曲《わいきょく》されたもので、何が希望的推測で何が思いこみなのか、それすら判然としない」

「やっぱり本が必要なのか……」

ダンダンもがっかりした様子でおれの襟巻に戻る。リコが脇から口をはさんだ。

「エンス、わしにも葡萄酒をくれんかのう」

杯に酒を満たしていると、エミラーダとトゥーラが大皿を二つとパンの入った籠を運んで上がってきた。ユーストゥスが水差しを持ってつづき、マーセンサスが食器籠をたずさえて扉を閉める。部屋の中に鴨肉と玉葱《たまねぎ》と湖岸胡椒《イノンド》のぴりりとした香りが満ちて、湖の初夏を彷彿《ほうふつ》とさせた。

大卓の書類を片づけて皆で遅い朝食をとる。食事は朝晩二回に減らした。今朝のような御馳走は日に一度だけ、夕食はもっと質素だ。春の攻勢を前に、ある程度体力を保ちながら食料の保存もこころがけようというわけだ。大男二人に育ち盛りの少年一人、あとの四人はそう食べないといっても、総勢七人に大皿二つでは、量的にも充分とはいえないが、足りない分は香草茶と水で満たせば、めいめいの報告を兼ねたおしゃべりが心にも落ちつきをもたらしてくれる。

「裏にあった丸太、割って二階に積んどいたから、薪は当分保つと思うよ」

とユーストゥス。

「村の衆が明日、狩りに行くそうだ。訓練も兼ねているんで、おれもついていくよ。二、三日は留守にするぜ」

とマーセンサス。

「予言の方はまさに迷路にはまったようですよ。真実をほりおこすにはやっぱりエイリャさんの本が鍵となるようです。本待ちなのですけれど……」

とエミラーダがあきらめにも似た表情でエイリャを見る。おれがすかさず口をはさむ。

「サンジペルスは遅れているな。多分、必死にこっちにむかっている途中だろう。だが、ただ待っているっていうのも苛々《いらいら》するもんだ。……どうだろう、前に話のあった〈レドの結び目〉を見てくるっていうのは。白い塔もついでに。あ、リコは留守番だ。雪中行軍は年寄りにはきついからな」

「ありがたい思いやりで、エンス。年寄りはここでぬくぬくしておろうぞ。ひょひょひょ、地下蔵の葡萄酒飲み放題、じゃな」

大した量は飲めないくせに、そんなことを言ってみるリコだ。まずエイリャが賛成した。

「そうだね。悶々《もんもん》としてるより、外に出た方がかえっていいかもしれない」

「でも、この雪で……大丈夫なのですか？」

「エイリャさん、おれたち全員を鳥に変えられない？……ほら、雁《がん》とか、鴨とかに……」

「五人全員？　そりゃいくらなんでも無理だね。せいぜいが自分自身くらいかね」

「ユース。エイリャはサンジペルスの方にも力を使っているんだ。呪文をかけて魔法が発動すれば終わり、ということではない。魔法が効いているあいだ、いくばくかずつでも消耗していく。五人に魔法をかけたら、エイリャは動けなくなるだろう」

「え……？　そうなの？」

「馬橇《ばそり》という手があるわよ」

会話の流れをぽんと飛びこしてみせたのはもちろんトゥーラだ。

「一度に五人は乗れないけれど、荷物を積んでいけるし、寝床にもなる。歩くのが得意なユースはずっと歩くとして、交替で荷台と御者台に乗れば大丈夫。雪のないときで〈レドの結び目〉まで往復四日だから、余裕をみて五日もあれば、行って帰ってくることができるわ」

おお、それはいい、それなら行けそうですね、とおれとエミラーダが口をそろえた。ユースは唇を尖らせる。

「おれだけ、歩き？」

「ちょうどいい鍛錬《たんれん》になるでしょ？　ずっと塔にこもりっきりじゃ、若者にはよくないわ」

「なんだよ、自分だって若いくせに」

「おや、ちょっと居候しただけで、随分大きな口をたたくようになったわね。このあいだまでわたしの足音聞いただけで逃げだしていたくせに」

さらにわあわあと言いあう二人をそのままに、おれはマーセンサスに目を合わせた。リコを頼む、と無言で言えば、わかった、任せとけ、とまばたき一つで答える。彼が狩りでいなくなる二、三日のあいだは、おれの紐結びを塔のあちこちに施しておこう。害意のある者は近よれないように。それから村の女たちに交替で世話を頼もう。そうすれば、安心して出かけられるというものだ。

尾根を幾つか登り降りし、一日めは森の中に野営した。突然襲ってきてはまたすぐに吹きやむ風から、木々がある程度は護ってくれるようだったが、トゥーラとおれはもっと防風柵が必要だと判断した。他の三人にも枯れ枝や倒木をかき集めてくるように言って、二人で若木を鉈《なた》で切り落とす。薄闇はやがて夜に変わっていくが、幸いなことに雪明かりが闇を退ける。呻《うめ》きと喘ぎをもらしつつ、全員で橇の上に数十本の枝木を組みあげると、横風をかなり遮《さえぎ》る円錐《えんすい》形の寝屋となった。

火を焚いてもすぐに消されてしまうので、毛布のあいだにしまっておいたパンと干し肉をかじり、とっとと橇の中にもぐりこむ。

トゥーラが用意した橇はよく考えて作ってあった。身の丈がユースくらいなら足をのばして横になれるほどの長さをもち、幅は細い山道でも通れるほどに縮めてある。それを縦に二つ連結して一頭の馬に牽《ひ》かせ、もう一頭は交替用に最後尾につないで進んだ。野営のときは二台並べて今夜のように枝を組めば、その中におさまる。荷物と毛布のあいだに身体をおしこむと、足がはみ出して寒いことは寒いが、震えるほどではない。唯一、おれが妄想したのは、背中合わせになっている相手がユーストゥスではなくトゥーラだったらということだけ。

二日めの昼ごろ、白い塔のある空地が突然目の前にあらわれた。雪の上に吹きよせられてきた木の枝や青ブナの葉や実の殻がちらばるその空地は、ユーストゥスが剣を抜いたという築山《つきやま》もわずかに盛土とわかる程度まで雪に均されて、森閑《しんかん》と静まりかえっていた。塔はその静寂の中心にあった。彩るものはわずかに切れた雲の合間の水色だけ。壁は白く、窓は暗く、大地は灰色、森は黒と茶と銀。

　ユーストゥスが盛土のてっぺんまで一気に駆けあがっていき、両手を空にさしのべて叫ぶ。

「おれは王だ！　剣を抜いた覇者だぞぅ！」

　マーセンサスがいたら舌打ちして、あんのバカたれ、くらいは言うだろうと思い、にやりとする。トゥーラが馬を枝につなぎながら、

「はいはい、領土も家臣も財産もない王様ね」

と返し、エミラーダは橇から飛びおりて裾をはたく。エイリャはたちまち鷹の姿となって塔の窓へと飛ぶ。おれはちょっと悪戯心を出して、ユーストゥスを脅かした。

「おい、そこで芝居がかっていると、剣の脈動を感じて中から何かが出てくるかもしれないぞ。骨だけになったかつての王者が、剣を返せぇ、と起きあがる……」

　少年は心もち青ざめて、雪を蹴散らして駆けおりた。

「う……嘘だよね？」

「さあ、どうかな？　あながち嘘とも言えんかもな」

とからかっていると、頭上を一羽の鴉《からす》が不器用に羽を動かして横切っていく。翼が上下するたびに、蝶番《ちょうつがい》のきしみそっくりな器械音がぎいこぎいこと鳴った。おれとユースは、どう見ても野生の本物の鴉なのに、なぜあんな音をたてて飛ぶのだろうと呆気にとられて見送る。最上階の窓から鷹のエイリャが耳障りな鳴き声をあげ、トゥーラが塔の入口から早く来いとせきたてた。

「何とも妙な場所だな」

頭をふりふり、二人で塔へと駆けこんだ。塔の中を石段が対角線に渡っている。何度も折れながら上へと登っていく石段の造りに大いに首を傾げざるをえない。

「何とも妙だ」

建築理論上、ありえない。石段の重みは塔の壁にかかっている。斜めに登っていく階には他に支柱となるものが施されていない。内壁から内壁に渡された階段の下には支えとなるものがなく、宙に浮いているようだ。一階にあたる部分から二階にあたる部分まで二回折れているのだが、もうその段階で石段自身の重みで崩落してしかるべきなのに、エミラーダとトゥーラが登っていっても石屑一つ落ちてこない。それがはるか上方までつづいているのだから、

「こりゃ、やっぱり魔法で造られているらしい」

と推測して、そろそろと足を一段めに乗せる。ユースは身軽にトゥーラのあとを追ってすでに二階の高さに達し、手摺《てすり》から頭をのぞかせてさっきの仕返しをする。

「なぁにしてんの、お爺ちゃん。膝関節が鳴るのかな？　さっきの鴉とおんなじで。ぎいこ、ぎいこ」

なんだい、築山の亡霊に青くなっていた小童《こわっぱ》が、と言いかえして二段、三段とあがった。うむ、おれの体重でも大丈夫そうだ。罅《ひび》も入らずぎしとも鳴らず。

おとなが四人立てるほどの広さの踊り場で一息入れた。これも分厚い白石の板で半ば宙空に浮いているかのようだ。窓から頭を出すと、ちょうど目の高さに針葉樹のてっぺんがあった。

普通の建物でいえば実質三階くらいの高さにあたるだろう。

さらに登っていき、やっと天井が近くになると、階はようやく床に変じ、八方に小窓のついた円形の部屋。そこが冒険の終わりだった。他の四人はもう、窓から窓へと移って景色を確かめていた。おれもまた上空からの眺めに目を瞠《みは》った。

「おい、随分高いな。落葉松《からまつ》のてっぺんが足元だ」

「ねえ、こうしてみると、おれたちっていかにも小さいよねっ」

窓から窓へと飛びはねながらユースがはしゃぎ、中央に立ちどまると、さっきの築山と同じ姿勢をとって天井を仰ぎみた。

「おれは世界の中心！　おれが一番高い！」

鷹のエイリャが人間に戻りしなに、翼でその頭をはたく。

「鳥に比べりゃまだまだだね」

大仰に叩かれた頭を抱えて、ふくれたふりをするユースをおもしろく眺めていると、目の端に首を傾げるトゥーラが映った。

「どうした、トゥーラ？」

「前と違う」

「前？」

「ナフェサスがここに一度登ったとき。窓から蝙蝠《こうもり》がいっぱい飛びだしてきていたわ。彼は蜘《く》蛛《も》の巣と蝙蝠の糞だらけになって、ぷんぷんしながらおりてきたのよ。でもここは――」

おれはトゥーラと一緒にあたりを見わたした。

「なるほど。きれいすぎる」

床は塵《ちり》一つ落ちていない。壁も天井もまるで今建てられたかのように白亜の輝きを擁している。

「そういえば、登ってくるあいだもきれいだったな。外の様子と比べれば、ブナの実の殻や小枝や落葉が吹きこんでいてもおかしくないのに」

「魔法の塔であることは確かですね」

エミラーダが窓際から離れてふりむきながら言った。

「とても千五百年前の塔とは思えません」

「魔法の塔とはいえ――」

とトゥーラが口ごもる。

「納得できない？」

「ええ、そうなの。だって、ナフェサスのときは今にも崩れそうだった。今はこんなに新しく思える。建てたとき魔法をかけたとしても、登る者を感知して、姿を変える？　生き物でもないのに……」

「蝙蝠がいたってんなら、目くらましじゃあないね」

とエイリャが壁を拳《こぶし》で軽く叩きながら頭をふる。

「蝙蝠は現実にいたんだろうさ」

おれは両手を広げて降参した。

「ますますわからん。何が問題なんだ？　外から見れば四角いが、ここは円形だ。これだって不思議といいえばいいえるだろう？　塔が変化するんなら、変化するでいい、とおれは思うんだが」

エミラーダが薄い唇をわずかにもちあげ、腰に手を当て、

「本当にそれでいいのですか？」

と首を傾けた。

「魔法の塔ならなんでもあり、とは思わないのか？」

エイリャがやれやれ、と首をふり、トゥーラが軽くはじける笑い声を響かせた。

「おれも、エンスに賛成」

中央でユーストゥスが加勢したとたん、女三人の口から同じ言葉がとびだす。

「まったく！　男っていうのは！」

男同士で顔を見合わせると、エミラーダが石段の方に移動しながら、

「さ、さっさとおりましょ、おりましょ」

「エンスの言うとおりなら、何がおこるかわからない。危ない危ない」

とトゥーラがあとにつづき、エイリャが再び鷹となって無言で窓から飛びたった。

「え……？　ちょっと、待ってよ。なんで？　何が悪いのさ」

ユースが慌てて部屋をとびだす。おれはしばし残って部屋を見わたし、おのれが口にしたことを反芻《はんすう》してみる。塔が変化する。登ってくる者によって見せる貌を違える。魔法の塔だから

何でも起こりうる。

何か悪いことを言ったか？　わからん。わからないなら、仕方がない、呆れられるのを覚悟で聞くしかないな。

降り口の方に身体をふりむけたときだった。視界の隅に何かが映った。思わず見直すと、人影めいた銀色のものが走った――ような気がした。直後には、一つの汚れもない白い部屋に戻っていたが。

階をおりながら、女たちが問題にしていたのは何だろうと考える。塔がなぜ貌を変えるのかをつきつめなければならないと、彼女たちは思っているのか。だがおれにすれば、現にあるものはあるのだから、まずそれをうけいれて、それから対処方法を考えればいいと思う。そうでなくば、とりあえずの一歩が踏みだせないではないか。とりあえず踏みだしてみて、それから状況に応じて判断する。それを「男っていうのは」とひとくくりに放りだされるのはあんまりではないか。

そこではたと気がついた。魔法のかかった塔だと気がついたのは、おれたちがここに上がってからだ。それまで千五百年間、誰もそうとは思っていなかった。今時、古い建物などあちこちにありすぎて、朽ちもせず傾ぎもせず佇立《ちょりつ》していたとしても、何の不思議があろうか。しかもそれを考えるゆとりさえない昨今では。それに一体誰が千五百年も保つ魔法をかけるだろう。

さっきの人影めいた幻がよみがえる。あれが昔日の魔法使いの残像であるのなら、相当に強い力を持っていたに違いない。トゥーラの説明では、ユースが抜いた剣も〈レドの結び目〉も、このあたり一帯を治めていた女王のなしたことだという。それが、オルンを裏切って恋人に走り、やがて隣国の手を借りて母国を滅ぼすに至った女王であるのなら――おれにはそれが同一人物に思われる。ただの直感だが――何を意図してそのようなことをしたのか、是非とも明らかにしたいところだ。

外へ出てふり仰ぐと、白い塔はなんだかさっきより高くなったような気がした。ユーストゥスがおれと同じことを口に出して言った。改めてふりかえったトゥーラが黙って人差し指をあげたので、その先を追うと、塔からうっすらと靄《もや》のようなものが漏れでていた。へへっ、とユースが笑った。

「何か、蒸し饅頭《まんじゅう》みたいだな」

「なるほど、確かに」

一同しばらく炎でもあがるか、煙でも噴くかと凝視をつづけたものの、塔は何事もなく、いつまでたっても薄靄をまとって佇《たたず》むばかり。どうやらこれ以上の変容はなさそうだと見切りをつけて出立したときには、はや冬の日は落ちかかっていた。

その晩は塔からさほど遠くない林の中に、ひどく小さい小屋を見つけて宿りした。その丸太小屋にはかつて狩人が住んでいたらしく、黴《かび》の生えた毛皮の切れ端やらネズミや虫の死骸、陶器の欠片《かけら》、腐った藁《わら》などが散乱し、屋根はないも同然だったが、エミラーダの叱咤で吐き気をこらえながらすべてを掃きだし、――折れた青ブナの枝が箒《ほうき》がわりになった――そのあと木の皮にすくった雪を床にぶちまけて掃いた。これを三回くりかえすと、何とか座れるようになった。屋根と窓には持ってきた毛布を張り、五人身をよせあって、橇で寝るよりは少しばかりましな眠りを貪った。

夜半、遠くで狼の吠えかわす声を夢うつつに聞いた。それにかぶさるようにして、木の枝の折れる音が響いた。森の中では木々がときどき爆《は》ぜる。だが、この物音はおれの耳にはそれとは明らかに異なって聞こえた。何者かが不用意に柴《しば》を踏んだようだった。野生の獣はこんな不器用な歩き方はしない。

おれはしばらく闇の中に目を凝らして待った。だが二度めの物音は聞こえず、いつしかまた眠ってしまったのだった。

翌朝まだ暗いうちに、そっと小屋の周囲を見まわった。周囲にも、つないでおいた馬と橇の周りにも足跡はなかった。さらに円を描くように範囲を広げて捜索したが、結局何も見つからなかった。

だがそれからの道行きでは警戒を怠《おこた》らず、常に目配りし、気配をさぐった。森は後方に退き、見通しのきく谷間を走り、勾配《こうばい》のある坂では橇をおしあげた。おとなしいと思っていた空から風の渡る音が響き、吹雪になるかと覚悟した昼前に、かつてのキサンの都の跡地にたどりついた。

廃墟は雪に埋もれて、もはや野原のようだった。それでもキサネシアの神殿跡は辛うじてそれと知れた。白布団の中に、灰色の破風《はふ》の突端が海の岩礁さながらに場所を示していた。そこからさらに雪をかきわけて奥へと進むと、〈レドの結び目〉があった。半ば埋もれながらも、二本の細い柱のあいだに張りわたされて、くりかえす波模様のようでもあり、整然とした幾何学模様のようでもあり、自在にからみつく蔦《つた》模様のようでもあった。おれたちは前に立って、ただただいくら見ても見飽きない連続模様を黙って眺めていた。

やがてトゥーラが肩を寄せて尋ねる。

「何か、わかる？」

おれは中心の結び目を指さした。黒紐を四重丸結びにした基盤の表面と裏面に、二重漁師結びとひばり結びとお猿結びを複雑にからみあわせた飾り結びを施している。それらの紐は青、緑、白、紫、黄、橙《だいだい》、赤、黒、金銀でできており、まるで聖なるものをとりまく夜空と星々のようだ。

「ここが最初にして最後に結ばれた場所だ」

としゃがみこんでのぞきこみながら返事をする。トゥーラも隣にしゃがんだ。

「端ではなくて？」

彼女の身体の温かさを感じながら頷いて、

「端ではないな。はじめに黒紐で中心を編み、それから周囲を足していった。左右の紐を柱に結びつけ、そこから表と裏と、同じ模様のように見せながら必ず二、三ヶ所違った結び方で飾っていき、最後にまたこの真ん中に戻ってくる。真ん中には合計十色の紐が使われているが、その周りの模様一つには四色が使われている。必ず四色。そしてどの模様も、決してすべてが同じ結び目でできないように考えられているな」

「この世のありとあらゆる結び目ね」

エミラーダが背後で呟き、エイリャは、

「魔法の匂いがぷんぷんするよ。圧倒されそうだね」

と二馬身ほど退って怒鳴った。

「それで……？　ほどけそう？」

「これを編んだという女王は、ものすごい魔力を持っていたんだな」

とおれはトゥーラの問いに直接答えることはせずに言った。

「呪文を唱えながら、彼女の魔力と意識と技術を編みこんだのだろう。それも、一つ一つおのれの手でなしたことではなく、紐が彼女の意図を汲んで自在かつ自然に動いた感じがする」

そっと手をのばして中央の一番上の結び目にふれる。エイリャが用心して退ったのも頷ける。指先に痺《しび》れが走る。おれはその痺れをしばし楽しむ。かつて、千五百年も前に、テイクオクの魔法を身につけた人間がいた。そのことに大いなる畏怖《いふ》と期待を感じる。

「エンス……」

トゥーラがじれてきた。おれはわくわくと胸を躍らせながら、中央の結び目に両手をそえる。ここだけは、黒紐に他の九色がからまりついている。紐端があるはずだが、どこかの結び目にもぐっていてわからない。だが、二重漁師結びはわが家の生活を支えてきた結び目、おれが最も親しみをもっている結び方だ。黒紐は、ちょっとあの網の化物を連想させる。そう、これは闇をあらわしている。海底の、湖底の、大地の底の闇、昼の影、夜の静寂、嵐の暗黒であり、墓の沈黙でもある。同時に、天空はるかに広がる宇宙の茫漠《ぼうばく》であり、無限と永遠と無辺際《むへんざい》であり、突如足元にひらく運命の深淵でもあるようだ。その糸端を求めるのは愚かだ。その一方は作り手の心の奥底にある。そしてもう片方は、解こうとする者の心の奥底に。

今ここで、おのれの心の奥底をあばくことはできない。準備が必要だ。心の防護が。そうでなければ、自分の闇に呑まれて終わるばかり。

「これには手をふれられない。まだ」

トゥーラはかすかに落胆の溜息をつく。

「他に、できることはないの？」

おれはタペストリーの裏にまわる。トゥーラもいそいそとついてくる。裏側の飾り結びの中心は、銀紐と白の二本どりの鎧《よろい》結びだ。銀と白。輝けるもの、無垢なるもの。無垢、といえばユーストゥスだ。幼いときから悲惨な目にあってきたというのに、張りつめ、警戒する表情の一枚下には、常に善を求める一本気がある。そう、彼は鎧飾りの下に真実を希《こいねが》っていて、その真実とは彼にとって正義と同意義なのだ。

「おい、ユース。ちょっとこっちへ来てくれ」

その彼が、抜けば解放者になる、はたまた変革をもたらすと騒がれた剣を抜いた——というよりたまたま蹴ったらたまたま抜けた——のであれば、そこに何かしら意味があったのに違いない。

「何、力仕事？」

「おまえに力仕事なぞ頼むかい。試しでいいから、ちょいとこの真ん中のでっぱっている結び目にさわってみてくれ」

ええ、嫌だよ、何か企んでいるだろ、と尻ごみするのへ、愛嬌たっぷりの――と自分では思っている――微笑みをふりまいて手招きする。それでもためらう彼に、トゥーラが冷たい声を放った。

「ユース？　ことわれる分際かしらねぇ」

たちまち涙目になった少年は、両手をあげて降参し、おそるおそる近づいてくる。

「……これ？　これにこう、さわればいいの？」

人差し指でちょんとつつき、うわっと奇声を発した。おれとトゥーラは結び目と少年を交互に見る。

「どうしたの？」

「なんだ、どんな感じだ？」

少年は目を瞠って同時に息を吸った。

「何も感じない」

「ユース……」

「だって、本当だってば！　本当に感じなかった――」

「指でつついただけではわからないのよ。ちゃんとさわってくれないかしら」

「何もおきないってば！　ほら……」

口とは裏腹に及び腰で指先だけをむける。トゥーラがしびれを切らした。彼の手首をむんずとつかみ、勢いよく結び目におしあてた。彼の懐《ふところ》であの剣が鳴った。竪琴《たてごと》の太い弦が震えるように。ユースはとびのき、痺れを払うような仕草をした。トゥーラはまるで自分がさわったかのように、青ざめ、呆然となった。おれは二人と結び目を交互にせわしなくうかがい、そっと呟いた。

「……何があった……？　ユース？」

「何も……指先がびりっとしただけだよ。びっくりした……」

「トゥーラ？」

トゥーラは両手を組みあわせ、ぽかんと口をあけていた。再度名を呼んで手をさしのべると、彼女の黒目が裏返った。倒れそうになるのを抱きとめれば、すぐに我をとり戻したらしく、おれの腕をおしのけるようにして自分の足で立った。

「だい……大丈夫……。……ああ、驚いた！」

「おれは大して痺れなかったけど。全部トゥーラさんにいったのかな？」

「エンス、本当に大丈夫だから。それより結び目は……？」

トゥーラは、曖昧《あいまい》な返事を口の中でもごもご言い、おれは仕方なく彼女から離れ、再び結び目の前にしゃがみこんだ。鎧結びはほつれかけていた。だが、ほどけるほどではなく、もう一工夫しろと誘っているかのようだった。

「ユース、剣を出してくれ」

「え……？　切っちゃうの？」

「切りはしない。切ったって切れないだろうし、第一なまくらじゃないか。とにかく出してくれ」

　ユースが懐から布包みを出してほどき、手渡そうとする。おれは黙って彼を指さした。

「また、おれ？」

　渋面になりながらも、そろそろと剣先を近づける。もしまた痺れが走ったら、即座にほっぽりだして遁走《とんそう》する構えで。

　閃光《せんこう》が走り、中音域の竪琴の弦さながらの音が響いた。おれは思わず目をつむった。目蓋《まぶた》の裏に白と銀の星が次々にはじける。かつて銀戦士やマーセンサスと剣を交えたとき、あるいは酒場で殴られたとき、脳天から火花が散ったことがあった。それと似た衝撃でしばらく動けなくなった。

　今度はトゥーラがおれたちに尋ねる。

「あらあ……大丈夫？」

　剣を取り落としたユースが呻く。

「だから嫌だったのにぃ」

　頭を抱えていると少しずつ星が消えていった。一番大きい白と銀が残ったが、目蓋をこすると首の後ろを通って心の臓へと落ちていった。目をしばたたけば、結び目のゆるみは少し大きくなったかのように見えたが、それだけだった。

「ふうむ。ユース……もう一度」

とふりかえり、やはり頭を抱えながら恨めしげにおれを見あげてくるのを確かめ、

「というわけにはいかないようだな」

肩を落とす。

「剣だけではだめなのでしょう」

エミラーダの声がした。いつのまにかまわってきていたものらしい。

「おそらく、碧《みどり》の石も必要なのですよ」

おれは剣を拾って布切れにくるみ、ようやく立ちあがったユースに返した。

「おそらく、を確かに、に変えるには、やはり文書を漁《あさ》るしかないようですね」

「まあ、今回は、一応見ておこうと来ただけだからな」

おれは膝についた雪を払いながら頷いた。

「そんな簡単なものだったら、とっくの昔にほどけているはずだしな」

「もう帰ろうよ。そろそろあったかい食事が恋しいよ」

とユーストゥス。否やはなかった。

馬のところに戻ると、すでにエイリャが橇の準備をして待っていた。向きもちゃんと帰る方向に変えてあった。

「あれはものすごく高く深い魔力の精髄だね。よく平気でそばにいられるよ。あたしゃ、目眩《めまい》と動悸がして近よれもしなかった」

御者台に自ら飛びのってそばにエミラーダを座らせる。

「さあ、皆、乗っとくれ。桃ちゃんと栗ちゃんがすっかりやる気を出してくれたからね。丸太小屋までひとっ走りだよ」

「桃ちゃんと栗ちゃん？」

橇に乗りこみながらユースが呟き、トゥーラが荷物のあいだに身体をおしこみながら答えた。

「それがお馬さんたちの本来の名前らしいわね」

3

　ユーストゥスと共に結び目にふれたときの衝撃は、なかなかトゥーラを去ってくれなかった。胸の中で数多の白と銀の星々が渦を巻いて霧をふりまき、会話しているあいだも、橇《そり》に乗っているあいだも、山小屋について火を熾《おこ》し食事をしたためているあいだもずっと誘っていた。塔へ登れ、もう一度登れ、登らなければならないよ、と。

　それゆえ常に微笑を顔にはりつけて、焦燥を読まれないようにした。桃と栗が明日もがんばるはずだから、夕暮れどきには村に帰れるよ、とエイリャが保証するのを聞きながら寝支度をした。皆の寝息が落ちついて規則正しくなるまでじりじりと待つ。ユーストゥスが何やら寝言を言い、エミラーダが吐息をついて寝返りをうった。そろそろ起きあがる時刻だ、と思ったとき、森の中で小枝の折れる音を聞いた。

　トゥーラはそっと立ちあがった。あれは自然のたてる物音ではなかった。どこかの間抜けが落ちている枝をうっかり踏んだらしい。塔へ行くのは後まわしにしよう。間抜けの正体を確かめてからでもいい。

肉用ナイフを腰帯から抜いて小屋の外に出る。裸の梢《こずえ》の上には星々が燦然《さんぜん》と輝き、ゆったりと静かに弧を描いていく。

音は森の南の方から響いてきた。だがトゥーラはまっすぐ南へはむかわず、西からひそかに大回りして進んでいった。わずかな傾斜がやがて窪地に変わり、その窪地から少し這いあがった疎林の端に、黒くうごめくものがあった。

雪明かりと星明かりで雪原は淡い藍《あい》色に染まり、網の目になった木々の影が〈レドの結び目〉を大きくしたかのように映っていた。その中で移動していくのは、エンスにつきまとっている網の化物か。いや、違う、あれは人間だ。四人、五人、六人。六人いる。小屋めざして這い登っていく。極力注意しているようだが、中に一人、間抜けがいて、また枯れ枝を下敷きにしたらしい。ぱきっ、と音をたて、隣の男の軽い拳骨《げんこつ》を頭にくらっている。だから注意しろ、と言ってるんだ、そんなこと言ったってそこらじゅうに落ちてるんだぜ、ばか、だから手で払ってから進むんだよ、そのくらい自分で考えろってんだ、と身ぶりでやりあっている。

六人とも剣と弓矢を背負っている。頭にかぶっている頭巾は見慣れた形だ。

トゥーラは軽々と窪地の縁を伝って彼らの横に近づくと、いきなり声をかけた。

「あああら、あなたたち、何やってるの?」

凍りつく六人に追いうちをかける。

「こぉんな夜中にこそこそと這いずって、どうやら善きことのためではないらしいわねえ。わたしたちに用事があるんなら、堂々といらっしゃいよ」

くそっ、トゥーラだ、と罵《のの》った声は、ナフェサス軍団の一人、シデズという名の男のものだった。雪明かりにぼんやりと浮かびあがった面々もオルン村の若者たちで、特に攻撃的で荒々しいことを好む連中ばかり。

トゥーラは腰のナイフに手をかけて素早く戦術をめぐらせる。だが、いかな魔女の末裔《まつえい》でも、屈強な男六人を相手に、肉用ナイフ一本でどれだけ太刀打ちできるだろうか。

「なぁに、あなたたち、ずっとつけてきていたの？」

時間稼ぎにおしゃべりをしよう。そのあいだに攻撃順を考えよう。

「こそこそと夜の夜中に、一体何の用事かしら」

まず罵り声をあげた中央の男に襲いかかろう。この急襲隊の指揮者だから。速さと跳躍力を活かしてとびかかり、左手で肩を押せば一瞬喉が露《あらわ》になる。そこをナイフでかっ切ろう。

「こそこそやってんのはおめぇたちだろうが。余所者が村はずれの塔にこもって、何を企ててやがる」

「あぁら。あなたたちも仲間に入りたかったの？　言えば入れてあげたのに」

かっ切った右手をさらに回転させて、背後に迫った男の剣を払い、それにかけた力を利用して片足を蹴りだせば、相手のみぞおちに当たる。

「でもねぇ。〈星読み〉の書物と天の地図、予言書の写しを見ても、あなたたちにはよくわからないんじゃないかしら。……と言うより、あなたたち、字も地図も読めないでしょ？」

「この野郎、馬鹿にしやがって」

一番トゥーラに近い男が短剣を鞘走らせ、坂をあがってこようとした。ところが雪に片足をとられて前のめりに倒れそうになった。戦術訂正。トゥーラはすかさずひとっ跳びした。どうぞ切って下さいといわんばかりにのびた首の上に膝で着地し、背中にナイフを突きたてた。膝の下で首の折れる感触があり、ナイフが勿体なかったかしら、と呟く。

背中からナイフを抜いているあいだに、残り五人が一斉《いっせい》に襲いかかってきた。驚きと怒りに我を忘れて、剣も抜かずにつかみかかってこようとする。トゥーラは大きく跳びすさる。さすがにいっぺんに五人が相手では分が悪い。まずは隙を作らねば。

「今よっ、射って！」

と叫んだのは、彼らの背後に誰かがいるように思わせたかったからだ。この騒ぎにエンスかユースが気がついてくれれば、加勢に駆けつけてくれるかもしれない、とは思っていた。もしかしたら。だが、それにはもう少し時間がかかるだろう。今はこの叫びに敵がふりむく、あるいはひるむ、その隙さえできればそれでいい。

五人はトゥーラの思惑どおりに、一瞬ぎょっとして足を止めた。思わずふりかえってしまったのは比較的小柄な男。その男めがけてトゥーラはナイフを投げた。ナイフは男の首につきささり、慌てた彼がそれを抜く。とたんに血が噴きだし、雪を黒々と染めはじめる。

トゥーラはそのあいだに再び窪地の上まで戻って足場を確保する。

「くそっ、はったりかっ」

シデズがようやく長剣を抜き、一歩ごとに沈む足元をものともせず、大股に迫ってくる。トゥーラは落ちていた枝を拾う。シデズの歪《ゆが》んだ笑みが青白く浮いて見える。そんなもので戦おうってのか、と嘲《あざけ》っている。トゥーラは枝を振りまわしたりしない。まっすぐに刺すようにして突きだせば、直進してくるシデズの額を直撃する。枝が折れてしまうが、シデズも不意をくらってわずかにのけぞる。他の三人がそのあいだに彼女を囲むように登ってきていた。トゥーラは身を翻《ひるがえ》して木立へ駆けこもうとする。左側の男がトゥーラを真似たのか、足元にあった枝を払う。トゥーラは片足をすくわれ、前のめりに転び、しかし転びながら身体をひねって次の攻撃を避けようとする。怒号と共にシデズが剣をふりかぶってくる。左右も囲まれ、逃げ場がない。

トゥーラは身体を丸めて、シデズの足元に鞠《まり》のようにとびこんだ。シデズの剣は雪を切りつけ、動きが一呼吸止まる。ここで得物を持っていたのなら、トゥーラは迷うことなく男の腿を切りはらっただろう。あるいは膝裏を。はたまた腱を。だが、万事休す。徒手空拳、突きあげる枝すらない。

シデズが頭の上で歯をむきだしにし、再び剣をふりあげた。トゥーラは男の脛《すね》にしがみつくと、なりふりかまわず噛みついた。シデズはぎゃあっと叫び、よろめいた。雪が飛び散り、トゥーラはふりあげられた足の下をくぐって逃れるが、他の男たちの剣が閃《ひらめ》くのを見る。窪地の下まで転がって、二番めに殺した男のそばに落ちているナイフを取りに行こうか。それとも雪《ゆき》礫《つぶて》で目くらましをして、誰か一人の武器を奪おうか。

と、そのとき。追いすがるシデズの背後に、熊のような影を見た。トゥーラはにっこりした。

「遅いわよ！」

シデズも笑う。

「その手はくうかっ」

と喚いた頭を剣の柄《つか》で殴りつけたのは、エンスだった。その剣をトゥーラの方に投げてよこし、自分は白目になったシデズの手から難なく抜き身をもぎとって、

「極力殺すなよ」

トゥーラは、落ちてきた得物をうけとめる。エンスはあっというまに他の二人を叩きのめし、トゥーラの目の前にいた最後の一人の頭を横あいから回し蹴りにした。一息つくと、窪地をへだてた反対側からエイリャが、

「なんだ、もう片づいたのかい」

と残念そうに叫んだ。エンスが呻《うめ》いている男たちを見おろして尋ねた。

「これはどういう輩《やから》だい、トゥーラ」

「不満分子。わたしたちが村にいるのが気にくわないみたい」

「なんとまあ、けちな了見だなぁ」

「村の連中なんて、みんなそんなものよ」

トゥーラは肩をすくめる。

「世界が狭いったら」

「ふん。おれにも覚えがある。隣家の不幸が至上の喜びだって言いきった爺さんがいた。あの

ときは魂消《たまげ》たなあ。そぉんな考え方をする人間がいるんだってはじめて知ったときはなぁ。しかしなぁ、トゥーラ。殺しはいけないと、おれは思うぞ。死に価する罪ってのは一つしかないとな。今後慎むように」

　他の者にこんなことを言われたら、トゥーラは即座にとびかかっただろう。気に障ったというだけで、排除する癖が身についてしまっていた。だが、エンスに穏やかな調子でさとされると、むっとするどころか、素直に聞きいれられる。それは、旅のあいだ延々とリコに人の生死や暴力について説教されたことや、ナフェサスの死とも重なって、「今後慎むように」などとしかつめらしく言われると、従おうかと思ったりもする。

　その底には、エンスへの信頼と一緒に、名状し難いこそばゆいものがあった。それは、彼女を魔女だと一目で看破した男、それに何の不都合があろうかと、彼女をそのまま丸ごと呑みこんでくれた男、その男の期待に応えたいと願う彼女に、咲きはじめた小さな真紅の花であるらしかった。柄にもない。そう自嘲《じちょう》してみるものの、ナイフで切り落とそうとは決して思わない。邪魔なもの、障害物、おのれをわずらわせるものを切り落としてきたトゥーラにとって、大地がひっくりかえるほどの大事《おおごと》であるはずなのだけれど、大事だとも感じない。わかるのは、彼のなすことや彼の語ることを大切にしなければ、真紅の小さな花はたちまち毒花に変じて、トゥーラ自身どころかエンスまでも闇の土底に腐らせる、ということだけ。

　でも、とトゥーラは大男を見あげる。この人なら土底に落ちても腐ることすらないかもしれない。

エンスはもぞもぞ這いだした男たちにかがみこんで、なあ、あんたら、と声をかけた。

「おれたちはあんたらの生活をどうこうしようって気はさらさらないんだ。〈星読み〉の示す道がな、正しいのかどうかを検証したくってトゥーラの家にいる。それがわかれば、ライドン……いや、ライディウス？」

「ライディネス」

トゥーラが正すと、うんうんと頷いて、

「そうそう、そのライディネスの目論見がどうおれたちに関わってくるかもわかるはずなんだ。そうすりゃ、オルン村の安全もはかれるだろ？　だからなぁ、もう少し時間をくれまいか。名高いウィダチスの魔道師と、カダーの月巫女《みこ》、知らないもののない知恵をもつ長老、それに運命を読む天文学者にして〈星読み〉の四人が集まってるんだ。こんなことがこの御時世にあるってこと、これは月と太陽が一緒に昇って一緒に沈むくらい、珍しいことなんだぜ」

よくも舌がまわるものだ。大袈裟《おおげさ》にぶちあげた、と苦笑いしたトゥーラだが、よくよく考えれば確かにそのとおりだ。

「それに、王となるべき少年が、例の剣を抜いた。何か、すばらしいことがおきようとしている。だからもうしばし、待ってくれ。それから、ああ、あそこに横たわっているおたくらの仲間二人は、気の毒なことをしたが、おたくらも同じことをしようとしていたんだから、これはお互い様だろ。それに、トゥーラがナフェサスの仇を討ったこともお忘れなく。ってことで、どうだろう」

平然と、通用するはずのない理屈を語る。するとシデズが用心深く身構えながら立ちあがった。エンスは期待をこめて尋ねる。

「わかってくれたか?」

「わかるわけ、ねぇだろ、わけわかんねぇ。ちゃんとコンスル語、しゃべってんのか?」

そう毒づきながらも、残り三人を手ぶりでせきたてて、じりじりと後退った。

「油断しねえことだな。また会おうぜ」

捨て科白《ぜりふ》を残して窪地の縁をまわり、南の方向に逃げていった。

「逃しちまっていいのかい」

いつのまにかそばにエイリャが立っていた。

「あいつらが村人を扇動《せんどう》したらひと騒ぎおきるだろう」

「それは大変ですわ。そんなことになったら——」

木立の陰からエミラーダとユースがそろって出てくる。するとエンスは指のあいだに小さな紐をはさんで掲げてみせた。

「これなぁんだ?」

トゥーラは思わずくすっとした。エイリャが気色《けしき》ばむ。

「この、悪党魔道師め!」

「南に行くなよ、エイリャ。また迷子になるぞ。あいつらの駄馬の手綱にちょいとさしこんできたからな。それでちょっと加勢が遅れたんだ、トゥーラ、悪かったな」

わはは、と空をむいて笑うテイクオクの魔道師の上で、星々も一緒に笑ったようだった。

一同そろって丸太小屋へ帰る道々、ずっと聞きたいと思ってたんだけど、とユースがエンスの隣に駆けよった。

「その、馬の手綱に組みこんだっていう迷路の魔法でもなんでも、効力が薄れるってことはないの？」

「魔法のかけ方でそいつは違ってくるなぁ」

「って言うと……？」

「何事もそうだろう？　気をぬいてした仕事はすぐに破綻《はたん》する。気持ちを入れてやったものは結果もいいし、長もちする。〈レドの結び目〉がいい例だ。千五百年も劣化せず当時のままを保っているっていうのは、相当魔力のある証拠でもあり、激しい思いか生命をかける願いがこもっているということだろう。おれなら、三日もてばいい魔法は五日もつように作る。ま、その時間だって、数式のように明確な理屈に支配されているわけじゃないけどな」

「要するに、直感、てことか」

「一足す一は二も大事だが、直感も大事」

ふうん、と相槌をうって、しばらく何かを思いめぐらせてから、ユーストゥスは再び口をひらいた。

「ねえ、じゃあさ、魔法をかけたあと、ものすごくくたびれるってことはあるのかな」

「それも普通の仕事と同じだよ。進んですれば、疲れても気分は爽《さわ》やかだ。翌日には気力があふれるほどに。あんまり気乗りしない魔法をかければくたびれる。悪戯でやったやつはしっぺ返しがあったりもする」

「紐結びの魔法は」

二歩先のエミラーダがふりむいて口をはさんだ。

「あんまり人を呪ったりおとしいれたりはしない性質の魔法よね。普通の魔道師の仕事とは異なるのじゃなくて？　悪意や復讐心でおこなわれる魔法は、ものすごく消耗するはずですよ」

エンスは顎の下を爪でかいた。

「そうかもしれないな。……おれはあんまりそういうこと、考えないからな……」

ちょうど小屋にたどりついたところだった。皆が中へ入っていくのをトゥーラが見送っているのに、エンスが気づいて立ちどまった。

「どうした……？　中に入らないのか？」

「わたし……行かなきゃ」

「行くって、どこに？」

頭を傾けて方向を示し、

「呼ばれているような気がするの」

エンスは聞きかえすこともしなかった。何に、誰に、なぜそう思う、気のせいじゃないか、空耳だろう、などという言葉は大男のセオルのポケットのどこにも入っていないようだった。

「そうか。ならば行こう」

と足を踏みだす。トゥーラの方が慌てた。

「あの……あっと……と、塔が呼んでいるような気がするっていうだけで……」

「気がするっていうのは、まさに直感のなせるわざだろう」

「でも……まちがっているかも」

「まちがっていて、悪いことでもあるか？　やってみてだめだったことなんて、山ほど、毎日、だろ？　おまえを一人でやるわけにはいかない。さっきみたいなことになったら大変だ」

エンスは腰に両手を当てて朗らかに言った。それから、ちょっと待ってろ、と指を立てて小屋に駆けあがり、トゥーラと塔へ行ってくる、夜明けにむこうで待っている、と中へ叫んで、戻ってきた。

「さ、行くぞ」

まるで自分がそう決めたかのように先に立って歩きだした。トゥーラは小走りにあとをついていかざるをえない。

深夜の森は、息をひそめて待つ狐のように静まりかえっていた。さっきまでの攻防など、ちっぽけで浅はかな人間のとるに足らない出来事のように思われる。裸の梢は鈍い銀の模様を編んで頭の上に広がり、さらにその上には、どこかの天文学者が「天の鍛冶屋の槌《つち》から生まれた」と書き殴った一片の詩句を彷彿《ほうふつ》とさせる星々が、燦然ときらめいていた。

星明かりと雪明かりが大気中で混ざりあって、熱のない炎の匂いを醸《かも》し、トゥーラは目眩《めまい》か酩酊《めいてい》かと疑うほどだった。

白の塔の足元まで来ると、エンスは入口の前で止まり、そこで待っていると言った。すっかりエンスの中にもぐっていたダンダンが、セオルの留め具の下から鼻面だけを出した。

「ダンダントエンス、マツ」

トゥーラは少しばかりひきつった笑みを返し、頼もしい大男を残して塔に足を踏み入れた。昨日訪れたときとはまったく異なった様相が彼女を迎えた。数歩進んで石段に足をかけたとたん、彼女は屋上に登りつめていた。

頭上には光の帯となった星々が横たわり、いや、塔の屋上ではない、足元にも星々がちりばめられ、床も壁もとうに消失して、右手には満月、左手には太陽を従えている。その月も陽も、圧倒的な光を放ちながらも星々をかすませることはなく、青い闇に浮かぶ一個にすぎないと語った。傲慢《ごうまん》も誇りも謙虚も卑屈《ひくつ》もなく、淡々とあるがままのおのれを語った。われは月、数多の冷たきものの一個。われは陽、数多の灼熱のものの一個。われは星、数多の太陽の仲間、されど〈狼の口〉と名のつくもの。われも星、生まれたる虚空にて燃え盛るもの、〈王女の石〉と呼ばるるもの。われもまた星、渦の中に埋もれたるごとくに見ゆるもの、されど〈すべての星に名づけたる女王〉によって〈葉の滴《しずく》〉と記されしもの。驕《おご》ることもなく卑しめることもなく、われらは星、輝ける星、一つ一つが燃える星。

その中で、トゥーラの目の前にきらめいているのは白銀の星だった。どこかで見た覚えがある。白い炎をあげ、銀の光を放つ、ああ、これは、この炎のゆらめく模様は、〈レドの結び目〉の裏側の中心にあったもの。ユースが手のひらを当て、わたしの中で無数の粒子がはじけ、一瞬気が遠くなった、あの結び目。あれはこの星を象《かたど》ったものだったのね。そう気がつくと、再び身体中に何かがはじける。トゥーラは光の狂乱によろめき、すがるようにその星に手をのばした。

「トゥルリアラル」

と星は名乗った。

「トゥルリアラル。テアル。トゥラルアル」

腰骨の上、背骨の終わるあたりに応えるものが生まれる。それをふり払いたかったのだが、エンスの声が青い闇の虚空から届く。

――直感を信じることだ、トゥーラ。

彼女は身構えることをやめ、力をぬいた。星が再び名乗る。

「トゥルリアラル。テアル。トゥラルアル」

背骨の下、腰骨のはじまるところで彼女は認め、返事をした。そう、わたしよ。わたしがトゥルリアラル。ちぢめてテアル。別の日はトゥラルアル。そして今は、トゥーラ。

背骨の髄の中に、剣でも突きこまれたかのような激痛が走った。額から銀の光が噴きだし、目がくらんだ。その痛みの中に、次々と一連の情景が浮かんでは消え、浮かんでは消えた。一呼吸のときが数刻にまでひきのばされたかのようだった。情景は、はじめて見る場面ばかりであったものの、どこかで経験したことのあるようなもどかしい感覚をもたらした。トゥーラでありトゥーラでない誰かの記憶。彼女の骨髄《こつずい》の中にうけつがれてきたものが、目覚めたような感じ。

平穏な春の陽射しにうたたねするオルン村があった。いや、村ではない。周囲に二重の防壁をめぐらせて、女王の居館が君臨する小さいが歴とした王国が、白いりんごの花を絹のレース飾りにして、まどろんでいた。

夏には川辺で洗濯もそっちのけにおしゃべりする女たち、浅瀬で水遊びに興じる子どもたち、カラン麦の収穫に頬をゆるめる男たち、それぞれの屈託のない歓声が、青空に響きわたっていた。

秋は秋で、他国から運びこまれる葡萄《ぶどう》酒や綿花や絹糸、出ていく荷車にはカラン麦や上等な反物《たんもの》。王国の城門はひらきっぱなしで昼夜を問わずにぎわっていた。ああ、だがそれもほんのわずかのあいだのこと。黄金の葉が落ちる前に女王の館は穢《けが》された。冬の来る前に城門はかたく閉じられた。再び春が来たとき、白いりんごの花と共に女たちの赤い血が散った。

すべてはじめて目にするものでありながら、すべていつか見たものだった。結び目がほつれ、星が名乗り、こごっていた真髄のようなものが今、血流にとけだしていく。

「輝かしき日々。熱き刻。光に目のくらんでいた年月」

星は彼女の血流の中で歌う。

「無垢と情愛と信頼と自信に彩られた日々。されど愚かしき日々」

トゥルリアラル。テアル。トゥラルアル。それがわたしの名前。トゥーラであるのと同じように。ああ、でも、まだ足りない。無垢と愚かしさ、情愛と盲目、信頼と無知、自信と傲慢、それだけでは足りない。トゥーラを成すもの、トゥーラをつき動かすもの、トゥーラの裏を成し、根幹に巣くい、トゥーラたるべく支えるものが見えてこない。

「そこへ至るには闇の淵に降りなければ」

星が言った。すると彼女の足元には床が戻り、星々は頭上はるかに遠のいて、冷たい風に揺れていた。床には陥没した箇所が口をあけ、のぞきこむと深い漆黒《しっこく》があった。

「闇の淵。だが、トゥルリアラルにはまだ早い。まだ降りるべきときにあらず。闇の作りだす影を見定めないうちは」

星は笑った。少しばかり嘲りの調子がひそんではいなかったか？

「われを求めよ。ときが来たとき」

さっぱりわからない。これがエンスの言う直感というものならば、茫洋《ぼうよう》としたこの指示のどこかに道筋が見えてきてもいいのではないか。それとも、「そのときがきたら」わかるようになるのだろうか。

大きく息を吐き、まばたきした。直後に三度、周囲は変化し、彼女は塔の入口から入ってすぐのところに佇《たたず》んでいた。ネズミの糞と蝙蝠《こうもり》の死骸が転がる薄暗い四角形の、石段も大きく崩れてもはや用をなさない体の、古びた部屋に変じている。

どこか上方で、石屑の落ちる音がした。すると呼応して、右でも左でも足元でも、卵の殻に罅《ひび》が入るときのようなかすかではあるが、紛れもない崩壊の予兆が生まれた。トゥーラは身を翻して飛びだした。まるで雛《ひな》が孵《かえ》ったときのように、無様によろめきながら。

エンスが腕を広げて彼女を抱きとめた。今や塔に罅の走る音がはっきりと聞こえた。エンスはトゥーラを抱えたまま走りだした。トゥーラは彼の胸板から発する熱を感じ、自分が凍える寸前だったことに気がついた。歯を鳴らしながらそのぬくもりに安堵してようやく立ちどまれば、エイリャたち三人と二頭の馬の牽《ひ》く橇が目の前にあった。彼らは目を瞠《みは》って塔の方を仰いでいた。

二人もふりむくと、白い塔は土台からぐずぐずと崩れていくところだった。まるで水につけた焼菓子さながらだった。あっというまに溶け落ちた。それにつづく白い壁は大きな欠片《かけら》となって次々に落下し、砕け散り、その散った粉塵《ふんじん》は氷の結晶のように、あるいは小さな星屑のようにまばゆく輝きながらしばしあたりに漂った。すると、すっかり明けきった東の空から淡い冬の光が射しこみ、光と共に風が一陣、星屑を西の空へとさらっていってしまった。

大地はそれでもまだかすかに鳴動を残し、森の梢《こずえ》はざわめいていた。一同の沈黙を破ったのは、エンスのセオルから鼻を突きだしたダンダンで、

「ダンダントエンス、マッタ。オカエリ」

と歓迎してくれた。

「トゥーラさん、塔までぶっ壊したのか」

人聞きの悪いことを言ったのはユーストゥスだった。

「千五百年も建っていたやつを壊しちまうなんて、魔女の末裔ってすごいんだな」

「伝説の剣を蹴っとばして抜いちゃったあんたに言われたくないわよ」

トゥーラが歯を鳴らしながらもやりかえすと、エンスが顎の先をかきかき、ぼそりと言う。

「これは、あれか？　〈レドの結び目〉の一つをゆるめたせいか？」

「それもユースがやったのよね。つまりはわたしとあんた、同罪ってわけ」

トゥーラが少年に指を突きつけた。エミラーダが明るい笑い声をあげた。彼女の笑い声を聞くのは、もしかしたらはじめてかもしれない、とトゥーラがまばたきしていると、

「なされるべきことがなされたということですね」

「なんだよ、それ、おばさん。意味わからねぇし」

「つまりはリクエンシスさんが選んだ方法が正しかったということ、でしょう？　〈レドの結び目〉の、塔とつながっている部分をゆるめた。それで塔は、うけいれるべき人をうけいれ、おそらく――」

エミラーダは意味ありげな一瞥《いちべつ》をトゥーラに投げかけて、

「渡すべきものを渡した、そうではなくて、トゥーラさん」

「そこまで幻視したの？」

「これは幻視ではなく、理《ことわり》にそった推測ですよ」

「理にそった……推測？　これが……？」

「数式も星の動きも先人の洞察もありませんけれどね。わたくしは月の軌師《きし》だったのですよ。〈不思議〉に一生を捧げた巫女だったのですから、おのずとこうした推測が生まれるのです」

トゥーラは絶句した。エンスの直感といい、エミラーダの推測といい、理屈だった根拠の確

かさがどこにもない。なのにエミラーダは薄い唇でにっこりとし、

「そして、正しかった、でしょ？」

と言いきったのだった。

4

シデズたちが村の衆を牛耳《ぎゅうじ》って、余所者のおれたちをしめだしにかかることも考えられたので、西側の低地からトゥーラの家にそっと近づくことにした。森を出てから、あちこちに灌木の頭が突きだしている荒れ地を進んでいった。一馬身幅の浅瀬がそこここに流れてたえまない瀬音をたてていた。その先にはまた雪原がつづき、やがてこんもりと盛りあがった丘の上にトゥーラの家の塔が建っている。

幾つか小川を渡った頃、それまで機嫌良く晴れていて一番星と細い三日月が一緒にまたたいていた空に、雲が流れてきた。風が背中を押すように吹いてきて、貴重な冬の上天気も終わることを告げた。

おれたちは昼の太陽のせいですっかりゆるんでしまった雪の上を、一足ごとに抜くのに苦労しながらトゥーラの家をめざした。歩きながら村の様子をうかがったが、普段どおりに静かで、余計に焚かれる篝火《かがりび》なども ない。どうやらシデズたちは村へは戻らなかったらしい。それをトゥーラに告げれば、トゥーラはあたりまえ、と応えた。

「ナフェサスの仇を討ったのはシデズじゃなくて、わたしだもの」

するとユーストゥスが斜め後ろから口をはさんだ。

「その前から、トゥーラさんはみんなから怖がられていたしね」

「侮《あなど》られるよりはましよ、あんたみたいにね」

とやりかえすが、二人ともにやにやしている。会ったばかりの頃の、殺気だった様子も、生命の危険を感じて怯えていた様子も、すっかり払拭《ふっしょく》されている。

ダンダンが喉元でもぞもぞしたと思ったら、セオルの合わせ目からするりと外にぬけだした。おい、どこへ行く、と目で追うが、いかに雪明かりがあるとはいえ、小さい蜥蜴《とかげ》と雪原の陰影の区別はすぐにつかなくなった。

「おい、ダンダン、どこだ？」

すると三馬身離れたあたりで返事があった。

「ココヨ。ココ、ココ。ココニイルノ！」

膝まで沈みながらもどかしい思いで近づいていくと、わずかに雪の盛りあがったところに小さな足を踏んばり、再びココナノ、と鳴いて身体を丸めた。おれは慌てて両手ですくいとり、胸に落としこむ。雪上運動は爬虫類《はちゅうるい》には生命とりだ。ひやりとふれる感触に心の臓の鼓動が速まる。

回れ右をしようとした片足が、雪の下の何か異質なものを踏んづけるのと、ダンダンが心の臓の上でココナノ、と呟くのと、エイリャが叫ぶのが一緒だった。

「ちょっと待って！　エンス、ちょっと待ってっ」

おれはそろそろと片足をひきあげ、エイリャが駆けよってきてわずかな隆起になっている雪を払うのを眺めていた。

「何つっ立ってんのっ。手伝って！」

叱咤されてはじめて、ぽかんとしていたことに気づく有様。他の三人も駆けよってきて、皆でざらめになった水っぽい雪を掘った。やがてあらわれたのは、汚い男だった。埃まみれになって、髪にも髭にも木の葉や木の実がもぐっている。逆三角形の長い顔には垢《あか》と煤《すす》の黒い筋が重なっている。目をかたく閉じ、口も歯をくいしばって、こんなところで行き倒れた者の無念が伝わって――、

「まだ生きてるわっ」

息をうかがったトゥーラが顔をあげ、

「なんとまあ、サンジペルス！」

エイリャが嘆きとも感心ともつかない口調で叫ぶ。

「サ……サンジペルスぅ？」

おれとユースは顔を見合わせ、エミラーダがそばまで馬をひいてくる。

「あたしの本！　あたしの本は……ああ、良かった！　あったよ！」

サンジペルスの腰には幅広の紐が結わえつけられ、その紐の先に図書専用の四角い羊革袋が三つ、直列つなぎになっていた。エイリャはサンジペルスそっちのけで袋を回収していく。お

れは感心した。

「へええ。彼もやるもんじゃないか。生命をかけて責務を果たしたんだな」

「まだ死んでないわよっ」

とトゥーラ。エイリャは袋を自分の腰に結びつけて立ちあがった。

「だけどこの男らしいじゃないか。塔の目と鼻の先で行き倒れちまうなんて」

「だから、まだ死んでないってばっ」

ユーストゥスがげらげらと笑いだし、エミラーダは目を細めておれを睨み、黙したまま横たわる男と橇《そり》を交互に指さした。仕方がない、大男はその膂力《りょりょく》を役立てるとするか。

サンジペルスの両脇に手を入れ、ずるずると雪の中からひっぱりだした。ひどい臭いに顔をそむけながら――おそらく鳥になっているあいだに、鳥の食事を楽しんだのが原因だろう――もと牛だったにしては軽い身体を橇の荷物の上に放りだす。やっこさんはその衝撃に呻《うめ》いたかと思えば、むにゃむにゃと寝言らしきものを呟いて、横向きに寝返りをうった。

「この人、寝てるだけじゃん」

ユースがまた爆笑する。トゥーラはふん、と息を吐く。

「良かったわね、人間に戻れて」

「さ、参りましょう」

とエミラーダが馬の手綱をひいた。

「この寒さでは、寝ているだけの男でも、すぐに凍えてしまいますよ」

なるほど、風が強くなってきた。身を切るような北西の風に変わり、空は厚い雲におおわれ、今にも吹雪になりそうな気配。

登り斜面は難儀した。エイリャが馬たちを励まし励まし、何とか橇を上げることができた。おれは臭い男を、仕方がない、背中におぶって登った。やっとついたと思ったら、塔の四階まで上がらねばならない。さすがのおれもむっとしたところへ、マーセンサスが出てきてくれて、臭い男はトゥーラの父親と一緒に母屋の寝床におしこんだ。

「リコはどうしてた？」

皆が上がっていってしばらくしてから、石段をたどりつつ尋ねる。マーセンサスはくすりとした。

「トゥーラの親父さんに説教くらわしていたよ。自分の半分くらいの年しかないくせに、ぐうたらしているのはけしからん、ってな。あれこれ口うるさくして、おれたちの食事を作らせていたぞ」

「さすが、リコだ」

「しかしやつの食事はまずかった。あれはだめだな。根っからの怠け者で人によりかかって生きる類だ。リコが目を光らせていなけりゃ、またもとの木阿弥《もくあみ》だな」

「一緒においといて、サンジペルスは大丈夫か？」

「親父さんに影響されるんなら、あの牛男も牛でしかなかった、ってことだろう」

さんざん世の中を見てきたマーセンサスは、幻想など抱かない。その人間の生き方は他の誰でもない、本人の責任だ、と透徹《とうてつ》した考えをもっている。剣闘士として生きぬいてきた彼にとって、それは冷たい言い方でもつき離した言い方でもない、真実にすぎないのだ。

「エイリャの薫陶《くんとう》の成果があったかどうかは、牛男次第ってことだな」

四階ではリコがエイリャの書物を袋から出して興奮していたが、おれの顔を見るなり、

「エンス、飯だ。あったかい飯、作ってくれ」

と叫んだ。おいおい勘弁してくれ、こっちだってくたくたなんだ、それにもう夜中だぞ。両手を広げて抵抗の意を示すと、トゥーラが助け船を出してくれた。

「下にあるものでお粥《かゆ》くらいはできるかもしれない」

エイリャ、エミラーダ、リコがこれまで調べてきた資料のあいだに四冊の書物を広げて、早速照らしあわせはじめた。マーセンサス、ユーストゥス、おれの三人は彼らの邪魔にならないよう、暖炉のそばにちぢこまって身体を温める。ダンダンが火の気配に懐《ふところ》から這いだして、ユースの膝に移り、うっとりと尻尾をくねらせた。

さほど待つほどもなく、トゥーラが鍋をぶら下げて上がってきた。木の器にもられたのは大麦を牛乳に浸して煮たお粥で、干し葡萄《ぶどう》や干し杏《あんず》、干しりんごを刻んだものが入っていた。ほんのりした甘さの中に、華やいだ南国を感じるのは、珍しい桂皮《けいひ》で香りづけしてあるせいか。

冬の旅の終わりをこうした温かさで迎えられることに心の中で感謝した。仲間たちに、トゥーラに、そして神々に。

腹が落ちつくと心も静まった。空っぽになった鍋に器を重ねると、誰言うこともなく寝支度

がはじまった。リコを女たちのもとに残して、男三人は下の階にひきあげ、乾いて暖かい中に眠りについた。

冬はどっしりと玉座に腰を据え、思う存分権力をふるったが、薪と水と食料をある程度貯えて、病人をかかえていなければ、それもまた楽しい季節だ。

トゥーラたちが伝説と書物に埋もれているあいだ、おれたちは水汲みと薪割りと食事の支度を担当した。二日に一度は村に行って、ちっぽけな居酒屋で村人におごり——代金は翌日の納屋仕事や雪かき、それにテイクオクの魔法——、ナフェサスの元配下を含んだ百人余りとさらに懇意になった。丸太小屋を襲おうとしたシデズたちの姿はなく、おそらく別の町か村に逃げ去ったのだろうと思われた。残念。もう少しつついてやってもよかったかもしれない。

一月《ひとつき》もたった頃、おれはさりげなく来春の危惧について語った。村人たちは顔をひきしめ、しょんぼりとうなだれる。ナフェサスがいたらまだ何とかできただろうに、こうなるとむしろずっと雪がとけなければいいと思う。たとえ戦ったって、この面子《メンツ》じゃあ、戦《いくさ》なれした連中にかなうわけもねぇ。

「そういえば、カダーが陥《お》ちたとは聞こえてこないな」

おれはそっと呟いた。小雀《こすずめ》たちを驚かさないよう、近づくのに似て。すると、彼らは顔を見合わせた。

「そういえば……おめえ、何か、知ってっか」

「知ってだら黙ってるわけないぞ」

皆、不思議そうな顔をした。

「なんでだ……？」

「ただ、報せが届かねぇってだけのことか？」

「この前、ほれ、火つけ商いが来たとき、何も言ってねがったよな」

「うん、うん。何かあったら火つけ商いが言うに決まってら。あいつはコガラとおんなじくらいおしゃべりだもん」

おれとマーセンサスのあいだにちょこんとはさまった人形、といった風体だったユーストゥスの眉毛がすかさずあがった。

「ちょっと待って。何、その、火つけ商い、って。放火してまわるわけじゃないよね」

村人たちは――狭い店内にぎゅうづめに二十人ほどはいたか――一斉《いっせい》におし黙り、一呼吸ののちにどっと笑い崩れた。

「放火してまわるって？　どこの世の中に、そんな商売があるんだよ」

「御本人が聞いたらそれこそ頭から火ぃ噴いて怒るぞぅ」

ユースは首を赤くして立ちあがりながら、

「なんだよ、火つけ商いなんて、まぎらわしい名前で呼ぶから、わかんないじゃないか」

とむきになる。その肩をおれとマーセンサスが左右からおさえて座らせる。

「珍しい商人《あきんど》ではあるな、うん」

「帝国瓦解《がかい》のこのときに、商売が成りたつから確かに不思議だな」

「なんだよ、二人とも知ってんの？　知ってたら教えてくれればいいじゃないか」

　ユーストゥスが唇を尖らせると、村人たちが身を乗りだし、おれたちをおしのけるように割りこんで、口々に説明しはじめた。

　なんでも二十年くらい前に、ネルラント州で発明されたんだ。ネルラント州って知ってっか？　ここからずうっと西に行くとな、帝国のはずれにつく。干からびた何にもない土地で、もくもく火を吐くお山があるばかり。その山の南の麓《ふもと》に工房があってな……。

「何の話だよ、一体」

　おっと、と中でも剽軽《ひょうきん》な中年男が皺《しわ》だらけの額を平手で打ち、

「そりゃ、おまえ、火つけの話だぁ」

「さっぱりわかんねぇ！」

　すると丸顔の若いのが、おおう、おれ、持ってたぜ、とセオルの裏ポケットから陶器の小さな容れ物を取りだしてみせた。男の手のひらの三分の一ほどの丸い容れ物には、赤い炎が描いてあり、これ一つでカラン麦一月分の価になるだろう。

　なんでおまえがこんな高いもんを手に入れられたんだ、畜生、おれも買っとけばよかったぜ、とひと騒ぎする。そのあいだにユースは蓋を取ろうとした。マーセンサスがすかさず、

「おい、気をつけろ。下手すると手がもげちまう」

と脅かしたので、慌てて手をひっこめる。

　丸顔の持ち主は、得意満面に周囲を見まわして、おもむろに容器の蓋をずらし、卓上に白黄

色の粉をアリ一匹分だけ落とした。とたんに全員が息をつめる。数人は両手で自分の鼻と口をふさぐ。丸顔はにっと笑って、木の杯の尻でそれをこすった。

小さいが歴とした赤い炎があがった。おおう、とどよめきがわく。ユースはぎょっと身をそらしつつ、目を離すことができない。炎はあっというまに消えた。

「これが、火つけ商いの火つけ粉だ」

丸顔の若者は、それを発明したのが自分であるかのように胸を張った。

「粉をふって何かでこすれば、ぽんっ！　火がつく。便利だぜ。火口を持ち歩かなくたっていいんだからな」

「粉がなくなりゃ火は消えるがね」

マーセンサスが皮肉っぽいいつもの口調で付け加えた。

「その前に木屑や藁《わら》や木皮をくべにゃあならんのは、火口と一緒だ」

「怠け者の持つ道具じゃ」

と七十近い爺さんが白い眉をひそめると、村人たちもそれぞれの意見をまくしたてはじめる。

「でも……」

とユースは鼻をくんくんいわせながら呟いた。

「盛大に一気に火を熾《おこ》したいときには、いいかもね」

「盛大に一気に火ぃ熾して、どうするんだ？　家でも焼くか？」

とマーセンサス。

「扱いには気をつけろよ」

おれは若者に顎をしゃくった。

「こぼしたら、まずおまえが焼豚になっちまうぞ。ネルラントの工房では、もう少し安全に持ち歩けるものに改良しているらしい。あんまり簡単に火がつくってのも危ないっていうんでな」

「その粉、魔法がかかってんの？」

ユースが尋ねた。若者は慌てて首をふった。

「魔法には関わりがねえ。なんでも、燐《りん》とかっていう鉱石を使っているらしい」

「燐と硝石《しょうせき》と何かを混ぜあわせている。そこの山から大量に採れるらしい」

おれが補足すると、ユースはへえ、と言って身をひいた。どうやら好奇心は満足したようだ。

火つけ商いの話題からもとに戻そう。

「……で、カダーがどうなったかは、誰も知らない、と」

首をふる村人たちを確かめてから、おれはマーセンサスにむいた。

「どうだ、見に行くか」

マーセンサスは、

「そうだな。エイリャに頼めば斥候《せっこう》用に鴉《からす》の一羽くらい調達してくれるだろうが、忙しい最中だ、手をわずらわせることもあるまい」

「え？　行くってどこに？　もしかして、カダーに？」

とユーストゥス。

「カダーまで行けるかどうか。この雪だからなぁ。だが、ライディネスの軍勢が駐屯しているんなら、途中でそれに行き当たるかもしれないなぁ。そしたらおもしろくなるかもしれない」

おれが舌なめずりするように言うと、ユースは、じゃ、おれもついていく、と意気ごんだ。

村人たちはがやがやとしゃべりはじめた。おれはしばらくその様子を眺めながら、シデズのような輩《やから》がこの中からまた出ないとも限らない、と気がついた。いずれにしろ、春には村はライディネス軍と対峙するだろう。そのとき倒戈《とうか》の輩にかきまわされてはたまらん。ならば、その芽をさっさと出させてむしってしまうに限る。

「じゃあ、おれとマーセンサスとユース、この三人でちょいと見てくるぜ」

「ま……任せていいのか？　おれたちの誰か数人、ついていこうか？」

「好きにしてくれていいさ。明日の早朝、出立するってことでどうだ。往復十日もかかるか。五日進んで何事もなければ戻ってくる。来たいやつはトゥーラの家に来てくれ。……あと、女たちを頼むぞ。塔にこもりして何やら研究中だ。傷つけられることのないよう、見守ってやってくれ」

わざわざそう知らせたのは、裏切り者をあぶりだすための餌だ。何かあったらエイリャもトゥーラも、場合によってはエミラーダも、楽々と男共相手に戦うだろう。だが、そうなる前にもう一手打っておきたい。ここはサンジペルスにひと働きしてもらおう。

それからは夜更けまで、餞別《せんべつ》がわりの宴会となった。村人たちが一人去り、二人訪れ、三人去り、と入れかわっては火つけ道具の話とカダー行きの話がくりかえされた。おれは明日に備えて大して呑みもせず、この分だと朝にはカダー行きの噂が村中に広がっているだろうな、とほくそ笑んでいた。

夜が明けると、おれは塔の四階に行って計画を説明した。エイリャはふん、と鼻を鳴らして、下策も下策だが村人の中に害意をもつ者がもしいるんなら悪い手ではないね、と答えた。エミラーダは、カダー市内に運よく入れたら、拝月教寺院《はいげつきよう》を訪れてシャラナという軌師《きし》に会うようにと助言をくれた。リコは昨夜も遅くまで起きていたらしく、寝床に横たわったままだ。

おれは扉の横木に厄除けの紐を結び、何かあったらここが最後の砦になるようにと祈った。そんなことはおこりそうもなかったが。

トゥーラは外までついてきて、おれたちの装備を一瞥《いちべつ》し、まあまあね、と頷いた。おれは彼女の両肩に手をおいて、いいかトゥーラ、と厳《おごそ》かに言った。

「もし襲ってくる者がいても、あんたは手を出してはいけない。サンジペルスに任せろ。やつが虎になって一吠えすれば、それで決着するはずだ。裏切り者の名前さえわかればいいんだからな」

「わかったわ」

笑顔をはりつけて口ではそう言うが、怪しいものだ。と、ダンダンがぐいっと顔を突きだした。突然だったので、トゥーラの鼻頭《はながしら》とふれそうになった。トゥーラの笑みがたちまちひきつる。

「わかった、わかりました！　もし誰かが襲ってきても、虎になったサンジペルスが追い払うに任せ、わたしは手を出しません。ダンダンに誓って、射殺《いころ》したり魔法で潰したりしません」

「そんなこと考えてたの？」

ユースが頓狂《とんきょう》な、しかしわざとらしい声をあげた。

「本当に、村人を傷つけてはならんぞ、トゥーラ。遺恨が生じる。ただし、襲ってきたのがライディネスの手の者や、野盗だったらいくらでもやればいいさ」

シデズたちの件は村人には伏せていた。村人たちも、勝手に出ていった者の行方をさがすほどの行動力には欠けている。

トゥーラは両手のひらを肩まであげて言うとおりにすると示した。

「リコを頼むな。何もないとは思うが、年寄りだからな」

そう言いおいて、おれたちは出立した。村へ入るときは東側からだったが、カダーへの近道を聞いていたので北へむかう山道を選んだ。山を知らない者は、冬の旅を危ないものと決めつける。だがそれは、高峰に登ったり崖っぷちを進んだり、無理な行程を選んだ場合だ。かつての村々をつなぐ道にそって丘を越し、小山を迂回して行き、寒さと冷えた汗にさえ正しく対処すれば、このあたりの冬山であればそう怖れることはない。毛皮狩人など、深山の雪に腰まで埋もれて獲物を追うのだから。

体力のあり余っている男三人、途中で兎《うさぎ》を二羽、野生化した豚の群れから一匹、野鳥を数羽、と食料を調達しながら森を横切り、谷川を渡り、湿地を迂回し、三日めの夕暮れには早くもカダーの町を望む山の上に達した。

途中出会うのは獣ばかり、うちすてられた小村や山小屋、渓流の夏の番小屋なども目にしたが、人影一つなかった。また、こうして岩棚に這いつくばり、眼下に広がる雪野原と、白い外壁と白い塔を戴いたカダーの町を眺める限り、すべて平穏にして無事、晩餐の用意にせわしない炊《かし》きの煙もまっすぐにあがっている。

「ライディネスの軍勢なんぞ、影も形もないじゃあないか」

マーセンサスが唸った。

「冬の前に一気に攻め落とす勢いであったものが。やっこさんに、何かあったかな？」

用心するにこしたことはないな。夜闇に紛れて近づいた方がよさそうだ。

というわけで、岩に背中を預けて干し肉をかじり、葡萄酒をまわしのみしたあと、雪原に降りたった。降ったりやんだりの天候は今宵も同じで、ひそかに動く者にとっては恰好の隠れ蓑《みの》となった。風はなく、思いだしたように雪がふり、飽きたようにやむ。物音は雪布団に吸収され、ほのかに明るいので松明《たいまつ》の必要もない。

拝月教の寺院の無数の尖塔からは灯りが漏れて、巨大なカンテラが建っているようだった。おれにはその灯りが街の無事を象徴しているように思われた。

外壁の下についたときには、身体から湯気があがっていた。顔を見合わせ、息を整えて、すでに閉まっている門に近づいた。ここで夜明かしをするつもりはない。門の隣には、珍しく、小さな側戸がついていた。それもしっかり閂《かんぬき》がかけられていたが、この大きさなら何とかできそうだった。

おれは懐から灰色と黄色の紐を取りだし、二本まとめて蝶結びにした。呪文を吹きかけながら側戸におしあて、紐端をゆっくりとひっぱる。蝶結びがほどければ扉の裏の閂がずれてくれる寸法だ。門番に聞きとがめられないことを祈りながら数呼吸、がたつきがおさまってからさらに数呼吸待った。誰も騒がないし、足音もしない。

そっと押せば蝶番《ちょうつがい》がかすかにきしんで扉はひらいた。暗闇に左右を調べてからゆっくり足を踏みだす。おれ、ユース、マーセンサスの順に入り、扉にきちんと閂をかけ戻す。

カダーの街は寝支度の頃合なのだろう。門前広場に人影はなく、家々から漏れくる灯りも一つまた一つと消えていく。

「入っちゃった」

とユースが呟く。

「これからどうすんの」

さて、どうしたもんか。

「まさか、考えてなかったなんて、言わないよね」

こうなるとは予想していなかったからなぁ。

「この時刻に宿屋さがしは御免だよ。エミラーダに会えっていわれた軌師様を訪ねるのだって、無茶な時刻だし。大体、寺院に男は入れないんじゃなかったっけ？」

おれたち三人はそろって塔群の方を見あげた。塔の灯りはつんと鼻を上向けたお嬢様のように、冷たく見えた。マーセンサスが肩をすくめた。

「どっかの納屋にでももぐりこむしかないなぁ。こりゃ」

「ここまで来て半野宿かよ」

身体が冷えてきた。冬の旅で最も気をつけなければならないことの一つが頭をよぎる。雪中歩行でかいた汗が冷え、そのままにしておくと生命に関わることになる。納屋でも倉庫でも、とにかく風を遮《さえぎ》る場所で汗をふき、できれば着替えたい。

「マーセンサスの言うとおりだ。とにかく、近場で納屋をさがそう」

広場を横断しかけたときだった。頭上にいきなり氷の花が咲いた。目がくらんで立ちどまる。その隙に周りをとり囲まれた。おれたちはとっさに背中あわせになり、剣の柄《つか》に手をかけたが、胸にちくりと槍の穂先を感じては下手に動くこともままならない。

あっというまに縛りあげられ、さほど遠くない倉庫のような一軒に放りこまれた。三人並べて土間に直座り、その頃にようやく視界が戻ってくる。

「どこぞの者にあらん」

案に相違してかけられた声は、年寄りの太くしゃがれたもの。目をしばたたいたが、さっきと同じ光が当該人物の両側で満月のように輝いているので、直視することもできない。

「夜の夜中にこそこそと、どこぞの泥棒かえ。それともあの傍若無人なる戦人《いくさびと》のなれの果ての間諜《かんちょう》かえ」

おれはもぞもぞと身体をゆすり、

「答えたいが……頭がまわらん。ちょっとその光をよけてくれないか」

「否」

と声は厳しい。肉体からほとんど水分がぬけて、規律やら慣習やら保身のみが骨にくっついている婆さんを想起させる。

「苦しいか。正しく答えればこの苦しみもなくなろう。名を申せ。目的を申せ」

仕方がない、おれたちは順番に名乗った。

「目的ってのは……ないんだがな。カダーがまだライディネス軍の手に落ちていないかどうかを調べにきただけで……」

「そもじらは何者ぞ。それを調べてなんとする」

「おれらはオルン村の者ですだ」

ユーストゥスが気をきかせたつもりで村のなまりまじりに答えたが、ナフェサスたちが身にまとっていた殺伐《さつばつ》さは微塵《みじん》もなく、かえって嘘っぽく聞こえた。慌てて援護する。

「オルン村の居候で」

マーセンサスも頷いて、

「戦がはじまっていると聞いて、オルン村に加勢に」

婆さんはしばらく黙った。よくよく思案する時間を与えたら、とんでもない妄想をはじめるかもしれない。人というのは考えすぎて、ありもしない巨人を生みだすことが多々ある。おれは畳みかけた。

「なんでおれたちの侵入がわかったんですか。ライディネスたちはカダー包囲網を作りあげたはず。なのにやつらの姿がないのは、どういうわけか教えてもらえませんかね。あんたはこの町の長殿で？　だがその光には魔力を感じる。おれたちも名乗ったんだ、あんたも名乗っちゃあいかがです？」

「ほっ！」

婆さんは嘲笑《ちょうしょう》をあげた。

「この妾《わらわ》に名を名乗れとな！　妾は拝月教の大軌師《だいきし》パネーなり。本来なれば、そもじのごとき下賤《げせん》の輩など会うことままならぬ月の女なり」

おれたちはへええ、と言ったきりだった。しばらく沈黙がおりた。あんまり居心地が良くなかったので、おれがその沈黙を破った。

「町長より権力があるってことはわかった。大軌師といやぁ、拝月教で一番偉い人だってのも知ってる。で、そのやんごとなき月の女王さんが、なんでおれたち下賤の輩を相手になさってるんで？」

「女王ではない。月の巫女《みこ》なるぞ」

「はい、はい、わかったぜ。おれたちを気にする理由がおありなんですかね。ライディネスの間諜と疑ったのもわかったが」

「おれたちゃ間諜じゃねぇ」

マーセンサスも同意した。

「大体、間諜だったらこんな真似、しねぇだろ。白昼堂々と行商人か歯医者のふりして町に入りゃあいいだけだ」

「だからオルン村から来たんだってば！　途中途中にライディネスの軍勢がとどまってないかどうか調べながらさ。全っ然その気配がなかったから早々とついちゃったわけで」

若いユースは苛々《いらいら》と膝をゆする。

「ねえ、寒い夜を渡ってきたんだ。この縄ほどいて、寝床くらい用意してくれないかなぁ。尋問でも何でも、明日の朝にすりゃいいだろ？」

婆さんはほんの少し身を乗りだした。それで椅子に腰かけているとわかった。段になった鼻頭と額が白光に浮きあがった。眼窩《がんか》は暗く落ちこんで、まるで月の裏面を見ているようだった。

「ライディネスの軍がいない。そうかえ。それは重畳《ちょうじょう》」

そう呟いて笑ったが、乾いた谷底で風も地震もないのに石が鳴るのに似た響きが闇の天井にこだました。それを聞いたとたん首の後ろがひきつった。網の化物とはまた別種の化物が座っているようだ。

にっちもさっちもいかなくなったら、エミラーダの名を出そうと思っていたが、直感がやめろと言っていた。余計な情報を与えるかわりに、いささか得意げな婆さんから情報をもらうとしよう。

「それは重畳って……あんた、あの大軍相手に何かしたのかい？」

「街壁を外から見たところ、戦闘した様子もないしなあ。月の女王陛下は、月の力をふるって男共をひれ伏させたんですかい」

マーセンサスも同調してくれる。半分おだてあげた調子に、古い月の巫女はいささか気を良くした。リコと暮らしていると、こういう機微を察して利用できるようになる。はたして「よいしょ」に気を良くした婆さんは、人差し指を立てた。爪は長く尖っていて、白銀の胡粉《ごふん》を塗ってある。カダー寺院の無数の塔を模しているらしい。

「月の巫女が何人いるとお思いかえ？　満月を何百回と浴びた千もの巫女たちの身体には、満月の力が貯えられておる。妾はそれを新月との対話時に得た知恵に照らし、解放したものよ。迫りきたりし荒ぶる男共の頭上に、の。そもじらは、この白銀の光でさえまぶしがって苦痛といい、目もあけられぬであろ？　あの連中の上で炸裂《さくれつ》した月の光はこんなものではなかったわ。

きゃつらは大地に身をこごめ、動くことままならず、冥府の女神の名を呼んだ。愚かなことぞ。イルモア《イルモア》は月とも縁の深い女神、新月の力と結びついておる。男共は極寒の月の裏に放りこまれ、今度は底知れぬ冷たき闇におののいた。そもじらも体験してみるかえ？」

何を語っているのか、さっぱりわからなかった。おそらくおれたち男には理解不能な現象が襲ったのだろうと想像するのみ。筋の通らないことには敢然と噛みつくユーストゥスでさえ、青ざめて首をふる。

老婆は満足げに舌を鳴らした。

「さすがの荒ぶる男共も、頭を抱えて逃げだしたわ。よろよろと互いにぶつかりあい、こづきあいながらの。罵《のの》る声一つあげられなんだ。妾はそれを最も高い塔から眺めておった。……春まではおそらく来襲はないであろうの。来てもびくびくものであろう。きっといまだに頭の中では白い火花がはじけ、耳鳴りもつづいてろくに考えられぬほどか。ゆえに、二度と同じ目にあいたくはなかろうて」

再び乾いた谷底の石の笑い。

「つ……つまりは、月の巫女の力で、ライディネス軍を撃退したってこと？　そんで、しばらくは敵襲はないだろってこと？」

ユースがまとめると、パネー婆さんはそうじゃそうじゃ、と楽しげに返した。

「それだけ聞ければ、おれたちは満足だ、パネー大軌師」

「何がおこったか、オルン村に帰って報告できる。今夜一晩ここに泊めてもらえりゃ、おとなしく出ていくぜ」

「疑いが残るんなら、誰かを見張りにつけてくれてもいい。そら、月の力の強い巫女さんでも、衛兵の十人でも」

パネーは再び白光のあいだにすっと身体をひっこめた。

「そうはいかない。怪しい男三人の口車に乗るほど愚かではないぞえ」

ありゃ。だめだったか。

「処遇はそのうち。されど妾にも一片の情けはある。今晩は泊めて進ぜよう」

椅子の肘に両手をかけて、ようよう腰をあげたらしい。

「妾は男というものに信をおかぬ」

そう言い捨てて、誰かの手にすがりつつゆっくりと去っていく。おい、待ってくれ、そりゃないぜ、男にだって信用できる者はたくさんいる、せめて毛布の一枚でも、それがなけりゃ葡萄酒の一口、パンの一欠片《かけら》、めぐんで下せぇ、とすがりついたが、白光も次第に遠ざかり、周りを固めていた衛兵たちも足音荒く出ていった。

さらに数人の巫女たちが――白銀の衣装が闇にわずかに浮かびあがってそれと知れた――しずしずとあとを追う。と、懐でずっとおとなしくしていた蜥蜴がもぞもぞと動きだし、襟をかきわけて上半身だけ乗りだした。

「ダンダン。キタノヨ。ダンダンヨ」

それはいつものおしゃべりとは異なって、あぶくがはじけるにも似たかすかな呼びかけだったが、最後に敷居をまたごうとしていた巫女の影が息をつめるのがわかった。

蜥蜴の頭の中に金の光が宿った。

「ヤットツイタノヨ」

巫女は目の前で扉が閉まるのを待ってからふりむくと、おれたちの方に駆けよってきた。おれの膝と膝をつきあわせるようにして、ダンダンにそっと手をさしのべる。

「おまえなの?」

「ダンダンヨ」

蜥蜴は身軽に少女の手に移り、その首を身体と尻尾で一巻きした。少女はようやくおれと目を合わせた。実年齢の十倍もの知恵がつまっているような、月の光に満ちた目に、おれは息を呑んだ。

「あなたは、湖館の魔道師殿」

「おれを知っているということは——」

「わたくし、シャラナと申します。エミラーダ様の弟子でありました。今は、エミラーダ様の跡をついで、幻視をするお役目についております。今宵、穏やかならざることが出来《しゅつたい》する幻視がありましたゆえ、ライディネスの手の者の策謀かと門のところに待機しておりました。まさか、あなた方とは……」

「さっき言ったことは本当のこと。エミラーダからは、もし会えたらあなたに会うようにと、言われてはいたが」

　シャラナは大きく頷いた。

「師はお元気でいらっしゃいますか?」

「今は予言の確かさについていろいろ調べているよ」

「予言、の確かさ、ですか……?」

「バーレンの予言、カヒースの解釈、その他いろいろ」

「エミラーダ様は、職を辞する前に様々な幻視をなさいました。あなた様のことや、イスリル侵攻のことを気にかけておいででした。軌師をやめられたのは、幻視しているだけではすまない、行動が必要であると判断なさったがゆえ。では、その道をまっすぐに歩まれておいでなのですね」

「あんたのその口ぶりは、エミラーダにそっくりだ」

シャラナは闇の中で微笑したようだ。腰から短剣を取りだして縛《いまし》めを切ろうとする。おれはすでにほどけていることを示した。

「テイクオクの魔道師には鎖でも持ってこなきゃな。鎖もほどくことができるかもしれないが」

シャラナはおれの肩に腕をおいて、蜥蜴を戻した。

「いい子ね、ダンダン。わたくしとこの方をつなぐ尻尾を大事にするのよ」

「ダンダン」

「エミラーダ様にお伝え下さい。さきほどパネー大軌師が申したとおり、ライディネスの軍勢を月の光でおし戻しました。前もって伝言を届けて下さったおかげです、と。それから……大軌師は月の裏側を視られた模様、と」

「わかった。伝える」

「それから、これからは何かあれば、わたくしも力をお貸しします。ダンダンと再会しましたゆえ、つながりました。お報せしたいことがあれば、この子が橋渡しをいたしましょう」

どういうことか詳しい説明をしてほしかったが、シャラナはもう行かなければ、と立ちあがった。

「奥の製材板の横に、昔使われていた古い搬入口があります。外から閂がかけられていますが、そんなものは障害にもならないでしょう？　出たら庁舎の裏へお行きなさい。灰色の四角い建物です。水路が切ってあり、必ず舟が一、二艘は係留してあります。夜明け前には町を出られるはず。気をつけておいきなさい」

戸口の方へ足早に歩きながらそう小声でまくしたて、姿を消した。

おれはマーセンサスとユースの縄をほどき、教えられた場所から外へと出た。

「葡萄酒」

雪がまた舞いはじめている中で、マーセンサスが足踏みしながら恨めしげに言った。

「焚き火で炙《あぶ》ったパン」

ユーストゥスも頬をこすりながら白い息を吐く。おれも身体が冷えて空腹だった。仕方がない、ちょいと悪いことをするか。

庁舎に行く前に、巡礼者相手の宿が建ち並ぶ一角に入りこんだ。こうした宿は必ず母屋の他に納屋や食料小屋を持っている。その一つに忍びこみ、客用の革袋に樽の葡萄酒を入れ、つるしてあった予備の合財袋にチーズと塩漬け肉を突っこんだ。リコが知ったら目を吊りあげて怒りまくるだろう。だが、道中行き倒れたら元も子もない。おれは正直で真っ当な男であらんとしているが、同時に魔道師でもある。泥棒、二枚舌、だまし討ち、それもおれの範疇《はんちゅう》に入っている。

幸い雪が犯罪の——我ながらみみっちい犯罪だと思う——あとを隠してくれた。おれたちは庁舎の裏へまわり、シャラナの言ったとおり、常備してある小舟に乗りこみ、北の水門から西へと大きくまわりこむ水路をたどっていった。

おれとマーセンサス二人で櫂《かい》を漕ぎ、明け方には町から半日行程も離れた岸辺にあがっていた。水は黒く静かで網の化物がいつ出てきてもおかしくないような陰鬱《いんうつ》な気配に支配されていた。あいつがべろべろばあと半身をあらわす前に、陸にあがってほっとした。冬のあいだおとなしくしているつもりかもしれないが、なるべく危険は避けたい。

　木にまとわりついている蔓《つる》を使ってかんじきを作り、手早く足にくくりつけると、さっさと森の中へと分け入っていった。酒とチーズと肉で宴会をしたのは結局、夕方になってからだった。

5

錆びたる月　干あがりたる月　骨の月
海と血潮と乙女たちを贄《にえ》に
空高く大地深く君臨したり
その時の長ければ　警戒せよ
そを絶つは　大地より贈られし光のみ
――バーレンの大予言より　エミラーダの読解

リクエンシスたちが戻ってきて、トゥーラの塔は再びにぎやかになった。やはり男性の放つ力強い明るさというものは、大事なのだわ、とエミラーダは改めて思った。塔の四階で書物や地図と首っ引きになって、老人一人と女三人で真実をつきとめようとするのにも夢中になれる静かなる喜びがあるが、大股に踏みこんできて暖炉の火をあおり、がつがつと食べ、大きく笑い、部屋の隅にわだかまる影やら闇やらさえ吹きとばしてしまう男性陣の豪快さには感嘆する。

彼らは予定より一日早く帰ってきた。ライディネス軍は影も形もなかったこと、パネー大軌《だいき》師《し》が彼らを月の力で退けたこと、そしてシャラナからの伝言を聞いた。

熱い鴨肉と香草スープ、パンに温めた葡萄《ぶどう》酒という御馳走を頬張りつつ、冬の旅のすばらしさと難儀だったことをユーストゥスが語るのを聞きながら、エミラーダの意識はシャラナからの伝言に舞い戻る。

――大軌師は月の裏側を視られた……。

パネー大軌師も若かりし頃には幻視の軌師であった。次代にその役目を渡せば、おのずとその力はなくなる。現にエミラーダも、シャラナに任を移したのち、幻視とは縁遠くなった。現在、寺院で幻視の役割を持つのはシャラナのみ。だが、パネーは月の裏側を視た、とシャラナは言う。

「パネー大軌師とお話しなさったとおっしゃったわよね」

エミラーダはユーストゥスの駄弁を遮《さえぎ》ってエンスに話しかけた。エンスはちょうど葡萄酒でパンを呑みこもうとしていたところで、指を一本立てて待つようにと合図をした。

「月の巫女《みこ》たちの力をどのように使ったか、言っていたかしら」

「おおう。得意得意と、赤子のようにおしゃべりしてくれたぜ」

傍からマーセンサスがかわりに答えた。

「そこを詳しく話して下さらない？……なるべく、彼女の言ったとおりに」

「何を言ってるのか、さっぱりわからなかったがなぁ」

「満月の光がどうとか」

「うん、そうだったな。知恵に照らして解放した、とか」

「知恵……？　満月の光の、ですか？」

眉をひそめたのは、満月の光は知恵というより力に属しているからだ。力が知恵に変じることはあるが、

「解放する、とは何を？」

「満月の光だよ」

ユーストゥスがはっきりと言った。エミラーダは困惑を深くする。

「満月の知恵に照らして満月の光を解放する……？　本当、さっぱりわからない」

「そうか！」

エンスがうれしそうに叫んだので、何か理解があったのかと期待すると、

「あんたにもわからないのか。良かった、おれが馬鹿なんだと思っていたよ」

と的はずれに喜んでいるだけだった。

「何か言葉が欠けているんじゃないの？」

とトゥーラがマーセンサスの椀にスープのおかわりをよそいながらふりむく。エイリャも葡萄酒をあおりながら、

「エミラーダ、この三人に拝月教《はいげつきょう》の大軌師様の言うことが理解できると思わない方がいいんじゃないかい」

と片手をひらひらさせる。すると卓の片隅でリコから満月の小石を与えられていた蜥蜴《とかげ》がダンダン、と鳴いた。卓上をのこのこと這って、中央に広げてある大事な地図の真ん中に陣どる。トゥーラが心持ち暖炉の方へ離れ、リコが皆の心配していることを口に出した。

「おいおい、ダンダン、こっちへ来い。そこは厠《かわや》じゃないぞい」

「ダンダン。オボエテル。『妾《ワラワ》ハソレヲ新月トノ対話時ニ得タ知恵ニ照ラシ、解放シタ』ソウイッタノヨ」

エンスが息を呑んだ。ユースが咳きこみ、マーセンサスが両手をあげた。

「なんだ？　どうなってる？　あの婆さんそっくりの声だったぞ？」

エミラーダは横から頭を殴られたような衝撃をうけた。やっとのことで視線をエンスにふりむけ、

「新月との対話、ですって？」

「ふふうん。わしゃ拝月教のことにゃそう詳しくもないが、エイリャ、こりゃ由々しきことではなかったかいの」

「あたしも詳しくはないけど、確か新月との対話ってのは、あんまり褒められた行いではなかったと記憶してるよ、爺さん」

全員がエミラーダに注目した。彼女は額を片手でおさえ、腰が砕けたように椅子に座りこんだ。震える声で問いを重ねる。

「他には、ダンダン。他には何か言っていなかった？」

「ダンダン、シャラナトアッタカラカシコクナッタ。ダンダン、オボエテイルノヨ。『イルモアト新月ガ結ビツイテイル。男共ハ極寒ノ月ノ裏ニ放リコマレ、今度ハ冷タキ闇ニオノノイタ』。ババァハソウイッタノ」

「おい、こいつ、大軌師様を婆ァ呼ばわりしたぞ」

マーセンサスがエンスにささやく。

「もしかしたら、そう呼ばれても仕方ないことをしでかしたんじゃないか？」

とエンスがささやきかえす。エミラーダが両腕をねじりあわせ、目をつむって呻《うめ》いたからだ。

エイリャが蜥蜴の口真似をして確かめる。

「月の裏、って言ったの、ダンダン」

「そりゃ禁忌《きんき》にあげられてはいなかったかい、エミラーダ」

リコも尋ねる。

「ええ……ええ……そうね……」

「エミラーダ？」

ダンダンとユースを除く全員の異口同音。エミラーダは眉間をつまんでからぱっと目をひらいた。

「それは禁忌というより、忠告というか助言というか……新月と語る、というのは闇と語るということなのです。月の裏を視るというのは、さらに深い闇を知るということ。大変危険なことなので――余程強い心の持ち主でなければそれと相対すること自体、生命の危険があるのです。悪くすれば闇におしつぶされる、あるいは喰われる……。これまでにもそれをやってのけた者がいるにはいるけれど、その後はあまりよろしくない結果を招いた……」

「よろしくない結果って……？」

　ユーストゥスは婉曲ということを知らない。エミラーダはその若者らしい一本気にかすかに笑った。

「心が壊れたり、力におぼれて自滅したり」

「闇を視ると自分が滅びるってこと？」

「おう、そうしたら、おれたち魔道師や魔女は、とっくの昔に死にたえているな」

とエンス。

「その闇じゃないんだよ。いや、どっかでつながっていて、確かに関係あるんだけどね、月の闇は女の闇、われらの血と海の力と連動している闇なのさ。そしてそれは決して視てはならぬもの、表面をさらっとなでただけならさしたる害もないだろうが、男ならそれだけでつぶれてしまう」

とエイリャが説明した。男たちは顔を見合わせて、わかんねぇ、と愚痴《ぐち》った。トゥーラがダンを目で追いながら――件の蜥蜴は地図の上をうろうろしている――早口で言った。

「闇を見つめることは、魔道師や魔女でなくても大事だと思う。でも、見つめすぎるといつのまにか淵に落ちてしまって、這いあがれなくなってしまう。そうなったら闇にとりつかれておのれを失うか溶けるか喰われるか」

「ああ、それなら何となくわかるぞ」

「月の闇はそれより苛烈《かれつ》なのです。断罪の闇であり、否定の闇であり、冷酷と毀棄《きき》の闇なのです」

「エミラーダ、わざとわかんなくしてない？」

「月の裏側の正体がわかったら、ユース、あなた、男性じゃなくなるわよ」

トゥーラが嘲《あざけ》った。エイリャもにやにやして、

「その欠片《かけら》だけでもちょぃと教えたろうか？　本当はね、女は女だけでも生きていけるのさ」

「それを言ったらおしまいですわよ、エイリャ」

「え？　それってどういうこと？　何？　どういうことさ」

ユースは助言を求めて周囲を見わたすが、成熟した二人の女を除けば皆ぽかんとしている。トゥーラでさえ。それはそうだわ、とエミラーダは思う。その年でこれがわかったら大変。黙していたリコが、ひゃひゃひゃひゃ、と奇声をあげた。

「もしかして、こういうことかい？　わしもまだよくわからんのじゃが、こういう話があるじゃろ。ほれ、〈死者の谷〉に下って〈死者の丘〉に登る生きた英雄の、アイザールの話」

「ああ。知ってるぞ」

「おれ、知らない」

「おまえさんは知らぬものが多すぎる。もうちっといろんなことをその頭につめこんだ方がいいなぁ」

「説教するときじゃないだろ、爺ちゃん」

「ほい、ほい。しからば教えて進ぜよう。昔、アイザールという豪傑がおった。熊とすもうをとり、虎と投げっくらをし、狼と吠え合戦をしたという。これが、妻をめとった。オメーゲルという美しい乙女をな。二人のあいだには十二人の子が生まれ、やがて孫も三十六人生まれた。オメーゲルはそれでもまだ、娘ほどにうつくしかった。じゃがある日、突然の病であっけなく死んでしまった。アイザールは嘆き悲しみ、三年がたった。三年たっても妻への未練絶ち難く、連れ戻そうと、とうとう〈死者の谷〉へと足を踏み入れたんじゃ。〈死者の谷〉は死人にとっては穏やかな薄暮《はくぼ》の世界じゃが、生者にとっては魑魅魍魎《ちみもうりょう》の跋扈《ばっこ》する危険きわまりなきところ。アイザールはそいつらをことごとくなぎ倒し、やっとのことで〈死者の丘〉にたどりついた。彼はそこで妻の霊を呼びだし、共に戻ろうと誘った。熱意に負けた妻は一刻待つようにと告げた。されど待っているあいだ、自分の方をふりかえってはならぬ、と条件をつけてな」

「たった一刻」

とマーセンサスの皮肉たっぷりの呟き。エンスも頷く。

「たった一刻。されど一刻」

「されど一刻、じゃ。しかしな。見てはならぬと言われて、見ずにおられようか。それが人の性というもので」

　リコはまたひゃひゃひゃひゃ、と笑った。

「アイザールは我慢できなくなってふりむいた。そして目にしたのは――」

「自分の骨を接ぎ、肉を骨にはりつけている妻の姿」

「こう、腐ってどろっとした皮膚の一片をな、腕の骨にぺたっとな」

「髑髏《しゃれこうべ》には髪の毛をくっつけようとしてな」

「もういいよ、おじさんたち。で、アイザールは逃げたんだね」

「おぉ、逃げた逃げた。妻は骨を鳴らし、肉片をたなびかせ、死臭と共に追いかけた。アイザールは〈死者の丘〉を駆け下り、〈死者の谷〉を駆けぬけて、一寸の差でこの世に戻り、墓穴に岩をのせて封じた次第」

「ひぇぇぇ。怖ええなぁ」

「な？　女は怖い、とわしも若い頃は思っておった。じゃがな、年をとって考えるようになった。これが逆じゃったらどうか、とな」

「逆……というと？」

「妻が夫を訪ねて〈死者の丘〉を登る、とな」

「ありえないね」

とエイリャ。エミラーダとトゥーラがつづけて言う。

「いえいえ、ありうるかも、ですわよ。情の篤《あつ》い女性だってちゃんとおりますよ」

「わたしなら登るかも」

今度は全員がトゥーラに注目し、納得して頷く。トゥーラなら、やりかねない。

「そもそも男が、自分の骨に肉をくっつけてよみがえろうと、するか？」

マーセンサスが根本を指摘すると、エンスがまあまあ、となだめる。

「もしも、だ。もしも立場が逆だったら、だよな、リコ」

「そうじゃそうじゃ。ひきききき。もし妻がふりかえり、夫が腐った骸骨の姿だったら？」

「〈死者の丘〉に登ろうとまで思いつめる妻で」

「そこまで深く愛している女性が」

「骸骨の旦那を目にしたら？」

エイリャ、エミラーダ、トゥーラは順に呟き、顔を見合わせることもなく同時に言った。

「共に滅びてもいいと、とどまるね」

「抱きしめるでしょうね」

「とびつくかも」

「……とこういうわけじゃな」

リコは得意満面である。

「これが女と男の違い、ってことじゃ」

対して、

「そういう爺ちゃん、本当にわかってんのかしら」

「わかったつもりになっているだけかもね」

「もう百年生きても本当にはわからないと思いますよ」

と女性陣の評価は厳しい。ユースが白目をむいた。

「骸骨に……とびつく？」

「とびつかれた方は男冥利《みょうり》につきるっ、てかあ？」

「とびつかれてみたいぜ」

女たちはくすくすと笑う。

「ことほど左様に、男と女の考え方も感じ方も違う。男には理解し難い闇が御婦人には棲もうておる、とこういう落ちじゃあ、いかんかいの」

エンスが首をすくめた。

「納得した、とは言えないが、それこそ丸ごとうけいれるってことで」

「エンスはやっぱり大らかじゃのう」

「おれにはさっぱりだ」

ユースが嘆息をつくと、その肩をマーセンサスが軽く叩く。

「安心しろ。おれたちは仲間だ」

「あんまりうれしくない」

微笑みながらエミラーダは話題をもとに戻した。

「ですからね。大軌師が月の裏の闇をライディネス軍撃退に使ったとしたら、御身が危ういということなのかもしれないのです。一度は完璧に退けられたでしょう。しかし二度、三度となると……」

「大軌師は闇に裁かれる……」

あとをエイリャがひきとると、エミラーダははっとした。

「それだけではすまないかもしれません」

不意に何がおこりうるかが明確になった。エミラーダの頬がひきしまった。

「大軌師というかつての幻視の名手、すなわち最も月の力を身の内に貯えた巫女に、月裏の闇が膨れあがったら――」

「ツキガヒックリカエルノヨ」

蜥蜴が叫んだ。

「月がひっくりかえる？　どういうことだ、そりゃ」

「闇の月が頭上に君臨するってことじゃないのかい。つまりは大地がかきまわされる。水のないところに氷がはり、海は干あがる。川は逆流し、山は陥没する。大騒ぎどころじゃない、生きとし生けるものは全滅する。『世の鱗《うろこ》の書』にそう書いてあるぞい」

「大変」

「そんなこと、あるわけ――」

「ないとは言いきれんぞ、ユース。永世帝国といわれたコンスルがこの様《ざま》だ、イスリルだって内紛の噂を聞いたと思ったのに攻めてきた。何がおこるかわからん」

「じゃあさ、そのこともバーレンは予言してるんじゃない？　もし、その可能性があるんなら、さ」

一呼吸の沈黙があった。それを破ったのはエミラーダだった。

「そうね。予言の正確さと正確な解釈を求めなければならないわ。でも今日はもう遅い。あなた方も疲れたでしょうし、わたくしたちもくたくた。つづきは明日にしましょう。まだ春は遠く、時はある。そうしましょう」

皆が同意してそれぞれに動きはじめた。皿を重ねながら、ユースがふと思いついたのか、誰にともなく、ねぇ、と呼びかけた。

「おれ、ずっとみんなと一緒にいて、それがあたりまえだと思ってたんだけどさぁ。これって……その、なんていうのかな、この、予言とか幻視とかって、そんなに大切なものなのかなあ」

トゥーラが鍋をがしゃんと卓においた。

「なんですってぇ？」

「あ、いや、トゥーラ……さんのやってること、信じてることにけちつけるつもりはないんだけど、あんまりにもそういったもんに縛られてないかなあって。ほら、雪ん中旅してると、そんな理屈も書物みたいなもんも全然いらないじゃん。そういうふうに生きていけたらなあ、なんて……思ったもんだから」

トゥーラが噛みつかんばかりに迫り、ユーストゥスは首まで真っ赤になっておろおろしながらも自説を説明しようと踏みとどまった。そのあいだにエンスが割りこんで、ダンダンもエンスの腕の上で均衡をとり、怒れるトゥーラはやむなくひきさがる。

エミラーダはその光景を目にしながらも、ユースの投げかけた一言が蜥蜴の尻尾のように額を打ったと感じていた。予言や幻視が必要か？

疑問にも思わなかった問いだった。その問いが頭を駆けめぐり、隠されていた小さな扉を叩いた。扉は音もたてずにあいて隙間を作った。そこからは、ユースの持つあの剣の刃と同じ光が細く細く漏れだしてきた。エミラーダは汚れた器を籠に入れ、階段をおりていきながら、その光に意識を集めた。剣を抜いた者はどのような使命を背負うと伝えられていた？　トゥーラは呪いの解放者と解した。だけど剣を地面に刺し、白い塔を建て、〈レドの結び目〉を編んだ千五百年前の女王がめざしていたものは、そんなものだったのだろうか。それだけ力のある魔道の者が、地方に伝わる細々とした呪いをとくためだけに、大がかりな段どりを用意したのだろうか。

外に出ると、曇天《どんてん》が広がっていた。雪は降っておらず、風もない。ぼんやりと闇空に発光している灰色の雲があり、枯れた梢《こずえ》をきしらせて積もった雪が落ちる。戸口のそばにしゃがみこんで、雪で食器を洗う。トゥーラが鍋を持って隣にやってきた。鍋に雪をすくい入れ、ごしごしこすって汚れを捨てる。それをくりかえしながらトゥーラが口をひらいた。

「塔に入ったときのことなんだけど……」

エミラーダは食器を置き、冷たくなった指先を温めようと懐《ふところ》に入れた。

「ここが視えた。このオルン村が。今ではなく、はるか昔の。あれを、幻視というのかしら」

赤銅《あかがね》色の巻毛が鍋の上で揺れ、トゥーラの表情は見えなかったが、心細そうな声音はわかった。

「それを視ているとき、わたしはわたしでありながら別の誰かであるような感じがしたの。トゥルリアラル。テアル。トゥラルアル。わたしはそういう名だった。これも幻視というのかしら」

「それは目の前にくりひろげられている景色だった？　それとも、こう……なんというのかしらね、首の後ろあたりから生まれてくるような感じ、とでもいうのかしら、そんな感じだった？」

トゥーラは手を止めた。じっと夜の先を見つめて数呼吸、そののちにようやく答えた。

「まるで……床板がもちあがって床下にあったものが飛びだしてきたような……」

「忘れていたものを思いだしたような？」

「ええ、そう。あれは……あれは、誰の記憶？　わたしのものではありえない。わたしはオルンの防壁など知らないし、城館も見たことがない。でも、あれは――」

「幻視にあらず。古い古い記憶なり」

エミラーダは故意に厳《おごそ》かな軌師の口調で言った。

「先祖の記憶を魔女の末裔《まつえい》のあなたが持っていたとしても、わたくしは驚かないわ。生まれ変わりの不思議な例にも、カダー寺院の中で出会ったことがありますよ。もしかしたら血の中にうけついできたものなのかもしれないし、あなた自身が誰かの生まれ変わりなのかもしれない。魔女たちの誰かの、ね。その人の記憶が、白い塔に登ったときに解放され、塔は役目を終えて崩れおちた……そう、解釈できないかしら」

トゥーラははっと顔をあげた。髪の房のあいだから、怯えた視線がエミラーダにむけられる。

「塔の役目が、それだった？」

エミラーダはかすかに頷いた。

「わたくしたちの謎の一つがとけたようね。白い塔は来たるべきときに来たるべき者の記憶を解放するように運命づけられていた。今このとき、トゥーラ、あなたという存在に。塔を建てたのはオルン王国の女王だった人。おそらくは、千五百年の時を経て生まれ変わった自分に伝えようと」

「わたし……わたしはわたしだわ」

トゥーラは悲鳴をあげた。エミラーダはその肩をそっとおさえた。震えが伝わってくる。彼女を安心させようと微笑みを深くして、

「そうよ。あなたはあなた、トゥーラにまちがいない。かつての女王とは別人ですよ。それは真実なの。だから落ちついて。怖がらなくていい。誰かの記憶があなたを支配することはないし、誰かの意思があなたをのっとるわけではない。あなたがうけつぐのは、前世のあなたがやり残したことを完遂するという使命だけ。それはあなたに限らず、すべての人がうけついでいる生きる目的」

「本当に？　この記憶があっても、わたしはわたしでいられるの？」

「本当に。記憶は大いなる助けになると思うわ。同じ過ちをしないための。前世のあなたが乗りこえられなかったものを乗りこえるための」

トゥーラは大きく息を吐いた。震えもおさまった。

「このことを確かめるには、エイリャさんの書物を読み進めなければね。それからあなたの書庫で埃をかぶっているオルン国の歴史に関する巻物をひらかなければ。女王の名がなんであったのか、つきとめましょう」

「わかった……わかったわ……」

トゥーラは再び鍋洗いに戻り、エミラーダも残った食器を洗いはじめた。木皿をこすりながら彼女は、大いなる力のめぐりを感じていた。それは千五百年前の一人の女王から生まれたものだ。誰にもほどくことのできない結び目を作り、塔を建て、要となり鍵となる抜けない剣を大地に突きたてた。彼女の王国が滅びたあとも、王国の影となって何十万回の日の出と天中と日没と夜をやりすごし、とうとう望みの一端を果たしたのだ。なんという大いなる意思、大いなる力だろうか。その悲願がなんであるのか、エミラーダには漠然とした予感があった。言葉にはできない、それでもある種の洞察めいた透視が。

次の日、朝食の片づけを終えてふと気がつくと、エイリャの隣に黒猫が座っていた。三角の耳をぴんと立てた長毛種の大猫で、天青石のような目をしている。口元がだらしなくゆるんでいるのは、御機嫌で笑っているせいなのか。

物問いたげな視線を送ると、エイリャは書物を広げながら唇の片端だけちょいともちあげた。

「サンジペルスだよ」

驚く皆の中で、リコだけがひゃひゃひゃひゃと声をあげた。

「おまえさんたちが留守のあいだ、さんざんこき使われてな、こんなことなら獣の方が単純でよかったとこぼしておったんじゃ」

「そういえばリコ、村人は変な動きをしなかったか」

「おおう、だぁれも襲ってなんぞこなかったぞい。連中は連中で、家事と防柵造りに忙しいらしいぞい。虎になれなかったこともあっての、サンジペルスはくさっておった。で、今し方、エイリャに弟子にしてくれと頼んだんじゃ」

「弟子……？　ウィダチスの魔道師の、か？」

エンスが目を白黒させた。するとエイリャが書物をくりながら答える。

「意外とね、変身に抵抗感がなかったみたいだよ。冬山の上空を渡ってきて、余計な欲がこそげ落ちたらしいしね。人間の生業が苦手なら、獣になった方が合ってるんじゃないかってね、あたしもそう考えたって次第」

「獣……っていったって、野生とはかけはなれてるなぁ」

とユース。

「飼い猫じゃ、気楽だな」

「御飯だよ、猫ちゃん、ってかぁ？　人の飯作りより確かに楽だな」

皮肉たっぷりのマーセンサスは相変わらずだ。エイリャは片手で猫の頭をさっとひとなでし、

「今のうち甘やかしておくさ。必要になったらネズミにでも蝙蝠《こうもり》にでも化けてもらって敵陣の中に入りこんでもらうからね」

「蜥蜴よりはいいわ。猫は好きよ」

トゥーラが洗った鍋を抱えながら入ってきた。エンスがその鍋を持ってやり——中にはもう昼食のスープ用の野菜屑と水と香草が入っている——暖炉の鉤にひっかけてからふりむいた。

「おい、そいつを抱くなよ、トゥーラ。そいつは猫の形をしていてもサンジペルスにかわりはないんだぞ」

「わかってるわよ」

「エイリャ、ちゃんとこの化猫を見張っていてくれよ。しかし、なんで猫なんだ？　下心見えじゃないか」

焦るエンスに皆、どっと笑い崩れた。考えすぎだ、エンス、考えるのは御婦人方に任せて、おれたちは村の様子を見てくるとしよう、とマーセンサスが彼をひっぱっていく。ユースもそのあとをついて出ていき、扉が閉まると、部屋はやっと調べ物のできる環境になった。エミラーダは書棚を見わたした。

「さて、と。エイリャさんとリコお爺さんはこれまでのつづきですね」

「そうさね。あたしはバーレンの予言をなるべく原本に近い形にしてみているよ」

「わしはバーレンがどこから予言の暗示を受けたのか、もう少しで解明しそうじゃ」

エミラーダは頷いてトゥーラと目を合わせた。

「それではわたくしたちは、オルン王国の古い歴史をさがしましょうか。千五百年前の女王の名前と、彼女の大いなる目論見について。古い記録をひっぱりだしますよ。埃っぽくなるかもしれません。リコさん、喉は大丈夫ですか？」

リコは、ずるずると懐からひっぱりだしたぼろ布で口と鼻をおおった。

「窓をあけておくれ。少々寒くても埃がおさまるまで我慢しよう」

とエイリャが言い、トゥーラが南北の板窓をおしあけた。とたんに冷たい風が吹きこんでくる。それでも四角く切られた空は薄いひよこ色をして、春も遠くない気配だった。急がねば、とエミラーダは唇をひき結んだ。カダーを陥《お》とせなかったライディネス軍は、さらに周辺部をかためようとするだろう。オルンは最初に攻められる。その前に事を明らかにしなければ。

エミラーダとトゥーラは書架の奥の方におしこまれている巻物を取りだす作業にとりかかった。

何十冊もの天文の本や星読みの備忘録の陰から、二十数巻に及ぶ巻物が見つかった。窓辺に寄って埃を払い、床に並べてみれば羊皮紙のものは半分ほどで、あとは驚くべきことに、草木の繊維をすいて作った上質の紙と、緻密に織りあげられた綿糸でできた巻物だった。

羊皮紙の方が比較的新しいにもかかわらず、黴《かび》と経年で損じ方が激しく、内容もさして目ぼしいものがなかった。紙と布の方は、つぶれたり破れたりしていたものの、オルン王国滅亡からコンスル帝国の傘下に入るまでの激動の時代に記された貴重な書物が多かった。幾代かの〈星読み〉の手になるそれらは、天文学者らしい平静で客観的な記述によって、信憑性の高さが期待された。

エミラーダとトゥーラはエイリャとリコが使っている大卓の反対側に、それらの巻物を年代順に少しずつずらして広げ、重ねていった。黄ばんで文字がにじんでいるものの方が新しい年代で、汚れも変色も少ない方が千五百年前に近いという事実に、二人は驚嘆の声をもらした。

「保存の魔法がかけられていた、ということ?」

「それも代が古ければ古いほど、魔法は強かった、ということでしょうね。あなたの御先祖様は、きっと〈星読み〉としても一流だったのでしょう」

重ね並べてみると、十四巻あった。ざっと眺めてみて、書き手の同じものが数巻ずつ、あとは一人一巻、時代も離れているようだった。

エミラーダは最古の巻と最新の巻を少し調べ、

「まあ、トゥーラ! 一番古いものは女王以前のものらしいわ。一番新しいもので八百五十年ほど前かしら」

「女王以前、ですって?」

これにはエイリャとリコも手を止めた。

「おもしろそうじゃないの」

「そいつは興味深いのぅ」

「それならこれは……、この二番めに古いのはもしかしたら」

トゥーラは流麗《りゅうれい》で細かくびっしりとしたためてある一巻に目を近づけた。

「『わが愛しの女《ひと》に捧げる』……なんだ、恋文だわ」

「恋文でも歴史の一端にふれているかもしれない。とにかく片っ端から読んでいきましょう。こうしましょう。手分けして読んでいき、女王に関する記述を書き出し、あとで照らしあわせる」

わかった、とトゥーラは頷き、最古の一巻に手をのばした。エミラーダは彼女が恋文だといってがっかりした二巻めをとりあげた。

人の心とはおかしなものね、と思いながら。はたで見る限り、トゥーラはエンスに惹かれている。本人もうすうす自覚してはいるようだ。なのに、恋文、と見てとれば鼻で笑って卑しむふう。数理に強い〈星読み〉が自分のことを俯瞰《ふかん》できないというのも、おかしな話だわ。

腰をおろしながらエミラーダはかすかに頭をふった。〈星読み〉に限らず、幻視の軌師だってそうね、と改めて気がつく。世界中の変事を視ることができるというのに、ことおのれについてはどんな未来もわかりはしない。つまりはそうした力というのは、自分のためではなく他の人々のための力ということなのだろう。

気をとり直して恋文にむかった。

「わが愛しの女《ひと》に捧げる」

と但し書きか表題か判別のつかない一文が上段右に記してある。段落を変えて連綿と細かい字がつづってある。

「これは後世悪し様に伝えられるであろうわが女王のためにこのわたし、第七代〈星読み〉ネスティの記す真実の一代記である。願わくば星読みの塔に住まう者たちが真実を語る日が迎えられるようにとここに述べるものである。わが女王が何を思い、何を語ったのか、側近の一人でもあり、つぶさに共に体験した唯一の生き残りとして、如実《にょじつ》に記す覚悟だ。女王の遺した予言は長い年月の果てに失われよう。だが、この書物は書きあげてから決して失われることのないよう、わが全力を傾けて保存の魔法に浸そうと思う。そのときが来たれば、ふさわしき人物の目にふれることを祈って」

　エミラーダは息をつめて、思わずトゥーラをさがした。トゥーラは卓のはすむかいで最古の巻物にかがみこみ、早くも没頭している様子だった。彼女にこれを読ませていいものだろうか。女王の生まれ変わり、女王の遺した魔法の翼にふれた彼女に？　それとも要点を伝えるのみにとどめておくべきか。思いあぐねて落とした目に、次の段落の最初の一文がとびこんできた。

「女王の名はトゥルリアラル、王国第五代の王であった」

　運命の環がつながっているとしたら、その一番端がたった今、エミラーダを巻きこんで閉じたようだった。悲痛な叫びを押し殺すために、目をぎゅっとつむった。眉間に集めた月の光で、予感への怖れを浄化した。それでもどこかにおののきが残っている。それは仕方がない。

「トゥーラ。ここにトゥルリアラルの名が出てきたわ。どうやら恋文というわけではなさそうよ。見た方がいいと思うの」

　つとめて平静を装って誘うと、トゥーラはすぐにやって来た。エイリャが窓板を次々におろし、リコが太い薪を暖炉に放りこんだ。エミラーダは指さしながら言った。

「一緒に読みましょう」

　女王の名はトゥルリアラル、王国第五代の王であった。玉座に昇ったのは弱冠十六歳、王族の権力争いによって継承権が転がりこんできた結果だった。陰謀が蜘蛛《くも》の巣さながらに複雑にからみあって、先代の女王とそのつれあい、直系の子孫がことごとく暗殺、毒殺、処刑され、側近女官、戦時に備えるべき魔女たちまでが巻きこまれた騒乱に終止符をうつために、少女テアルが選ばれたのだった。

「『若いながら誇り高く、人の意見など聞こうとしなかった』」

トゥーラが一文を朗読し、エミラーダは首を傾げた。

「王族の直系が絶え、傍系の彼女が転がってきた王冠をたまたまつかみあげたような感じよね。それなのに、傲慢《ごうまん》、とは……」

「『彼女はわたしの従妹で、〈星読み〉の家系にも属していた』とあるわ。多分そのことが、彼女に高い自尊心を与えたのだと思う。魔女たちの存在が普通の国の中でも、天文学者と〈星読み〉は別格の魔力をもつ者として優遇されていたから」

「人の意見を容れない高慢さの裏側に何が巣くっているか知っている？」

「ええ、よくわかる。わたしにもその気質があるから、すごくよくわかる。無能で無力な自分がそこにはうずくまっている」

「その存在を感じながらも、どうしたらいいかわからない。それで周囲をおしつぶそうとする。無能で無力な自分を否定するかわりとして」

エミラーダの碧《みどり》の目とトゥーラの赤銅色の目が互いを見据えた。月の巫女と魔女の奥深いところで脈打つものがこの一瞬でつながり、二人のあいだに光の水路が通った。エミラーダは薄い唇でかすかに微笑み、トゥーラは頰を赤くした。

「けれどもこの幼く若い女王には、支えてくれる人物がそろっていたようね。先代の義理の弟、〈星読み〉ネスティ、魔女軍団の長、商組合の長たち。騒乱を収束させようと、国中が女王のもとに集結したのだわ」

「女王も何かに逃げようとはしなかったようね。少しずつ彼女も成長し、彼らの期待に応えようとしたとあるわ」

「諍《いさか》いで亀裂《きれつ》の入ったところを修復しようと、王族の生き残りに職と地位を与え、婚姻の橋渡しをし、自らも先代の義理の弟と結婚した、と。ネスティは年の差を記してさりげなく嘆いているわね。女王は十八歳、相手は四十三歳だと。自分の父親より年上の男で禿げてはいないが腰回りが樫の木のごとし、だと。この結婚の提案をしたのは彼自身、ですって」

「わたし、女王でなくてよかった。彼女に他の選択肢はなかったのかしら」

「彼はおそらく第一の側近だったのでしょう。権力をもう少しでつかみとれそうな位置に立っている老獪《ろうかい》な人物に、十八歳の少女が太刀打ちできるとは思えないわ」

「微妙な力関係にあった、と推測できる？　彼はまだ絶対権力を手にしておらず、女王もまた同様。二人が結婚によって互いを縛れば同じ土台の上に立っていられるだろう、ってことかしら」

「そうね。これは互いにとって必要であったことなのでしょう。それでもネスティは、納得できかねた様子。数年して女王がおとなの分別を備えるようになると、この力関係も変わってきたらしいわね。片方が成熟すれば、同じ舞台に二人乗ることになる。それはとても危うい力関係を生むことになるわ。真に王国のことを思い、権力への執着を捨て去ることができ、男としての自尊心にもこだわらないのであれば、上手に場を譲ることも可能だったのでしょうけれど、あくまでも既得権にしがみつこうとするのが人の性」

『女王と夫君の関係は毎日鍛冶場のごとく火花を散らしていた』とあるわ。それみたことかっていう文調ね」

エイリャの隣でおとなしくしていたサンジペルスの黒猫が、長椅子から戸口に移動して、あけてくれと鳴いた。トゥーラが立ちあがってあけてやり、尻尾が旗のように揺れながら敷居をまたぐと、冷気をしめだそうと急いで閉めた。

「弟子にって言ったというけれど……彼、魔道師になれるの？」

座に戻りながら問うトゥーラに、エイリャは顔もあげずせわしなく書き物をしつつ答えた。

「さあね。あたしにゃ人が何になれるかなんて、わかりゃしないよ。今はおのれのちっさい欲望を叶えんのに必死な男でも、ある日卒然と気がつくってこともあるさ。自分の使命ってやつにね。あたしは使命って言葉が嫌いだけど、顕《あらわ》れるときには顕れるってことも知っている。それは人の手じゃどうにもできないことでね。せめて機会はあげてもいいだろうって思うのさ。ことに、冬の高い山々を飛んできた若者にはね」

トゥーラは大卓の縁に手をかけてつづきを待ったが、エイリャは何かを書き写すのに夢中になっていた。エミラーダが先をつづけた。

「御覧なさいな。ネスティにはもう一人、新たな恋敵があらわれたらしいわよ」

トゥーラは耳の上の髪をかきあげながらのぞきこんだ。

「『女王が二十三歳の春、南から来た商人の中に闊達な若者が紛れていた。ツェロンというこの者はわたしより一つ年上でわたしより頭一つ分背丈があり、黒髪と青い目の快活な男だった。彼はまず赤い宝石で女王の目をひき、舌先で女王の心をつかんだ』。会ってみたくなる男だわね」

「夫と火花を散らし、国を治める緊張感でいっぱいだった若い女性にとって、目を楽しませてくれる宝石と若い男というのは魅力だったでしょうねぇ。しかも崇拝するかのような言葉をふり注がれては、お世辞かもしれないと思っていても悪い気持ちはしないものよねぇ」

エミラーダは昔を懐かしむようにしみじみと感想を述べた。トゥーラが目を瞠《みは》った。

「まるで覚えがあるみたい、エミラーダ様」

「あら。わたくしだって今じゃおばさんでも、昔は少女だったし若い娘だったのですよ」

トゥーラはほんの少し肩をすくめて、

「わたしはお世辞はお世辞としてうけとめるわ。男に下心があるのなら、それはそれとして正しくうけとめる。お世辞を本心と勘違いしたりはしない」

「そうね。あなたは〈星読み〉ですもの、ありのままを冷静にとらえる力を備えている。でもね、勘違いしたくてするということもあって、ときにはそういうのも大切なのよ」

トゥーラはしばしその言葉を考えてから、ユーストゥスの口真似をした。

「わけわかんないこと言わないでくれる？　おばさん」

「こりゃこりゃ。さっきから聞いてりゃ、好き勝手なことを」

暖炉のそばでリコが書物から顔をあげてたしなめた。エミラーダは軽く首をふった。

「いいのよ。そのうちわかってくるわ」

「そうなのか?」

ええそうよ、とエミラーダは軽くうなずき、大卓のむこう側でエイリャがふふん、と鼻で笑った。

「さて、つづきを見ましょうよ。……おやおや、ネスティの恋敵はとうとう女王の心を射とめたようだわ。見目よき若者、明朗快活で裕福な口上手となれば、好感は恋心に容易に変化する……」

「『そのうえこの男は巧みに竪琴《たてごと》を奏《かな》で、良い声で歌った』」

「歌、ですって。南方の珍しい歌を披露したのでしょうね。南方の歌というのはひとえにのびやかで明るく、きっと皆が酔いしれたのよ」

「『女王はツェロンを毎日宮廷に招き、青ブナの木の下、東屋、薬草園で会話を楽しんだ。政務が後まわしにされることも多くなり、また特定の一人を優遇なさるべからずとわたしをはじめ、側近や女官が諫言《かんげん》を尽くしたが、聞く耳をもたなかった。まるで玉座についた当初の小娘に戻ったかのようだった』」

「『このことに関して女王の夫は冷ややかだった。彼としては、女王が墓穴をほっていけば望んだ権力は自分に集中すると考えたのだろう。彼は何もせず、時がいたるのを座して待つのみだった』」

エミラーダは嘆息をついて首をふった。トゥーラが呟く。

「愚かな人たち」

リコがまた口をはさむ。

「『恋の悩み知らずして、人生の喜び語るなかれ』。コンスル時代の哲学者にして詩人ダーリエンの一節じゃよ」

「少なくとも女王の夫君は、恋が人になさしめる突拍子もない愚行を理解してはいたわけだわ。年上の配偶者らしいわね」

トゥーラは年長の二人の感慨に同調することなく、次の文を読みあげた。

「『世に不可思議なるもの数多あるが、人の心ほど不可思議なものがあるだろうか。停止命令をかけても止まれないのが心、突き進めば崖があると知っていても崖底をのぞきこみたくなるのが心、衝動に身を任せすべてを投げすてたいと願うのが心。破滅と汚辱《おじょく》と絶望と悔恨はそのあとにやって来る』。何、この文章。湿っぽいわね。でも一箇所はわからないでもない」

「当ててみて進ぜようかい。『衝動に身を任せ』の件《くだり》じゃろ」

リコはひきききと笑った。暖炉の火の最も近くで、いかにも気もちよさそうにくつろぎながら。

「いつも思いつき、思ったとおりのことに突っ走るのは、おまえさんのいいところでもあり悪いところでもあるな」

「お褒めにあずかり、恐縮ですわ、お爺様」

「今度新しいことをしたくなったら言ってくれい。わしが止めて進ぜよう」

「ネスティの繰り言は飛ばして、先に進みましょう」

無邪気な二人のやりとりはおもしろかったが、エミラーダは促した。

「彼や周囲の懸念どおり、女王とツェロンの交流はやがて密会に変わったようね。手ぐすねひいて待っていた夫君が、それを理由に女王の罷免《ひめん》を申したてたとあるわ」

「『……政務もろくに果たさず、日々享楽的に暮らし、国民にむけるべき目をすべて愛人に注ぐのであれば、為政者としての資格なし……』。夫君の言は痛烈ね」

「嫉妬もあるだろうし、憎しみも深く感じる。しかし正論は夫君にあるがため、側近も有力者も……魔女軍団も彼の味方をした」

「女王は抗弁も悔悛《かいしゅん》もしなかった。馬鹿ね。そのふりだけでもすればいいのに」

エミラーダはにっこりした。

「そういうところもあなたに似ているわね、トゥーラ。ひたすら前進。嘘はつけない」

「どうしてこう、お年寄りって人のことをあだこうだとつきたがるの？」

「お年寄り？」

エミラーダばかりか、エイリャとリコもぎろりとトゥーラを睨んだ。エイリャが顎をあげて冷たく言った。

「あんたたちの読解、遅々として進まないようじゃないか。愚図《ぐず》愚図していると雪が全部とけちまうよ。それをおよこし。あたしが読んでしまおう」

二人は慌ててネスティの文に戻る。

「……で。ええと。女王は悔悛の態度も示さず、弾劾には裾を翻《ひるがえ》したのみ。ところがその晩、夫君が体調を崩し、朝を待たずして亡くなったと……あららら。これはまずいでしょ。状況的に女王が何かしたと誰でも疑うわ。やるんならもう少し日をおいて、事故か明らかに病死のように見せなけりゃだめよね。狩りに出たとき心の臓の発作で落馬する、とか、衆目のあるときに階段から足を踏みはずす、とか、魔女軍団の訓練視察で流れ矢に当たる、とか」

それを聞いてリコは白目をむき、エミラーダも吹きだすところだった。エンスが「まずいのはそこじゃないだろう」と両腕を広げそうだ。笑うのを懸命にこらえて、

「追及された女王は知らぬ存ぜぬをおしとおしたようね」

「遺体には毒殺の証拠があったけれど、それをもたらしたのが何だったのか、誰だったのかは確としなかった……女王は口をぬぐって知らぬふり……」

トゥーラが身をすくませた。片手で自分の口をおおい、目を瞠る。

「これ……わたしだわ、本当に」

「トゥーラ」

「わたしもそうだった。平気で人を殺して何とも思わなかった。確かにわたし、女王の生まれ変わりだわ。同じことをくりかえしている……。そのせいで、ナフェサスを死においやったのに」

「トゥーラ、落ちついて。さ、息を吐いて。大きく吸って。そう、そうよ。もう一度。そう。……もう一度」

トゥーラの肩に手をおいてなだめてから、

「いいこと、魔女さん。それはよくよく考えなければならない問題ですよ。でもね、今はこの巻物を完読しなければ。そのことは、屋上で星を見あげながらじっくり掘り下げていくことなの。今はそのときではないし、思いつめたって何一ついいことはない。落ちついて。気持ちを静めて。意識を切り替えて」

深呼吸をくりかえして目をあけたトゥーラに、エミラーダは頷いてみせた。

「とっとと終わらせてしまいましょう。でもね、その前に、これだけ確認させてちょうだい。今後、ここに何が記されていようと、あなたが女王の生まれ変わりだとしても、今のあなたと女王は別人だということ。なしとげなければいけない課題として女王の問題があなたにひきつがれていても、過去女王がひきおこした様々な罪の責任は、今のあなたにはないってこと。女王とあなたは別人。ただ、大いなる宇宙の営みの中で、あなたはかつての自分であった者がやり残したことを完遂する運命《さだめ》におかれているだけ。それだって、必ずやりとげなければいけないということはない。無理なら逃げていいの。そして罰も批難も存在していない。大切なのはあなたの意思だけ。いいこと？」

拝月教の寺院にはたくさんの女たちが訪れる。それぞれに悩みを抱え、啓示を求めて。軌師たちは彼女たちに助言をし、励まし、道を示すが、その道理は月からもたらされる。一筋の月光は頭頂から爪先へと軌師を貫き、目に見えぬ世界の種をもたらす。その種は女たちの胸の中で芽ぶき、育ち、真理の花を開花させる。

軌師の座をなげうったにもかかわらず、その花がいまだしおれることなく自分の内にひっそりと咲いていたことにかすかな驚きと喜びを感じながら、エミラーダはトゥーラの反応を見守った。

直線を疾走するようなこの若い魔女は、ためらいや疑いを一切持たなかった。重い覚悟を心に落として、大きく頷いた。普通はこうはいかないのよね、と感心しつつ思うエミラーダである。この子のこの率直さは宝だわ。すべてをうけいれて砂のように吸収する。ひねくれてしまった女性や、理屈で測ることに慣れた男性は、エミラーダの言の一欠片も理解できないだろう。そしてそういった人々がいかに多いことか。願わくば、トゥーラのこの宝が反転して彼女を滅ぼす凶器となりませんように。月よ、あなたが裏の顔を決して見せないのと同様、宝を宝のままにしておきたまえ。

巻物に戻ろう。

「『誰もが確信していたが、女王の罪を示す証拠はなく、事はうやむやになった。夫君の葬儀は側近がとりおこない、女王は出席せず、これで夫君側の親族の忍耐が切れた。彼らはうち騒ぎ、反乱を画策した。それを何とかおさめたのは〈星読み〉のわたし、星々が乱れ、流星彗星《すいせい》が出現している時点でなお騒乱すれば国滅ぶ、と。親族は渋々戈《ほこ》をおさめたものの、争いの火種は消えていなかった』」

「女王は牢に入れられたわけではなかったのね。後世の歴史書にはそう記されていたのに」

「これを読んでいたなら、そんな作り話はなかったでしょうにね。伝説とか言い伝えとかは途中で語り手の願望が入りこみますからね。ちょっとした呟きでも、あたかも真実のように扱われがち」

「『争いの火種が再び燃えあがったのは半年後。燃材をくべたのは女王自身だった。ああ、トゥルリアラル、わが愛しの君よ、君の熱情が劣情へと変化したあの瞬間をわたしは深く憎むであろう』」

「連綿とつづられている恨み言は飛ばして……一年の喪も明けないうちに、女王はツェロンとの結婚を敢行し、彼を玉座につけようとした、とあるわ。コンスル帝国も皇帝が一年の内に七人もかわったことがあるけれど、さすがにこれはなかったわね」

「複数の玉座が存在したことはあったがのう。うまくはいかんて。人は相争い、一番になりたがる。そういうのは長くはつづかん」

「あなたのおっしゃるとおりよ、リコ。ツェロンは周囲の反対を押し切って玉座に昇る寸前に、魔女軍団によって追放された。『女王の嘆きと怒りを慮《おもんぱか》り、眠り薬にて国外につれだし』……女王は夫殺しの疑いがかかっていたけれどももとの王族の唯一の血筋だったし、『類稀《たぐいまれ》なる星と月の力をうけついだ大魔女であったので』――これは、何？　どうしてこんな大切なことがいきなり記されるの？　トゥーラ、前述にこうした記載があった？」

「いいえ。一切ないわ。〈星読み〉の家系に属していたとしか。それも微妙にぼやかして」

「それでなのね」

　エミラーダは拳《こぶし》で軽く卓を打った。

「どうもおかしいと思っていたのよ。夫殺しの女王をなぜ裁けなかったのか。弱冠十六歳の少女を玉座につけて、執政もおかないとは。そういうこと！」

「大魔女、というのは――」

「おそらく大きな魔力を有した女性、今でいうのなら魔道師。エイリャさんみたいな、ね。そして魔女軍団を束ねる長でもあったのでしょう」

「そっか……。だから彼女を弾劾するのにも、ツェロンを暗殺するのにも及び腰だったのね」

「あまりに若いうちに……若すぎる身に大いなる力を持っているのに、それを支える良き導き手が存在しなかったのでしょう」

「存在していても、高慢でおのれをおしとおすことになれた少女が、聞く耳をもったかどうか、じゃな」

「そうですわね。……それだけの賢さが備わっていなかったとも考えられますね。……『大魔女であったので、そのやんごとなき身分に鑑《かんが》み、ツェロンの生命を奪うことは控えたのだが、それがのちに大いなる災禍となって返ってくるとは一体誰が想像しえたことだろう』」

「この、ネスティの物言いって、だんだん鼻についてくるわ。わたしの御先祖様らしいけれど、すごく湿気があって、共感できない」

「情緒豊かかな〈星読み〉のようね。彼女の人柄が伝わってきて、おもしろいじゃない。でもそれにひたっている余裕はないわね。事実だけ拾いあげていきましょう」

　そのときエイリャが片手をあげた。

「ちょいとリコ、来ておくれ。あんたが昨日見つけた記述とこっちの記述、それからこのバーレンの予言の一節、これを照らしあわせてみたんだが、解釈の仕方に疑問があってね。あんたはどう考える？　このゆらぎは二方向に考えられると思うんだけどね」

　どれどれ、よっこいしょ、とリコが安楽な座から腰をあげた。二人の邪魔にならないようにと、エミラーダとトゥーラは肩をよせあってネスティの巻物を黙読することにした。

　しばらくのあいだ、薪の爆《は》ぜる音と鍋の湯のわきたつ音、エイリャとリコの静かな会話、巻物の擦れる音が部屋に満ちた。

6

ネスティの巻物より　トゥーラによる抜粋

ツェロンを追放した魔女軍団に対して、女王トゥルリアラルは長きにわたって激怒していた。あからさまな態度はさすがにとらなかったものの、言葉の端々や、めっきり笑うことのなくなったかたい表情で察しがついた。それが二年つづいた。

二年後の春、今にも雨がふりだしそうなある日の午後に、ツェロンは戻ってきた。南の隣国パイラスの軍勢を伴って、大森林地帯をぬけ、麦畑を踏み荒らして、城門前に陣どった。彼は染み一つない頑丈そうな白馬に乗り、黄金の兜《かぶと》をかぶり、真紅のセオルを羽織っていた。戦いの神リトンの勝利のいでたちを真似ていることは明らかだった。しかし惜しむらくは、連日の雨ですっかり色彩を落として黒ずんでしまった森と、青空を忘れてしまった分厚い雲によって、そのいでたちも大した輝きを放つことはなく、場違いの壇上にある道化のように見せていた。

彼は正門前に馬を進めると、玉座を要求した。女王と結婚した自分には、その権限があると叫んだ。対する答えは一本の矢だった。魔女軍団を束ねる実質の長メリアンの放った一矢は、白馬の尻に刺さった。いななないて後足立ちになった白馬はツェロンをふりおとして逃げ去っていき、ツェロンは打った腰をかばいながら陣地へと戻った。

ネスティは彼が戻ってくることを〈星読み〉で知っていたので、魔女たちと城壁上にいた。冷たい風が横あいから吹いてくる。セオルをかたく身体に巻きつけ、その一部始終を頭に刻んだ。

「女王に知らせましょうか？」

ネスティの四歳年下の弟が彼女を仰ぐようにして尋ねた。彼もまた〈星読み〉の血筋、幼いときから彼女の手ほどきを受け、優秀な学者に育ちつつあった。

「だめよ。まだ」

とネスティは目を前方に据えたまま答えた。最近では予知したことを女王に報告しないことが多くなっていた。ツェロンが追放されてから、女王は誰をも信用しなくなったようだった。心を閉ざして、一人きりのときには慟哭《どうこく》している。閉ざされた扉のむこうから振り絞るような泣き声が漏れ聞こえてくることもしばしばだった。慰めようと、そして道理をわかってもらおうと何度か言葉を尽くしたネスティだったが、それすらうけつけてくれなくなった。彼女の姿を見ると、女王は踵《きびす》をかえしてどこかへ行ってしまう。拒絶されて傷つき、思い悩んでいたとき、弟ヴァイダーの一言が、なすべきことを思いださせてくれた。

「〈星読み〉は本来孤独な職務。全体を見わたして冷静に道をさぐることが大事だと、幼い頃わたしに教えて下さったのは、姉上、あなたでしたよ」

ヴァイダーは女王より二つも年若であったが、すでに数多の星々を見、大いなる天体の規律を身体に刻みこんでいた。

このたび、隣国の軍勢がおしよせてくるだろうこともわかってはいたが、それを陛下に奏上しても何も手を打たないだろうと予期していた。それだったら、魔女軍団に任せた方がいい。そう判断してのこの城門の上である。

角笛が短く響きわたり、パイラス軍が寒露《かんろ》にぬれた坂を駆け登ってきた。雄叫び、武具の鳴る音、振動する大地。正門に集中しておしよせるのは、千五百の大軍。

メリアンの指揮のもと、二百人の衛兵たちがまず矢を射かける。他国のような一斉《いっせい》射撃ではなく、二呼吸ずつ、時をおいての射撃は、相手が立ちどまって盾をかざす隙を与えない。大義もなくツェロンの口車に乗ってのこのこ出張ってきた軍勢にとっては、大いに士気がそがれる結果を生む。ひるむ兵士たちを鼓舞して角笛がさかんに吹き鳴らされる。頭上に盾を背負うような恰好で懸命に門へ近づこうとする。

メリアンが片手をあげた。衛兵たちは矢をつがえつつ待機する。魔女たちが城壁の端に立ち、時を待つ。短弓を持ち、背には箙《えびら》、左右の腰には中ぶりの剣を佩《は》いている。皆若く、十年以上前のパイラスとの小競りあいを戦った経験者は十数人しかいない。それでも爛々《らんらん》と輝く赤銅《あかがね》色の瞳は虎のよう、しなやかな筋肉は豹《ひょう》さながら、酷薄《こくはく》な笑いを唇に浮かべて一人一人が炎を噴きあげているかのようだった。

敵の大半が門の前におしよせた。大軍勢なので、必然、次第に横に広がる。メリアンの片手が大きくふりおろされ、魔女たちは城壁上から鳥のように飛びたつ。彼女たちの巻毛が吹きあげられ、おりしも雲間から一筋、夕方の赤い光が射して、真紅の化鳥《けちょう》に変える。彼女たちは空中で矢をつがえ、一直線に飛ばす。狙いがはずれることはない。七十人の魔女たちは同数の敵を倒したあと、直接兵士たちの上に降りる。顔面や首を蹴り、肩や背中に衝撃を与える。兵士たちは腰を折られて尻もちをつく。その間隙に魔女たちの手は二本の剣を握り、貫き、切り裂いていく。

しかし、敵も逆襲する。大剣をふるい、力任せに打ちつけてくる。それでも魔女たちの目から見れば鈍《のろ》い、鈍い。ひらりと身を翻《ひるがえ》し、ひょいと頭をかがめ、すっと身をずらし、そのあいだにも切り傷を負わせる。混戦状態になると、魔女たちは二人一組で連携して、大男一人を倒そうとする。

角笛が鳴る。パイラス軍のそれより甲高く、長い一笛。魔女たちは寸暇をおかずにとびあがる。男たちの肩を、背を踏み台がわりにして宙へ舞い、城壁の上から投げ落とされた綱を伝って軽々とあがってくる。まるで栗鼠《りす》のように。

敵の十数人が魔女たちに倣《なら》おうと綱に駆けよるが、無様にぶら下がってすべり落ちるのが大半、それでも中には何とか登ってくるのもいるが、衛兵たちが見逃すわけもない。槍の集中攻撃を受けて皆落ちていく。綱が手早くひきあげられ、魔女たちが再び並び立つと、敵方は毒がまわってばたばたと倒れていく。残った千人余りは、倉皇として退きはじめる。

ネスティは魔女たちの後ろ姿を確認した。並ぶ位置が決まっているので、空いた場所が手傷を負ったり亡くなったりした者のところ。欠けているのは十数ヶ所、後方の壁際で手当を受けているのも十数人、死者はいないらしい。

そこへ女王の侍女が顔を出した。おそらくこの騒ぎが何事か確かめてくるように女王に言いつかってきたものか。目を瞠《みは》って階段脇でおどおどしている。ネスティは、あの侍女がツェロンと女王の仲をとりもったという噂を耳にしていたので、苦々しい思いと共に睨みつけ、ヴァイダーに一つ頷いてみせた。

ヴァイダーは侍女を伴い、女王のもとへと報告しに行く。こうした役割を弟がかわってくれることがありがたい。

側近たちが魔女軍団とメリアンを上機嫌にねぎらっている。彼らもまた、女王を頼りにしないことを早くから学んでしまっていた。女王なしでもオルン国はまわる。だが、本当に危機に面したとき、最も強大な力をふるうことができるのが女王一人だという事実も、全員わかっている。今の均衡が崩れないのが誰にとっても一番いいということも。

報告を受けた女王は激高し、側近とネスティはもとより、魔女軍団とヴァイダーをも激しくなじった。しかしヴァイダーは顔色一つ変えず、客観的かつ冷静に戦局を判断するに、皆の意見が一致したこと、寸暇を争う事態であったこと、女王の「出る幕がないのが一番の良きこと」だと慇懃《いんぎん》に応えたという。女王は独り部屋にひきこもってしまい、翌日の指示さえ出さなかった。

千五百の大軍でおしよせたにもかかわらず、魔女軍団の前に大敗を喫《きっ》したパイラス軍は翌朝、城壁を遠巻きにして待機した。湿った風の吹く中、雲が切れて深い青空が見えてきた昼すぎに、生成りの吹き流しを棚引かせて講和の使者が馬でやってきた。城門は彼を通し、再びかたく閉じられた。

使者とあれば、女王に告げざるをえない。伝書をたずさえているとあればなおさらのこと。使者は二通の書を手渡した。一通は正式な講和の申し出で、パイラス軍は兵をひくひきかえに、ツェロンの入場を求めていた。もう一通はツェロンから女王への私信であったがため、女王はそれを読むあいだ奥へと去った。側近、メリアン、ネスティとヴァイダーら七人は、使者を故意に同席させながら、この講和の条件について忌憚のない意見を述べあった。そもツェロンは女王に対してもオルン国に対しても何ら権利を有さないことやら、パイラスが口を出す筋合いでもないことをそれぞれに言いあった。わが宮廷がどのような雰囲気であるかが使者の口から先方に伝わればいいと考えたからだ。

だが、七人の冷静な意見は、再び玉座についた女王によってくつがえされた。

「条件を呑みましょう」

とトゥルリアラルは精一杯の厳しさを出そうとつとめながら言った。

「ツェロンはわが夫、宮殿に入って何の不都合か」

七人がどよめき、思いとどまらせようと諫言《かんげん》したが、女王は微笑みを浮かべて拒否した。その頬は上気して、泣きはらした目蓋《まぶた》の下からは熱に浮かされたような潤《うる》んだ瞳が、異様な光を

放っていた。女王は使者に身を乗りだし、

「わが背の君にはいつにても歓迎すると伝えてくりゃれ。わが隣に席を設けて待つと」

さらに姿勢を転じてネスティたちには、

「今後一切パイラス軍には歯向かうことならず。彼らを入城させ、酒宴を催し、和解の証《あかし》とするのです」

抗議しようとする全員を睨みつけて、

「そもわたくしをないがしろにし、勝手に軍団を動かすとは反逆にも等しいおこない、処罰せぬだけ幸いと感謝するべき。特にメリアン、そなた、本来であれば斬首の刑に処されても文句の言えぬところ、背の君の帰還に免じて見逃してやろうというだけのこと。さ、わかったら皆で宴の用意を。目出度き宵には酒と笑い声じゃ」

何かできたとすれば、それはこのときだったかもしれない。だが首を斬ると脅され、反逆者とほのめかされて、一体誰がこの上危険な橋を渡ろうとするだろう。これは大いなる過ちだとわかっていて、なおかつ動くことままならないその瞬間が、運命の別れ道だとうすうす気づきながら。これこそ運命《さだめ》。

酒宴は異様な雰囲気の中ではじまった。身構えておし黙る城側の人間と、戦《いくさ》には負け、謀略で勝ったパイラス側の殺気を含んだ愛想笑いと、そうしたことを一切省みず、しなを作り甘い声を出す女王、肩をそびやかしてらてらと皮膚を光らせてまるで国王気どりのツェロンの、豪快に見せようとする空虚な笑い声。

ネスティはいたたまれず、やがてその場を去った。それゆえ、その後の顚末《てんまつ》を聞いたのは翌日の夕方になってから。塔の部屋にこもり、外もうかがわず、ただ星図を広げてぼんやりと星の運行を占おうと空しい努力をしていたので、城壁で何が起きているのか報せに来た少年から聞くまで、さっぱり知らないでいた。

宴もたけなわとなってから、女王はツェロンと共に奥へひきとったが、その間隙に昼には許したはずのメリアンを断罪し、処刑するように命じたという。これを聞いたオルン国側が抗議しようとしたが、玉座にたどりつく前にパイラス側が道をふさぎ、メリアンをとらえた。女王はそちらに一瞥《いちべつ》もなく、ただ熱っぽい視線をツェロンに注いで去っていってしまった。側近たちは敵兵に遮《さえぎ》られてメリアンを見送ることさえかなわなかったそうだ。

そうして、その夜のうちにメリアンは殺された。城門の外につれていかれ、首をはねられたという。さらに翌早暁《そうぎょう》、パイラスの兵士たちは家々を襲って魔女たちを狩り出し、城門の上に立たせて喉を切り裂き、下へ投げ落とした。

「死んでも飛べるのか、魔女は」

兵士の一人が嘲《あざけ》ったのに対し、魔女たちは口々に呪いの言葉を遺言に、宙へ舞った。パイラス滅び去るべし、ツェロン蛆《うじ》の寝床となるべし、トゥルリアラルは未来永劫許されざるべし。

ネスティが城壁に駆けつけたときには、すでに魔女軍団は壊滅し、パイラスの兵たちは城内に戻り、ただ風に乗ってりんごの花弁が白く舞い散っているのみだった。犠牲になったのはメリアンを含めて六十六人。幾人かは逃れたようだった。

欲情の寝床から女王が這いだしてきたのはそれから三日ののちだった。しかしそれさえ、政務をなすためではなく、ましてや家臣たちの嘆きや、せめて遺体を葬《ほうむ》らせてほしいという縁者の願いを聞くためでもなかった。

「これからはわが君ツェロンが王となる。わたくしは退位いたします」

恋と呼ぶにはあまりに血塗られ、情欲と呼ぶにはあまりに盲目の、女王のこれをなんとあらわすべきなのだろう。パイラスに乗っとられた宮廷は喝采《かっさい》の嵐、女王の忠臣たちは瞑目《めいもく》して立ちつくすのみだった。即日退位の式と戴冠式があわただしくおこなわれた。古来の法も慣習も一顧だにされないこの式典を、オルンの国人はうなだれてうけいれるしかなかった。

一月後、パイラスから増軍が到着し、オルン国は略奪と陵辱に穢《けが》された。声にならない声が呪いを呟き、怨嗟《えんさ》の視線が女王の館を睨《ね》めつけた。三月後、女王が身ごもったことが発表され、静養のために館の奥の別棟に移されたと伝えられたが、誰もその場所を知らなかった。そうして二日もしないうちに、ツェロンのそばには次々と若い女がはべるようになった。

「子などいらぬ。いつ親の寝首をかくかしれぬ。王は余一人で充分である」

と言い放ったと聞き及んで、ネスティは堪忍しきれなくなり、王宮に忍びこんだ。下働きの者たちに話を聞くにしたがって、女王の居場所が判明した。女王は北の山際の崖にこしらえた土牢に放りこまれていた。見張りさえ立っていない、湿った土穴に、水も食物もなく、餓死せよと明らかな処遇。

恋人の裏切りに泣きはらした目蓋で、ほとんど何も見えないようであった。ここ数日ですっかり生気を失い、ただ彼女をつなぎとめていたのは、恥辱を晴らさずにおくべきかという赤銅色に燃えあがる復讐心のみ。

ネスティは弟ヴァイダーと共に夜半に舞い戻り、牢格子を切断して女王を助けだした。そのまま〈星読みの塔〉にこもり、女王の回復を待った。

回復するにつれて、トゥルリアラルの身体には以前のような力が貯えられていったが、もはやその頬に笑みが浮かぶことはなくなっていた。目にはただただ復讐の朱色が宿り、口にするのは呪いの言葉のみ。彼女の脳裏には、犠牲となった魔女軍団への哀悼も侵略された国への愛《かな》しみもなかった。ましてや悔恨も罪悪感もなく、ツェロンとパイラスを罰することのみ。ネスティたちは、赤子が女王の生きつづけるよすがになればと願ったが、トゥルリアラルは日ごと膨らんでくる腹をいとわしげに見おろして、決まってこう言うのだった。

「ツェロンの子など、見たくもない。生まれたらこの手で殺してしまおう」

ネスティとヴァイダーは顔を見合わせた。様子を見にきた産婆は何も言わなかったが、その片目が三日月を反射してきらりと光った。

赤子は翌年の晩春、月足らずで生まれた。それはちょうど一年前、メリアンが処刑され、魔女たちが城壁の外に横たわった、まさに同じその日であった。今にも息絶えてしまうのではないかとあやぶむほど華奢《きやしや》な女の子だったが、泣き声は運命に逆らうがごとくのけたたましさだった。産湯につかり、まだ湯気のあがっている小さなその子を、産婆はトゥルリアラルの腕におしこんだ。

その刹那《せつな》、彼女をとりまいていた黒い影が慌てて退散していくのをネスティははっきりと見た。女王の胸に忌まわしい根をおろしていた憎悪と復讐が散り散りに霧散した。笑うことのなかった頰に赤みがさしたかと思うや、トゥルリアラルはしっかりと娘を抱きしめ、

「わたくしの月!」

と小さく叫んだ。

驚くネスティの肩を産婆が叩いた。

「これぞ神々の下された魔法、真紅の喜びの魔法さね」

その日からトゥルリアラルはすべての愛情を幼な子に注ぐようになった。まるでおのれの生命力をすべて注ぎこむかのように。一月たって、はかなげな生命が細い根をこの世におろしたらしく思われると、トゥルリアラルの背筋も健やかな若木にも似てすっとのびた。三月たって赤子の目が確かに彼女を求めるようになると、微笑みが深くなった。赤子の瞳はオルン村の魔女たちと同じ赤銅色をして、その肌は月のごとく、髪も日没の陽の輝きであった。顔つきにも輪郭《りんかく》にも女たちの共通してもつ面影があり、ツェロンの血の一滴も流れてはいないかのようだった。

この頃になると、トゥルリアラルの微笑に哀しげなものが混じるようになった。ある暑い夏の午後、ネスティは薬草の籠を抱えて屋上に行った。日陰に薬草を広げて乾燥させようと、何気なしに影濃い片隅に足を踏み入れたとき、トゥルリアラルがすすり泣いているのに出くわし

た。

籠を放りだして駆けより、わけを尋ねれば、魔女たちの名前を一人一人呼びはじめた。彼女が見捨てた魔女たち六十六人の名を呼びながら泣きくずれ、自分はどうしてあのようなことをしてしまったのだろうと身をもみしだく。その身体をしっかりと抱きとめながら、ネスティも涙ぐんだ。生命の代償はない。とりかえしのつかない罪を犯してしまったことに、娘を得たことでようやく気がついたのだ。

「わたくしは娘を六十六回殺してしまったに等しい」

と女王は慟哭した。それからわが子の名をくりかえす。

「サンドゥリアル、サンドゥリアル、サンドゥリアル」

血を吐くにも似た慟哭と告白のあいだ中、ネスティは彼女を抱きしめていたが、ふと何かに誘われて、晴れあがった空を見あげた。天青石の青の中に、半月が海月《くらげ》のように浮かんでいた。

ネスティは女王の肩をそっとゆすぶった。

「トゥルリアラル。わが君。なしてしまったことはどうしようもない。けれど、今からなせることもあります」

目の縁を真っ赤にはらした女王は顔をあげた。

「……本当に？　まだできることがある、と？」

「殺された魔女たちは壁の外にうちすてられたままです。弔《とむら》いもできず、怨嗟の叫びは日ましに強くなるばかり。その憎悪はパイラルの兵やツェロンばかりでなく、あなた様とその血筋にもからみつき、すべてを滅ぼすまでつづくでしょう」

「わたくしの娘は関係ない！　サンドゥリアルは――」

「無念の嘆きにとらわれた亡霊たちに、そのような理屈は通じません。彼女たちの呪いは強く執拗で、もしかしたらすべてを滅ぼしたあとまでもつづいていくやもしれませぬ」

女王は口を両手でおおった。また涙があふれてくる。

「どう……どうすれば……」

「どうすればよいのか。月と星に聞きましょう。あなた様ならば、〈星読み〉の視えないものを視ることができるやもしれませんから」

その晩、二人は再び屋上にあがった。昼の月はとうに沈んで、星々が燦然《さんぜん》とめぐっていく。女王は懐《ふところ》に赤子を抱いたまま、夏の夜気を吸い、星の白鳥や狼や鹿が天空を馳せていくあいだに、運命を変える糸口を捜し求めた。

そうした日々がつづいていき、赤子が這うようになった頃、女王はおのれのなすべきことをようやく捉えた。時期を同じくして、女王と赤子のことがツェロン僭王《せんおう》の耳に入ったらしい。土牢を調べられたと聞いたネスティは、親子と共に西の森に逃げた。弟のヴァイダー、かつての側近二人、ネスティと共に塔にこもっていた侍女二人が同行した。

今にも雪になりそうな灰色の雲の下で、女王は葉を落とした木々や枯れ残った蔦《つた》に命じた。

「魔女たちの名にかけて、今一度茂みとなり、罠となれ！」

木々は葉を茂らせ、蔦類はからみつき、下生えは盛りあがって追手を迷わせ、畏れさせた。

一日半ののち、一行は森の中心部と思しき地点にたどりついた。円形の広場が作ってあった。広場をとり囲むようにして、五十軒ほどの小屋がびっしりと建ち、住人がぞろぞろと出てきた。貢物をたずさえて何度かオルンにやってきた男たちの顔があった。木の民と呼ばれる一族で、木材製造に詳しく、冥府と大地の女神を信奉していた。彼らは歓迎され、つつましいが温かい食事を供された。翌夕刻には、彼らの住居が三棟建てられていた。木の香りのする新居で冬を越し、再び春を迎えた。

女王は広場の東側を切りひらき、高い櫓《やぐら》を組むように命じた。木の民がたった二日でそれをなしとげると、女王はその土台に跪《ひざまず》き、長いあいだ瞑目していたが、彼女が立ちあがると同時に木造の櫓は石造りの白塔へと変化していた。

女王は一族の鍛冶屋に、一振りの剣を鍛えるように命じた。鍛冶屋はそれは見事な剣をこしらえた。

さらに女王は女たちに紐を作らせた。絹糸、綿糸、木の皮の繊維、馬の鬣《たてがみ》、兎《うさぎ》や羊の毛。色とりどりに染色させ、大籠五つ分ができあがると、白塔にひきこもった。

ネスティは白塔の戸口までしか同行を許されなかったが、女王が悔恨の涙を流しながら、複雑な模様を編んでいくのを垣間見た。紐の模様の一つ一つに魔女たちの名も編みこまれていく。紐を切るのは鍛えられたあの剣。その作業は不眠不休で三日間つづき、最後の模様を編んでようやく姿をあらわした女王の身体は痛々しいほど痩せてしまっていた。

冬のさなか、野をかける狩人が報せをもたらした。この冬のはじめ、ツェロン僭王はパイラスの兵士によって暗殺されたという。

「オルン国はもはやオルン国にあらず。パイラスの領土となり申した」

女王はそれを聞いてよろめいた。ネスティに支えられて気をとり直すと、塔の屋上へ行き、星々の歩む方向を見定めた。冬の夜空は凍りついた厳しい貌と共に、絶望的な未来を視せた。

「パイラスでさえ大波に呑まれる。オルン国の復興はもはやありえぬ」

女王の発した言葉は、その足元から塔の基盤へ、塔の基盤から大地へと稲妻《いなずま》のように貫いた。女王はうなだれ、跪き、床に手のひらをおしあてて涙した。

「すべてわたくしの愚かさゆえ。わたくしの愚かさゆえ」

ネスティもそばに膝をつき、胸の肉をこそげ落とされていくような感覚におそわれていた。そのとき、大地の底から轟《とどろ》きがもたらされた。かすかな轟きではあったが、それは手のひらと膝に紛れもない予言となってこだました。

――われは希望《のぞみ》。

空耳かと二人顔を見合わせる。女王は腹這いになった。ネスティもそれに倣う。

――われを取れ、われは希望。死してなお連綿《れんめん》とつづくもの。われは希望。滅びてもまた生まれ出ずるもの。われは希望。われは力。われは約束。われはそなた。そなたたち。われを取れ。われを取れ。われを取れ。

二人がそろそろと起きあがる、すると大地の底から上がってきたものが、塔の床を通りぬけて女王の胸の前に浮かんだ。水の色、葉の色、空の色にきらめきながら渦を巻く霧。女王が両手でそっとそれを包みこみ、やがてひらけば、大粒の碧《みどり》の石となって、何やら歌を歌っていた。幼な子が一生懸命自分なりの言葉で歌うのにも似て、意味は少しもわからず、出鱈目《でたらめ》に響いてきたが、女王はそれを〈封印の石〉と呼んだ。

塔から降りて、まずしたことは、紐結びでつくった模様布の中央にその石をおくことだった。石は光と歌をしばし撒きちらし、それからすっかり沈黙した。女王は模様布を西の森の西の果てに持っていくように命じた。

「行けばすぐにわかります。その場所だ、と。そこへ持っていけば布はおのずからおのれを縛るであろうゆえ」

さらに広場の中央に築山《つきやま》を築かせ、剣を埋めた。何百回も紐を切った剣はすっかりなまくらになっていた。

「時が来れば剣は抜けるであろう。つながっていく希望がそのときとき放たれるであろう」

やがて再びりんごの花の舞い散る夕刻、女王トゥルリアラルは幼な子サンドゥリアルに、哀しむなかれ、時がいたれば再びめぐりあえるであろうと言いふくめ、その生涯を終えた。

サンドゥリアルはその後、ネスティの弟子となり、コンスル帝国領となった〈星読みの塔〉へ戻った。オルン国はコンスル人の村に変じていったが、魔女たちの血脈はひそかに生きのびた子どもたちによって連綿とうけつがれていくに違いない。

(――以下、女王への哀歌が畳々とつづられている)

＊

トゥーラの塔の四階には、全員が集まっていた。おれ、マーセンサス、ユーストゥスは戸口から入ってすぐのところに立ち、その左側の大卓にはエイリャとサンジペルスが並んで座っている。菜種油か亜麻油の立脚灯台があたりを照らし、ときおり白と黒の煙を吐く。煙は蜘蛛《くも》の巣を束ねたかのように薄く立ち昇り、そのむこうでは、暖炉を右、大卓を左にして、リコが詰め物をたくさん入れた椅子に沈みこんでいる。大卓の上にはトゥーラが書きだしたネスティの巻物の抜粋が広げられ、サンジペルスが命懸けでエズキウムから持ち帰ったエイリャの四冊の書物も要所要所でひらいてある。

そのトゥーラはエミラーダと共に、エイリャたちと反対側に陣どっていた。

「ネスティは女王と共に生きた〈星読み〉だったから、この巻物には信憑性があると思う。彼女なりの熱い思いが誇張を生んでいたとしても、おきたこと、女王がなしたことは真実だろうと考えられるわ」

「それはわたくしも同感です。ともすれば感情に流される筆記ですが、語られていることに嘘はないでしょう」

二人が保証した。ユーストゥスが身体をわずかにゆすってから、

「それにしても、オルン国の女の人って、激烈だなぁ。女王にしろネスティにしろ、魔女軍団の魔女にしろ……」

「そうでなくば、千五百年も土の下で怨念を発しつづけてなぞいないだろうさ」

マーセンサスがいつもの皮肉っぽい口調でひきとった。

「ダンダン」

と蜥蜴《とかげ》が卓上で頭をふりあげ——おっと、忘れていた。春も近いこの宵、夕食前に招集がかかり、全員が勢ぞろいすると、その瞬間を見定めたかのようにこいつはおれの襟巻という責務を放棄して、大卓の上に陣どったのだった。

「ヨンサツノショモツ、ワカラナイコト、ホントウノホントウノシンジツハ？」

ゆっくりとまばたきをしてエイリャに促す。マーセンサスが、本当の真実ってどういう表現だ？　とすかさず指摘するが、皆の関心はやはりエイリャに集中する。

彼女が立ちあがって、蔵書四冊とトゥーラが調査した書きつけを一つ一つ指さしながら、ネスティの語った物語との比較を説明しはじめた。バーレンの予言の本来の意味と、カヒースの解釈の意図せぬ過ちと、彼らを研究した人々の推測、断定、歴史の中での歪《ゆが》み、思いこみ、性格による曲解、果てはバーレンの予言そのものの正確さ、云々。

板窓の外では雪どけの水の滴《したた》る心楽しい夜だというのに、おれたちは腹ぺこでお預けをくらっている。こんな夜は窓をあけて夜気の中に、冬の名残りと春の予兆をかぎとりながら、ゆっくりと静かに満ちたりた食事をし、酒杯を傾けていたいものだ。しばらくじっと我慢して聞いていたが、そろそろ限界だ。おれは目蓋が重そうになっているリコに、一生懸命手で合図した。左目の端でさかんにひらひら動くおれの手にようやくリコは気がついた。しばたたいた目蓋を大きくあけると、ああ、うう、と呻《うめ》いて背もたれから身体をひっぺがす。

「エイリャ、エイリャ。細かいことはいいから、わかったこととそれ、そのダンダンの言う『本当の真実』ってのを、手早くやってくれないかにゃあ。どうも、じいっと待ってるっちゅうのは年寄りにはきついんじゃい」

エイリャは大きく息を吸った。が、さすがにリコに対して怒鳴ることは控えた。そのかわりに、ひきつづき口ぱくをやっていたおれを横目でぎろりと睨み、肩を落として息を吐いた。助かった。牛にはされないらしい。

「サンジペルス」

と、彼女は片手を後ろにさしだす。サンジペルスは——人間になったやつをしみじみと見たのはこれがはじめてか。細っこい、生っちろい若者だ。とはいえ年の頃はおれとおっつかっつ、いやもしかしたら三つ四つ上かもしれん。豊かな黒髪はやつが動くたびにふさふさと揺れ、年をとってもリコのような洋梨頭にはならないだろうと思われる。うらやましい。濃い眉毛、濃い髭、いささか目が大きくて何とはなしにわが故郷の大魚オスゴスを彷彿《ほうふつ》とさせる。節ばった身体つきではあるが、エイリャに書きつけを手渡したその手首は意外に骨太だった。

エイリャは書きつけをちらりと見て、叱りとばす。

「これじゃないよ。馬鹿だね。そろそろ表題くらい読めないのかい。そっち。そう、その茶色い方」

サンジペルスはひたすら畏れかしこまった様子で、茶色の巻物を手渡す。どうやら彼の試練は彼を人たらしめた、とおれにはわかった。サンジペルスは人から牛に、鳥に、猫にと変身させられたことで、人のあるべき姿を体得したらしい。エイリャの弟子になって魔道師に、という願いを持っているが、おそらくそれは叶えられまい。魔道師になるとは、闇を、魔を、知りつつ身の内に潜ませるということだ。この男の善良さはそれを凌駕《りょうが》する。魔道師にはなれないが、エイリャの書記くらいにはなれるかもしれないな、と一人で勝手に納得し、少し安心する。

エイリャは太い巻物の紐をほどき、ちらりとおれたちの方を見ながら尋ねた。

「バーレンの予言の正しい版を作ったんだが、読みあげるかい?」

するとリコが、今度は本気で首をふった。

「要点だけ。エイリャ、要点だけじゃ」

「バーレンの難解だけど見事な修辞、気のきいた韻のふみ方、耳で聞きたくはないのかい?」

これにはトゥーラを除く全員が抗議の声をあげた。トゥーラは目玉をぐるっと回してみせて、あとでわたし一人、読んでみる、と応えた。エイリャは唇を尖らせながら、巻物を大卓の上に広げ——サンジペルスが上部を巻きとる役をひきうけた——最下部の十数行を指でおさえた。

「あっちを読み、こっちと照らしあわせ、そっちの方法論とこっちの方法論を比べながらああでもないこうでもないと数ヶ月の研究……本当に結果だけでいいのかい?」

再び抗議のぶうぶうに、やっと首をすくめる。

「仕方ないねぇ。まあ、すごく充実して楽しかったから、良しとしようか。……では、読みあげるよ。『以上のバーレンの予言及びそれに対する諸々の記録、カヒースの研究及び』——はいはい、これもすっとばすわけね。つまりは、こうだよ。『千五百年前のオルン魔国女王トゥルリアラルの意図。一、白き塔は彼女の魔力を焦点化する役目をになっていた。二、剣、俗称〈解呪の剣〉は解放の象徴。これを抜いた者が解放する。何を？　後述参照。三、トゥルリアラルが紐で編んだもの、通称〈レドの結び目〉には魔女たちを解放する力が組みこまれている。これを解けば魔女たちは千五百年の怨嗟の鎖から解き放たれる。四、碧の石が〈レドの結び目〉を時の流れと外部からのあらゆる力から護っている。これは魔法を封印する大地の力をもっている』

結論。トゥルリアラルは、〈レドの結び目〉に、魔女たちとおのれの罪の解放を託した。また、彼女の願いも。おそらくは、他国におびやかされることのない、安らかなるオルン国の再興を。

推測。〈レドの結び目〉を解けば、千五百年の怨嗟は消え、新たなる国が建つ。結び目を解くには、剣と碧の石と『ふさわしい人物』が必要であろう。以上！」

「『ふさわしい人物』って……！」

悪い予感に首をすくめながらユースが小さく叫び、

「ふうむ。その、国の再興だか建国だかっていううすらぼんやりした願かけの噂だけが一人歩きして、〈解呪の剣〉とか圧政《コンスル》からの解放の結び目だとかに変わっていっちまったってことか」

マーセンサスがしみじみと述懐し、エミラーダが気色《けしき》ばんだ。

「でも予言がこの世のすべてではないわ。予言者でさえ視られないものもあるのですよ。予言は現実ではないし、予言を知ったから試練を乗りこえられるというものでもありません。現に、ライディネスの台頭は？　彼がまきおこしている戦争、侵略は？　不確定要素が、剣が抜かれたこの時点で、まるで竜巻《たつまき》のように立ちあがってそれぞれに渦を巻いている。これらをまじえて考えなければ、真実は見えてこない」

「ねえ、『ふさわしい人物』って、おれのこと？　おれ、そんなことできないよっ。何の魔力も持ってないんだぜっ」

竜巻はここにいる全員だな、とおれは思った。それぞれがめいめいに嵐をおこそうとしている。そうわかったのなら、あとは簡単だ。

「おおい」

と故意に間のびした声で呼びかけた。

「みんな落ちつけ。まだ起きていないこと、すでに起きてしまったこと、起きるかもしれないこと、全部一緒くたにしたら混乱するのはあたりまえだろう。まずはみんな、座れ。ユース、女王の門衛みたいにつっ立ってないで、ほら、座れ。それから卓の上を片づけろ。いいから全部、落としてしまえ。ダンダン、おまえもここへ戻ってこい」

椅子を動かす音がしずまって、全員眉間に縦皺《たてじわ》を寄せつつも席についた。一呼吸、二呼吸、と沈黙が支配する。皆の顔がおれにむけられた。おれはふん、と息を吐いて、にやっと笑った。

「腹が減ったよな。飯にしよう」

7

……新月あるいは月裏の力を使うことは良しとしない。

それは海を岸辺におびきよせるのと同じ。

百年の夜を望むのと同じ。

人の手には余る力が炸裂《さくれつ》し、天変地異がまたたくまに大地をおおい、呑みつくすであろう。

それを望む者は、おのれの破滅をも覚悟せよ。

――拝月教秘伝書《はいげつきようひでんしよ》『奥津城《おくつき》の書』

雪どけのぬかるみも乾ききらないうちに、ライディネスの軍がおしよせてきた。谷の東はずれの切り通しで激しい攻防があり、そこを突破した先の川筋では本格的な戦闘がくりひろげられた。ようやく川を渡りおおせた広野では、落とし穴や罠が待ちうけていた。彼らがかつての城壁の上に積まれた土塁や板塀や丸太組みの前に、ようやくたどりついたときには、その戦力は三分の二になっていた。それでも二千の数が泥野に整列した様は、ありし日のコンスル帝国を彷彿《ほうふつ》とさせるものだった。

千人余りも減らされたライディネスが、怒り心頭に発しているかと思いきや、愛馬に乗った彼は、泥をはねかして土塁下に大股に近より、上機嫌で自ら口上を述べた。

「魔法も使わず、ここまでわれらに苦戦を強いるとは、敵ながら天晴れ！ 戦略を考え、指揮した者がいると読んだ。リコ殿か、あるいはコンスルの脈をついだ者か。もしよろしければその人物と談合したい。これ以上犠牲が出る前に和議について語りあってもいいのではないかな」

「攻めてきたのはそっちだろう。都合のいいことを言うなと言ってやれ」

戦闘を仕切っていたマーセンサスが、板塀の後ろに陣どって、相変わらずの皮肉たっぷりの口調で呟き、村長が丸太組みの上に頭だけ出して復唱した。するとライディネスは笑いを含んだ声音で怒鳴りかえしてきた。

「そうは言うが、そっちは籠城もままならないのではないか？ 武器も食料もおぼつかないと見た」

「食い物の心配はおたくらの方が大きいだろう。ここを占拠したって二千をこす男たちの口を満たすこたぁ、できねぇぞ」

「一気に攻めよせて皆殺しにし、さっさとひきあげることもできるんだがなぁ」

「そんときゃさらに兵数が減ってるだろうさ。そっからカダーに再侵攻するつもりだろ？ カダーを包囲するにしても、千人じゃあちと足りねぇんじゃゃないか？」

それを聞いたユーストゥスが目を丸くしてエミラーダの方をふりむいた。

「これから千人を減らすの？　ここで？」

エミラーダは少し顎をあげ、目を細めた。

「まさか。せいぜいがあと百人、というところかしら」

「じゃ、誇張しすぎじゃない？」

「そんなこた、互いにわかってるんじゃよ、少年。だがな、兵士には士気が大事なんじゃ。強気におっかぶせりゃ、相手はちっとはひるむじゃろう？」

リコがきひひひと笑う。エミラーダは二人を見比べ、せっせと結んだ紐を土塁の陰に放り投げているエンスとトゥーラに視線を流し、村長の館の四階の屋根にとまって時機を待っているエイリャとサンジペルスを見あげた。二人は大鷲の姿になって、彫像さながらにじっとしている。拳《こぶし》のような厚い雲が山々を隠し、雨が今にも落ちてきそうだ。村人たちは男も女も槍と弓を持って障壁の下にうずくまっている。これまでの戦闘で被ったこちら側の被害は二十人、敵の数と比べれば奇跡のような損失だったが、村人にしてみればさっきまで隣にいた幼馴染みや血縁の者が突然いなくなる衝撃というものは、はかりしれないことだ。勝利を重ねたにもかかわらず、彼らの表情には恐怖と怯えがこごっている。

「話しあおう。互いに人命を失わずにすむ」

ライディネスが叫んでいる。マーセンサスは、よく言うぜ、人命なんぞ何とも思っちゃいねえくせに、と独りごち、

「そりゃ村に攻める前に考えるべきことだったなぁ」

と村長に言わせた。自ら弓をとって矢を放ち、ライディネスの足元に突きたててみせる。

「おととい来やがれ、馬鹿野郎」

ライディネスは息をついてから悠然と回れ右をし、退いていく。

「どうなるの？　攻めてくる？」

ユースが心配する。エミラーダは再び空を見あげ、額に最初の雨粒を感じた。

「いいえ。これから雨になるわ。彼らは一旦退くでしょう。南の森際までね。おそらく補給を待って英気を養うことにするでしょう。でも雨があがってしばらくすれば、襲いかかってくる」

「そしたらどうなるの？」

「あんまり大怪我しないうちに、降伏ってことにはなるだろうがにゃ」

「えっ……。じゃ、意味ないんじゃない？」

「意味はあるのよ、ユース。抵抗をできるだけ長びかせれば、講和するときにこちらに有利になるの。それにね、ライディネスの興味をここにひきつけておくことで、カダーの方の準備も整うってわけ」

「準備？」

「今んとこ、ゆるぅい包囲網じゃからな。ほれ、おまえさんたちが脱けだしたという水路なんぞ使って、逃がす者は逃がし、貯えるべきものを貯えるってことじゃ」

パネー大軌師《だいきし》のおかげで、事態はややこしくなってしまったわ、とエミラーダは思った。彼女がライディネスを退けてしまったことで、拝月教寺院を襲わないという約束は反故《ほご》になってしまった。次回、ライディネスは容赦しないだろう。女だけの神聖なる月の園であろうが、侮《あなど》り難い敵として殲滅《せんめつ》するに違いない。パネー大軌師は次回もまた新月の魔法を使って退けようと試みる。だが、一度めはあっても二度めはない。月裏の闇は大軌師を呑みこみ、寺院を、いや、ダンダンが言ったとおり、あのあたり一帯をひっくりかえすことになるだろう。文字どおり、大地と天が逆になり、稲妻《いなずま》が走って大気が割れ、これから先何百年も生物も草木も存在しない場所となる。それは、ライディネスが寺院を襲い、女たちを陵辱し、宝物を奪い、月の秘密を明らかにしてしまうことよりはるかに怖ろしいことだ。

——人にとっては。

エミラーダの胸奥で、ひやりと銀月が動く。鎌のような刃をもつ三日月が。そう、人にとっては酷く怖ろしいこと。しかし、世が滅ぶ、世界が滅ぶというけれど、それは人間中心に重きをおいた考え方で、大地にとってはこれまで幾度となくくりかえされてきた日常にすぎない。大地は盛りあがり、裂ける。山ができ、谷があらわれる。火を噴き、岩が宙を舞う。灼熱と黒煙が百年単位で支配する。天空から火の玉が降ってきて、すべてを焼きつくす。一瞬で。舞いあがった塵《ちり》は、これもまた十年単位で陽を閉ざし、凍てつく年月を招く。

——パネー大軌師が招くものに従えば、すべてが清算される。

「ダンダン」

目をあけるといつのまにか蜥蜴《とかげ》が肩まで這いあがってきていた。鼻面を片頬にくっつけて、ダンダン、と鳴く。三日月はたちまち輝かしい黄金の満月に変じ、シャラナや、エミラーダの子や孫を思いださせる。

「ダンダン、ユルサナイ。ミンナ、イキルノ。イキルコトヲヒテイスルノハダメ。イキルノヨ」

エミラーダは不意に昔を思いだした。このまま狂ってしまいたいと考えたことだって何度もあったではないか。今ふりかえれば、その試練の壁のなんと薄っぺらで低かったこと。絶望にからめとられそうな今、このことだって、あと何年かしたら鼻で笑ってしまえる記憶に変わっているかもしれない。

「ソウナノ。デキルコト、シナクテハ。カミサマノフリ、シテハダメ」

天地の理《ことわり》は月に任せよう。

ユーストゥスに戦略のなんたるかを語っているリコを眺めつつ、エミラーダは深呼吸した。わたくしにはわたくしの役目がある。

ダンダンは彼女の気もちの切り替えを悟ったらしく、腕を伝って地面にとびおりると、人々の足を器用に避けてエンスのところに戻っていった。エミラーダは誰にも何も言わず、塁壁から離れ、村をつっきってトゥーラの塔へと戻った。

女王の願い、かけた魔法、意図して準備されたもの四つのうち三つは明らかになった。だが、まだあらわれてこない最後の一つ、それに不測の要素であるライディネス。彼は世界の必然が生みだした変異の運命か？　それとも彼もまた幻視と予言に組みこまれているのか？　それを調べなければ。

戦は他の者に任せて、わたくしはわたくしのなすべきことをしよう。刹那《せつな》に生きる人の生命に、何の意味があるのかわからないが、そんな闇の疑問にひきずりこまれている場合ではない。皆必死にしがみついているのだ。沈みゆく船に。欠けゆく月の端に。

雨は二日間ふりつづけた。ライディネスは待機し、村の者たちも歩哨《ほしよう》を残して村長の館に集まっていた。エミラーダはただ一人、ほとんど飲まず食わず、仮眠すらとらずに書物と巻物を繰り、伝説と予言と解釈のあいだをせわしなく行き来した。

数度にわたり、トゥーラの父親が階段を登ってきては戻っていった。誰もいないのであれば物色しようと企んでのことか、それともエミラーダに食事を作ってもらおうとしたのか。だがその都度片手で追い払われ、とうとう村長の館に物乞いに出かけたらしく、三日めの昼すぎまで彼女をわずらわせることはなかった。

不眠不休の甲斐あって、エミラーダはある程度の手ごたえを得た。かつて彼女が幻視したことと合わせると、多少の齟齬《そご》はあるものの、おおよその推測は成りたった。それにむきあったとき、エミラーダは首の付け根に三日月の鎌が当てられたかのようにおののいた。鍵は碧《みどり》の石。そしてその鍵をどこでどう使うか、裁断を任せられたのはエミラーダ自身。

幻視では視る者当人はあらわれないと言われていた。だから、ひどくぼやけていたのだ、ライディネスの隣に立つ人物が。彼女はあのとき魔道師だとばかり判じていたが。あれは、わたくし？　だがすぐさま、その推測を思いわずらうことを自身に禁じた。あれこれ想像しても仕方がない。まずは碧の石をさがしださなくては。

あるべき場所の見当はついている。白き塔で女王が大地の助けで結晶化させた〈封印の石〉

は、女王の死後も存在しつづけている。あれがあらばこそ、魔法はかけられたままなのだから。ではどこに？　女王の娘サンドゥリアルは〈星読み〉になったという。石は母から娘へとうけつがれたと見るべきだろう。ネスティとヴァイダーの姉弟が彼女を育《はぐく》み、母の形見を護ったと考えられる。

碧の石はここにある。この塔のどこかに。では、どこに？

幻視の力が少しでも残っているのなら、石の一つごときは見つけられるだろうか。月との長年の絆は切れていない。お役目をシャラナに譲り、寺院を出た身ではあっても、月の光はわけへだてなくエミラーダを照らしてくれている。その絆を頼りに目をつぶって意識を集中させれば、ほうら見えた、あそこにある――エミラーダは唇を歪《ゆが》めて目をあけた。そんなわけ、ないでしょう。ふん。

それでも、かすかな力の残滓《ざんし》は感じられる。彼女の根幹にあって、決して他に譲りわたすことのできない闇だまりの水面に、月が映っている。だがそれは、物さがしごときでは動かすことができない。火ばさみをもってしても、炎をつまむことができないのと同じ。

それでも。気配ぐらいはさぐれないかしら。おおよそあのへんにある、くらいは。そうしたら、あとは手足と目を使って何とかするわ。

いつもリコが使っている椅子に深々と身を沈め、呼吸をゆっくりにしていく。自然に目が閉じ、闇の水面に映る月が微風に揺れる様子があらわれてくるのに任せる。

月は半月である。半顔が暗黒に浸っている。こんなことはかつてなかった。のぞきこめば常に満々とした円の光が見かえしてきていたのに。エミラーダはおののきながらさらに目を凝らす。

不思議にも、視線は、下弦にうつむいた明るみの方ではなく、その下で光の受け皿をつとめている漆黒《しっこく》の半分に吸いよせられる。影と化した部分が冷たく断罪をささやき、ゆらぐことのない拒絶の呪文を呟いていることに気づき、エミラーダは思わず身をひいた。

「これはわたくしの月ではないわ……」

左のこめかみで「当然よ」と嘲笑《ちょうしょう》があがる。右のこめかみから、「パネー大軌師が月裏の力を使ったのですもの」と苦々しげに付け加えられる。エミラーダの両手が椅子の肘かけをぎゅっとつかむ。月の巫女《みこ》たちは月光の絆によってつながれている。パネー大軌師が禁忌を犯して月裏の闇を呼びよせれば、巫女たちの月も染まるというものだ。

「いえ、それは逆だったのかも……」

月裏の力を使うために、パネー大軌師は女たちの月から少しずつ光を集めたのではなかったか。おのれに集結させた月光で月裏の力を制御し、ライディネスたちに解放したのでは？　そして干あがった月面に、月裏の余剰分が流れこみ、半月となった？

頭がくらくらした。考えているうちに自分でもわからない想像が生まれてきてしまった。理屈を考えても詮なきこと。

落ちついて。深呼吸を数回。心を静めて整理してみよう。……つまり、要するに、わたくしの月が半分になってしまったのはパネー大軌師が禁忌を破ったせいで、他の巫女たちの月も同

様になっているということね。もしパネーがもう一度力を使って敵を退けようとしたら、

「大変。女たちは全員が闇に堕ちてしまう……！」

月巫女たちが闇月を抱けば、天空の月も裏返るだろう。そうしたら、『奥津城の書』にあるとおり、世界は——大袈裟《おおげさ》ではなく——壊滅する。むしろその方がきれいさっぱりでいいかもしれない、と数日前には考えた。だが実際、シャラナや仲間たち、わが子や孫たち、オルン村の人々、共に旅をし共に暮らした騒がしい面々の顔が次々に浮かんで、最後にあらわれたのは金の後光を冠にした小さな蜥蜴の像。

——デキルコト、シナクテハ。カミサマノフリ、シテハダメ。

何ができるだろう、と思考を走らせると、暗黒の半月の部分にぴたりとおさまる光が閃《ひらめ》いた。そうか！　それが碧の石！〈封印の石〉。トゥルリアラルはこのことまで予期していたのだろうか。それとも大地そのものの意図か？

やはりさがしあてなくては。

エミラーダは深椅子から立ちあがった。いいわよ、半分が闇に浸されたというのなら、それを利用させてもらいましょう。

大卓の上に乗る。こんな不作法、噴飯《ふんぱん》ものだけれど、今だけは自分に許して、ちょうど塔の中心と思《おぼ》しき点に直立する。頭の上の屋上の床と足のはるか下、地面に埋まっている土台と、おのれ自身が一直線につながるように。闇の月の力をその直線にそってゆっくりとおろしていく。ここ四階にはない。三階、二階、と通りぬけ、エミラーダが予測していた一階と地下はこ

とさらゆっくり、さらに土台まで。

方法をまちがえたのだろうか。闇の半月は反応しない。もう一度、さらにもう一度試してみても結果は同じだった。では、碧の石はこの塔にはもたらされなかったということ？

わたくしの推測が根本から違っていたのだとしたら、もはや打つ手なし。オルン村ばかりではない、コエンドー、キサン一帯までさがすのは至難の業。それに時間は多く残されていない。

大きな溜息をつき、足元に視線を落とし、天を仰いだ。

天井が目に入る。屋上の床がその上にのっかっているはず。

と、闇の半月が大きく身をよじった。まるで天敵から逃れようとするかのように。

再度確かめてからエミラーダは大卓を飛びおり、屋上へ駆けあがった。冬のあいだも星読みをするため、積もった雪のあいだに踏みかためられた通路ができていたのだが、春を迎えてあらかたとけだし、壁際のあちこちに残雪がわだかまっているだけになっていた。

靴がぬれるのもかまわず、彼女は石床を歩きまわった。闇の半月は心の奥底に臆病な地栗鼠《りす》さながらにもぐりこみ、助けにはならなかったが、幻視を通して生まれたかすかなつながりによって、とうとう彼女はさがしあてた。

それは、煤《すす》と灰に汚れた雪だまりの下にあった。一馬身離れたところには煙突がそびえていた。エミラーダはシャベルを突きたて、髪をふり乱して、ざらめに締まった残雪を砕いた。床から氷面が剝がれると、碧の石が姿をあらわした。

そうと見なさなければわからなかった。床石の模様に紛れて、輝きも長い年月にあせてしまっているようだった。しかしエミラーダが両手をさしのべ、月の光で誘うと、碧のまばゆい輝きを発しながら浮きあがり、嬉々として自ら回転した。

やがて彼女の手のひらに着地した石の、なんと大きいこと。指を曲げて、包みこむことがようやくできるほどの宝玉、かつてのコンスル帝国でなら一家族八人を十年養うカラン麦の価と等しかっただろう。――今では宝玉もモザイク画も無価値だが。

エミラーダは火口入れの小袋にそれをおしこみ、腰帯にくくりつけた。ここなら外に光が漏れる心配もない。

さて、碧の石が〈レドの結び目〉をほどくという大役を担う前に、とゆっくり塔の端へと歩いていきながら考える。〈封印の石〉としてちょっとばかり働いてもらうことにしましょう。

今朝は大気がざわついている。昨夜のうちに雨があがったのだ。ライディネス軍がむこうの森で戦の準備にとりかかり、オルン村でも弓矢をたずさえた男女が塁壁と家々のあいだを行き来している。雲間から射してきた朝陽に、彼らの武具が蜂の翅《はね》のようにきらめいていた。千五百年も沈黙していたのだから、肩ならしも必要よね？

ここを北へぬけだして、直接カダーへ戻ることもできる。パネー大軌師の力を封印するには、それが最もたやすく最も安全な方法だろう。だが、そのあとは？　力を失った寺院は遅かれ早かれライディネスに襲われる。はじめ彼が約束した不侵の言は、パネーの反抗で反故《ほご》になった。女たちにとって最悪の結果が待っている。

「それはだめ。そうならないためには、何をすればいいか……」

ライディネスの隣に立った魔道師めいた影……。

エミラーダはそれについてあれこれと思いめぐらせた。自分の行動によって、どのような波紋が生まれ、どこの岸辺を洗い、どの小石を転がすか。

村長の館から大男が二人、坂道を下って塁壁の方へ歩いていく。その後ろを軽々と追うのは赤銅《あかがね》の髪の魔女、ユーストゥスを従えて。エイリャとサンジペルスはすでに館の屋根に、鷲となって待機している。土と泥と雨あがりの匂い、雪どけのせせらぎの音が高い。

リコがえっちらおっちら、村の道をこちらへやってくる。戦矢に当たらないよう避難しているように言われたのだろう。色とりどりのリボンをつけた一張羅《いっちょうら》の裾をからげ、鶏の脚さながらのすねを白くひらめかせて、泥をよけ、残雪をよけ、慎重に歩いている。その姿が農家の納屋のむこうに隠れた。エミラーダは、暴れるサンジペルスとライディネスの攻防にリコが飛びだしていったときのことを思いだした。あのときリコは、自分をリクエンシスと思わせた。旅の途中でそのわけを聞いたことがある。

「ただの爺いでは相手にしてくれんじゃろ？　ハクをつけたんじゃ、ハクを」

と彼は答えつつ、具合悪そうに首をすくめたっけ。ライディネスに自分が魔道師だと思わせたことで、あとあと悶着《もんちゃく》があったからだ。思いつきでそう自称してしまい、ライディネスは彼を魔道師と思いこみ、おのれの幕屋に勧誘しようとした件である。おそらくいまだにライディネスは、リコがテイクオクの魔道師だと思っている。でも、もしかしたら、これを使えるかもしれないわ……。

エミラーダは目を細めた。リコが再び視界にあらわれた。

「でも、御高齢のお爺さんよ……？」

その御高齢の爺さんは、水たまりをぴょんと飛びこしてみせる。エミラーダの肚はそれで決まった。

急いで四階におり、かじかんだ両手を暖炉であぶったりさすったりしながら、書き物の準備をする。まだよく動かない指を励まし励まし、羊皮紙の切り落としに細かい字で数行したため、砂をかけ、砂を払い、指一本ほどに巻くと、封蠟を施す。印のない、白の封蠟。

部屋を飛びだして階段を駆けおり、母屋の扉をあけてトゥーラの父親をさがす。件の親父は欠けた椀に生卵とカラン麦を入れ、ぐちゃぐちゃとかきまぜていた。これからどうするのか、思いあぐねた様子で汚い鍋に目をやり、錆のういた丸鉄板《フライパン》に首をむけ、なおもかきまぜている。

「あぁ、それは……」

見かねたエミラーダがひったくり、片手で丸鉄板を竈《かまど》の上に置き、獣脂をすくってじゅうといわせる。椀の中身をつづけて入れると、親父さんは一瞬呆けた顔をして、空っぽになった両手をまじまじと見おろし、それからどっかと椅子に座った。

鉄板の上で香ばしい匂いがしはじめ、表面がふつふつと泡だつと、それを手早くひっくりかえしてから、エミラーダもふりかえる。

「どうもぅ。わたくしエミラーダと申します。長らくお邪魔しておりまして」

ユーストゥスが「気のいい無害なおばさん」と言いそうな愛想笑いで会釈をした。トゥーラの父親は頰のこけた顔をそらして、ふん、と嘲《あざけ》る。

「人ん家に断りなく居候しやがって、食い扶持一つも届けねぇ、礼儀知らずの輩《やから》の一人か」

「それは失礼いたしましたわ。ごめんなさいねぇ」

トゥーラの口癖をトゥーラそっくりに真似てみると、案の定、親父さんはひきつった表情になる。

「少しくお食事に困ってらっしゃるようですわね。どうでしょう、わたくしこれから作ってさしあげますわ。そうねぇ……たらふく食べても明日の昼までの分。一人でだらだらと宴会もできるほど。もちろん、材料は限られていますけれど。それで、ですわ。わたくしの頼みを聞いていただけたら、さらに次の日までのお食事も作りましてよ。いかが？」

香ばしい匂いが強くなる。エミラーダは竈にふりむいて木皿にパンケーキをのせ、棚から蜂蜜をさがしてとろりとかけた。皿を王様の食事のようにささげもち、生唾を飲みこむ男の前で小首を傾げる。

「た……頼みごと、とは……？」

「大したことではありませんの。ある人に手紙を届けてほしいんですの。それだけ」

「ある人、ってのは……」

「それは、承知して下さらないと言えませんわ。ああ、それから承知してからやっぱりやめ、というのもなしにして下さいね。約束はまっとうしないと。わたくしも、ほら、姿形を変えるウィダチスの魔道師同様、魔法が使えますの。もっぱら、呪いとか、病気にしてしまうとか、そっちの方ですけれど」

薄暗がりに、小さな碧の目を精一杯光らせて、身を乗りだす。

「いかが……？」

こんがり焼けたパンケーキと彼女の妖しい瞳を見比べたあと、トゥーラの父親は喉仏を上下に動かしてから、慌てて頷く。

「わ……わかった。やる。やってやるよ」

「やらせてもらいます」

「や、やらせてもらいます」

エミラーダは、まるでお預けをくらっていた犬みたい、とがっつく男を見おろして首をふった。

戦端はその日の午後にひらかれた。オルン村はよく護られて、善戦しているらしかった。エミラーダはトゥーラの父親を裏口から送りだした。

「文字の読める人に……なるべく上の人に届けて下さい。封蠟を見れば、自分がひらいていいかどうか、わかると思います」

規律の行き届いている部隊であるのなら、必ずそうなるだろう。

「返信はいらないと。ただ、諾か否か、それのみを口頭で、とそう伝えて」

トゥーラの父親は豪勢な食事に目がくらみ、余計な穿鑿《せんさく》は捨てたらしい。手渡された小さな巻物をセオルの胸ポケットに隠して、白茶に枯れたヨシの原を渡っていった。

8

雨はあがったが、濃く重い霧が塁壁の足元から森の方へとたまっていた。とはいえ、せいぜいが腰の高さまでか。ライディネス軍は森の中でがちゃがちゃとやっている。攻めてくるのは今日の昼前後と見てとった。

おれは女たちに指示して、何体もの案山子《かかし》を作ってもらっていた。それらを塁壁や丸太柵や板塀の上に掲げる。案山子の首と胴には帯がまわしてあり、帯には様々な色の紐が結わえつけられている。その結び目は藤結びと床屋結びを重ねたもので、呪文が吹きこんである。雨がふっているあいだ、手をこまねいていたわけではないぞ。塁壁の下には前回同様、足をすべらせる呪いをかけた紐の切れ端をばらまいたし、投げ落とす丸太や石の用意もおこたりなくすんでいる。

ただ、この村を護りきれるかという見通しについては、おれとマーセンサスの意見が一致していた。相手は戦《いくさ》なれした獰猛《どうもう》な連中である。いささか訓練した程度の若者と、農夫たち、魔女が一人に魔道師二人、元剣闘士一人のよせ集めがどれだけ太刀打ちできるだろうか。そうはいっても、壊滅の憂《う》き目にあう、などは論外だ。できることなら死人が出る前におさめたい。一方、ナフェサスの仇討ちをしたがっている彼の親やとりまきたちには、ある程度溜飲《りゅういん》を下げる思いをさせてもやりたい。

戦闘をなめるな、とかつて銀戦士見習いだった頃、剣の師に喝《かつ》をくらわされたことがあったな。彼がこの場を目にしたらおれの額をひっぱたき、唾を吐いて立ち去るだろう。ひどく甘い考えだということは重々承知している。それに、難しい道でもある。

塁壁の上で三方を見張りながら、マーセンサスが確認した。

「村人に死人が出そうになる前にやめる」

「ああ」

「敵が塁壁を越えそうになっても終わりだな」

「そうだ」

「それまではできるだけ抵抗して、この村の価値を宣伝せにゃならん」

「そうしなければ、投降後、皆殺しになる危険が高い」

「抵抗することで、かえってライディネスが怒るかもしれんがな」

「それはない方に賭けるしかあるまい」

「エイリャの観察からすると、冷徹で計算高く酷薄《こくはく》な男だ。激情苛烈《かれつ》にはほど遠いことを祈ろうよ」

マーセンサスは相変わらずの嘲《あざけ》る口調で言い、ちらりとトゥーラの方を見やって、

「おい、彼女にちゃんと紐、つけとけよ。激情苛烈な魔女一人が、ことを全部ひっくりかえしちまうってな最悪の事態だけは避けたい」

「毒は使わぬよう、急所は狙わぬよう言ってはいるが……」

「的に正確に当てられんのは彼女だけだからな。むこうさんだって、殺されるのと怪我するだけとじゃあ、心証も違ってくるだろう」

「重ねて言いふくめておくよ。しつこいって蹴とばされるかもしれんが」

へっ、と笑ったマーセンサスである。

「痛くもねえ蹴っとばし方で、な?」

それにはにやりと笑いかえすしかない。トゥーラの気持ちはよくつかめない。心を許してくれていることは確かだが、友や仲間としてなのか、好いてくれているのかがわからない。視線に気づくと顔をそむけることもあるし、笑いかけてくれることもある。とりつくしまがないこともあるし、隣にいて当然という顔をすることもある。おれの心は定まっているのにな、とちょいと寂しい。待つしかないのはわかっているが、日に日に苦しくなってくる。そればかりを考えなくてもいい戦場《いくさば》の忙しさが、むしろありがたい。

「ライディネスは講和の条件に、テイクオクの魔道師の引き渡しを要求してくるだろう」

顔をひきしめたマーセンサスが、再び口をひらいた。おれも頷く。

「だろうな。なに、おれ一人ならなんとでもなるさ」

「彼の腹心の一人、キードルを殺したトゥーラの引き渡しもだ」

「キードルがナフェサスを殺したからトゥーラが反撃しただけではないか」

「それでも、使える札は使うだろうさ。ライディネスは計算ずくでくるだろう」

ううむ。情を考えればトゥーラのしたこともっともだが、それすら取り引きの俎上にあえてあげてしまう、か。トゥーラを彼はどう扱うだろう。戦力としてならば彼女の生命は保証されるが、彼女はさらに人を殺さざるをえなくなる。生まれついての殺人鬼ならまだしも、彼女はそれに耐えられまい。だめだ。

「そうなったら彼女を逃がす。責めはおれが負う」

「おまえが？　彼女のかわりに？　彼女、もうすでに何人かあの世に送ってるんだぞ。今さら、何が変わるってんだ？」

「わからない。だが、護りたい。敵は外にばかりいるわけじゃあ、ないからな」

心の闇はときとして一番厄介な強敵になる。マーセンサスもそれはよくわかっている。嘆息をついて声を落とした。

「それならおれは村に残って、連中が害されないように見守ろう」

頼もしい友人である。ライディネスが、抵抗された怒りより、村人の気概を認める理性の方を多くもっていてくれることを祈ろう。

風が静かに北西から渡っていく。霧の絨毯《じゅうたん》がかき乱され、どこかの梢《こずえ》で鴉《からす》が一声鳴いた。湿っぽいな、と館の方をふりあおぐと、エイリャとサンジペルスの鷲二羽が辛抱《しんぼう》強く待機しているのが視界に入った。逆光で黒々とした二つの影は、鴉のようにも見える。さっき鳴いたのは、本物の方だな、と頭をめぐらせて確かめ、もう一度彼らを見あげる。漆黒《しっこく》の、ほとんど動かない、作り物のような二羽と、頭の中で作りあげた像が重なる。おっと。閃《ひらめ》いたぜ。

おれは手を大きくふって二羽の注意を惹き、話があるから降りてきてくれ、と叫んだ。エイリャはかなり渋っていたが、何度も呼びかけるのに折れて、地上に降りたった。犬のように頭をふって髪から雨の滴《しずく》を払い、なんだい、一体、と剣幕《けんまく》もはなはだしい。

「鳥になったり人に戻ったり、あんたらが思ってるほど易《やさ》しいことじゃないんだよ。今回は二人分の変身だから、体力もけっこう使うんだからねっ」

おれは両手のひらをむけて、謝意を表した。

「悪いな、だが、ちょいと思いついたことがあってな」

「思いつきで呼んだのかいっ」

「まあまあ、そう怒りなさんな。昼まで敵は来ないから、館に戻って一休みしてくれ。見張りはマーセンサスがかわるから」

おい、おれかよ、と愚痴《ぐち》る友に手ぶりで頼み、エイリャの肩をなれなれしく抱いて館へ戻る。彼女の合図でサンジペルスも降りてくるが、鷲のままだ。自力で戻ってみな、とエイリャが八つ当たり気味に命じると、もぞもぞと翼を動かす。その彼をおいたまま、館に入った。

大広間にはありったけの卓が出してあり、いつでも食べられるようにありったけの炊き出しが並べてある。村人も、この抵抗が生死を分けることを充分承知しているのだ。おそらく今日半日。明日の朝には、和議の使者が来るだろう。それが、降伏になるか、講和になるか、これからの戦いぶりにかかっている。

ユーストゥスが卓の端に座って、もぐもぐと口を動かしている。戦闘には加わらせない、と断固おとなたち――おれ、マーセンサス、エミラーダ――が反対したので、ふてくされているのだ。遠目に見ると、よく食うだけあって、出会った当初より背がのび、肩幅も広くなったようだ。

おれとエイリャ、何とか自力で人間にもどったサンジペルスは、彼の近くに座を占めた。むくれているかと思いきや、ユーストゥスはチーズのかたまりを飲み下すと、こちらをむいて、

「リコさんは塔に帰ったよ。腰が痛いとか言って。暖炉のそばが一番だってさ」

と教えてくれた。話しながらサンジペルスが目に入ったのだろう、にやっとする。

「ねえ、それ、流行《はや》りのおしゃれ?」

サンジペルスの頭には、髪の毛のかわりに鷲の羽根が生えている。彼は両手で頭を確かめ、エイリャに怒鳴られるのではないかと青くなった。女魔道師はふん、と鼻息を吐き、自分で解決しろと相手にもしない。

おれは賄賂がわりに杯に葡萄《ぶどう》酒を注ぎ、彼女に手渡した。ゆで豚と鴨の甘辛煮を切りわけた皿もすすめ、さっきの思いつきを語った。ユーストゥスがサンジペルス同様に顔をこわばらせる。

「それって、正気?　だって、そんなのに変身したら――」

「中身はどうでもいいんだろ」

とエイリャが遮《さえぎ》る。

「そんならかえっていいかもしれないよ。表皮《おもて》だけ変わるってのも、ちょいと技量が必要だけど、あたしとしても中身まで変身したくないもんねぇ。大体、あいつらどんな習性をもっていて、どんな暮らしをしているのか、あんまりわかってないし。書物のあちこちに出てはくるが、想像の記述ってことも多いしね。あたしの心象に従っていいんなら、なんとかなりそうだね」

「やってくれるか？」

「矢も剣も歯が立たないってのが気に入ったね。やってやろうじゃないか。……サンジペルス、いつまでその羽つけてんだい、そんなもの放っといて、ほら、腹ごしらえするといい。いっぱい食べて朝寝を決めこもうじゃないか。そのあとは、大仕事だよ」

　エイリャが賛同してくれたので、おれは大いに心強さを得た。これで、坂すべりの紐魔法、案山子、ウィダチスの魔法と三つそろった。幾刻かはしのげるだろう。いや、もしかしたら戦意喪失にもちこめるかもしれない。いやいや、もっといい結果も期待できそうだ。あきらめて、去っていってくれれば万々歳である。……そんなわけは、ないか。

　二人を休息に残して、おれは再び館の外に出た。ユーストゥスがあとを追ってきたので、肩を並べて食料庫の方に歩く。ダンダンがおれの首から器用に少年の方へと飛び移り、御機嫌な顔つきだ。

　一陣の風が吹きすぎる。風自体が春の兆しに衣類をゆるめ、身体の緊張をといたかのようだ。こいつはそよ風と呼べるかもしれない。

食料庫は納屋の奥にあり、野盗の襲撃のあった数年前から、ナフェサスの指示で——ということは、トゥーラの入れ知恵だと確信している——備蓄をつづけていた。その分がこの戦に役立っているわけだが、館の大卓に並べられた食事を目にして、少々心配になってきていた。戦がどのような結末になっても、これからも食っていかなければならない。ことに兵士たちに踏み荒らされた麦畑に、どれだけの収穫が見こまれるか心許ないとあれば。

さっきまで塁壁で矢をあちこちに準備していたトゥーラが、他の女たち二人と倉庫の中で何やらやっていた。梁《はり》からは鹿、豚、羊の干し肉がぶら下がり、土間床の隅っこに塩漬け野菜の樽や葡萄酒の瓶が転がっている。棚一つ分にチーズとパンのかたまりが幾つか。奥の板塀で仕切った大枡《ます》には、黄金のカラン麦が入れられている。一昨日まで天井まで積まれていたものが、今日はすでに膝下まで下がっている。あれがすべて、広間の卓上で食い散らかされてしまったのか。

おれは呻《うめ》いて額をおさえた。管理の責任者は村長の妻だったか。ナフェサスを際限なく甘やかした母親に、物の管理ができると思っていた……いや、そこまで考えが及ばなかった。しまったな。

「だ……大丈夫、エンス？」

「ユーストゥス、覚えとけ。戦は食料で決まる。こりゃ、何がなんでも今日明日じゅうに決めないと、な」

賢い少年は事態をすぐに察した。

「早いとこあいつらを追っ払って、畑の手入れをしなきゃなんないってことだね」

「そうだ。さもなきゃ、食いっぱぐれが大勢出るぞ」

するとそれを耳にしたのだろう、トゥーラが腰をのばした。

「追い払えればいいんだけどね」

「おまえさんは、ここで何をしているんだ？　さっきまであっちにいたかと思えばこっちに出没しているような気がするんだが」

「それはお互い様ってものじゃなくて？」

なるほど、確かに。納得していると、つかつかと寄ってきて、袋の中から灰黒のものをつまみだした。ほら、と尻尾をつかんでゆらしてみせたのは、半ばつぶれて干からびた野ネズミの死骸だった。サンサンディアの商家の娘たちなら、悲鳴をあげて逃げまどうかもしれない。卒倒するおかみさんもいるだろう。だが、野育ちのおれとユーストゥスはふうん、と一瞥《いちべつ》しただけ（内心は、どきりとしないでもなかったが、少しばかり魔女の顔をしたトゥーラに侮《あなど》られたくはなかった）。

「なんだ、驚かないの？」

「驚かす相手が違うんじゃない？」

とユース。

「ネズミの死骸を集めて何をするんだ？」

おれもつとめて平静に尋ねる。

「このままにしておくわけにはいかないから、片づけているだけ。……でも、そうね、何かに使えるかもしれない」

おれは少なくなった麦箱を見、ぶら下がったネズミを見、トゥーラのきらめく目を見た。魔女の笑いが広がり、瞳の赤銅色《あかがね》が濃くなる。くすくすと笑って、

「やだ、そんな顔しないでよ。いくら食料庫にいたからって、食料になんかしないわよ。もっといい使い道、思いついてしまった」

「げ……。ネズミなんか食うんだったら、おれ、飢え死にした方がましだからな」

気色《けしき》ばむユーストゥスの肩をおさえ、自分自身をも落ちつかせて、

「トゥーラ、ネズミは不潔だ。なるべくさわらないにこしたことはないんだぞ」

と戒める。これにはトゥーラもまじめな顔に戻って、殊勝に頷いた。

「わかってる。終わったら、薬草液で手を洗うことにするわ」

「服も着替えろよ。すぐ洗濯することだ」

余計なお世話だったかもしれない。彼女はちかっと目を光らせて、踵《きびす》をかえした。ユーストゥスがにやにやとおれを見あげる。おれは放っとけ、と手をふって追い払う真似をする。

食料庫から出ると、陽が射してきた。軒下から滴《したた》る水音が高くなり、足元にはちょろちょろと細い流れができる。地面は光と空色に反射する。そこここの隅っこや隙間に、鮮やかな緑が萌えだしている。ミヤコドリが朱色の脚を動かし、朱色の嘴《くちばし》で泥土をつついている。人の世のことなど知らぬとばかりに、帰ってきた雁《がん》の群れが大空を横切っていく。

「ねえ、エンス」

「なんだ？」

「おれ、戦、手伝えると思うよ。いつまでも子ども扱いされんの、嫌なんだよ。みんな生命かけてんのに、おれだけ蚊帳《かや》の外ってすっごく居心地悪いんだ。それに、あんたらに会うまでは、一人で生きてきたんだぜ。トゥーラさんの襲撃も何度もかわしたし。おれと同い年の村の子たちだって、かりだされてんのに」

彼の焦燥は手にとるようにわかる。だが、あえておれは言った。

「おまえには、人を殺してほしくない」

「なんだよ、それ。これって、男の名誉なんだよ、わかるだろ？　おれ、卑怯者《ひきょう》になりたくない」

理屈ではそうだ。確かに、彼を館の内にとどめておけば、ナフェサスの母以上の、過保護だろう。だが、彼の無垢をこんなことで汚したくはなかった。それは、おれだけではない。マーセンサス、エミラーダ、リコ、そしておそらくエイリャの、胸底に重いものを抱えてしまったおとなたちの、はかない願いだった。そう、いつかはユーストゥスも昏い淵をのぞきこむことになるだろう。また、そうならねばならない。薄っぺらな人生など、生きてほしいとは思っていない。だが。人を殺して闇を知るということとはまた、別のことだ。人の生命を絶ったりしたら、ユースの性格だ、あの熱いまっすぐな正義の槍を持って、おのれ自身を貫くに決まっている。そんな目にあわせるわけにはいかない。

おれは唇をひき結び、ぬかるみの中でしばらく立ちつくした。春のはじめの陽は、村を、野面を、硝子片《ガラス》をまいたかのように輝かせ、輝かせると同時に岩や建物や森のそこここに漆黒の影を濃く作る。陽にあたためられてとけゆく雪の匂いと土の匂いがまざりあい、芽吹きをいざなう。雲が走っていき、風が強くなる。

「よし、わかった」

とおれは言った。えっ、じゃあ、と顔を輝かせるのへ転がっている石を指さした。

「まずはここに座れ」

昔は石臼《いしうす》だったのだろう、円筒形のそれは、驢馬《ろば》の二頭もいなければ回せないほど大きく、驢馬の死と共にうっちゃっておかれたものらしかった。ユーストゥスと並んで腰をおろすと、ダンダンがおれの方に戻ってきて、これから話そうとする中身をすでにわかっているかのように鼻面を頬にこすりつけた。これは慰めか？

「説教なら聞きたくないよ」

「説教じゃない。おまえには、マーセンサスにも語っていない、リコも知らないおれのことを話すんだよ」

「それが今の話と何、関係すんのさ」

「それはおれにもわからんが、考えるのはおまえに任せる。おれの語ることを聞いて、よく考えて、それから決めろ。そうやって決めたことに、おれは従う。おまえの決断を尊重するよ」

ユーストゥスは尻をもぞもぞ動かしていたが、しばらくしてから答えた。

「わかった。聞いて、よく考えて、自分で決める」

おれは頷いた。

「これは、おれの大々伯父ヨブケイシスとおれの話だ。この頃は雪のせいか、寒さのせいか、ほら、網の化物が出てこないだろう？　おそらく、化物とヨブケイシスの恨みとはつながっている。それを頭において、聞いてくれ」

「わかった」

「……大々伯父ヨブケイシスは、おれの湖の館を建てたひいばあさんの兄貴だった。ひいじいさんが早くに亡くなったんで、妹の面倒を見るためによくやってきていたよ。ひいばあさんは面倒を見てもらわなけりゃならないような女じゃなかったから、ケイスとは喧嘩が絶えなかったがな。気のむいたときにふらっとやってきて、長居して、何かれと口を出し、難癖をつけ、監督し、一家の長のようにふるまった。祖父母も、おれの両親も、彼を煙たく思っていた。それはあとで思いかえして気づいたことだがな」

「ヨブケイシスは何をしていた人なの？」

戻ってきたトゥーラが反対側に腰かけながら尋ねた。ネズミ捕りの上着を脱ぎ、両手からは薬草の香りがたちのぼってくる。おれは一瞬話をやめようかとも考えたが、トゥーラにも聞かせるべきことだと思い直した。

「〈北の海〉で水夫をやったり、漁師をやったり、港で荷揚げ人をつとめたり、手先の器用な何でも屋だったらしい。詳しくはわからん。なにせおれが物心ついたときには六十歳近い長老だったんだ。海の船乗りだったことを、いつも自慢して、湖を馬鹿にすることが多かった。だがそんなケイスを、祖父はこう評していたな。『一つのことをまっとうできない、半端者』だと」

「何か、ややなやつ」

とユーストゥス。トゥーラも、

「つきあいたい人じゃないわね」

と人の大々伯父にも遠慮ない。この二人の、人におもねることもなく、変な気がねをしない点は気に入っている。口達者にお世辞をふりまく輩《やから》より、ずっと正直で信頼がおける。

「だが、幼いおれにはそういうことはわからなかった。おれにとってヨブケイシスは、海や湖や水路の流れのこと、魚のこと、漁に使う道具のことを丁寧《ていねい》に教えてくれる面倒見のいい爺さんだった。船上での体験談や港の人たちの話から、少しばかり世の中をのぞくことができたし、何より最初に紐の結び方を教えてくれたのもケイスだった」

「父親がわり？」

「父親の行き届かないところを埋めてくれる存在、だったな。子どもはえてして、そういう人に懐くもんだ。おれもそうだった。そしてな、魔法の片鱗を感じとったのも彼からだったのさ」

「彼、魔道師だったの？」

「いいや、トゥーラ、魔道師じゃあない。自分を客観視し、分析できる人間じゃあなかった。ちょっとした呪《まじな》いは使えても、魔道師といえるほどの深みを持ちうる人間じゃあなかった」

するとユースがからかうようにおれを見あげた。

「へええ……深み、ねぇ……」

気恥ずかしくなって咳払いでごまかし、話を進める。

「……でな？　ある日のこと、おれはケイスの漁の腕前がやたらいいことに気がついた。九つくらいのときだったかな。よく晴れた夏の午後で、そんな日中は魚も午睡《ごすい》を決めこんでいる。暑気の薄くなった夕暮れか、早朝が漁の刻と決まっていたが、ケイスはそんなことおかまいなしだった。毎日昼すぎに、彼は舟が沈没しそうなくらいにオスゴスや水蛇をつかまえて戻ってくるのだった。おれは子どもならではの忍耐と観察眼をもって――おい、ユース、そこで吹きだすとは、失敬なやつだな。――じいっとそのわけを見定めようとした。そして！

気がついた。なんだと思う？」

二人は首を傾げる。少し近くなったトゥーラの額に、思わず口づけしようとして、危うく自制した。

「あ……網だよ、網。ケイスは網を繕《つくろ》っていた。漁に出る前、必ず。繕っているあいだじゅう、ぶつぶつと何やら呟いていた。そうっと後ろから近づいてみると、同じ言葉をくりかえしながら、針を動かし、結び目を作り、余った糸を鋏でちょん切っていた。『集まれ、集まれ、入ってこい。集まれ、集まれ、からめとれ』ってな。なんてことのない呪いにすぎないはずだった。だが、成果は毎回舟いっぱい。呪いを超えているとおれは直感したね。それで、おれにもそれを教えてくれとケイスに頼んだ。はじめは渋った様子だったが、本来の干渉好き、世話好きがまさったらしい。手取り足取り、紐の扱いを教えてくれるようになった」

「それがあなたの原点なのね、テイクオクの魔道師」

「そういう血筋も流れていたのかな」

「どうだかな。……で、その夏と秋は、おれとケイスで魚をサンサンディアの町に持っていき、大儲けした。ケイスは酒場や闘技場にお伴させてくれた。あの当時はまだコンスル帝国の残照もあって、町もにぎやかなもんだった」

サンサンディア。ローランディア地方の、なんでもうけいれる体質をひきついで、海から湖から湿地から、ときにはイスリルの息のかかった東の方から、人々を集め、繁栄した都。陽の落ちゆく前の、黄金と薔薇《ばら》色の空の記憶が重なる。

「しかしな。おれの子ども時代もその年までだった。翌年、再びケイスは湖の館に長逗留したが、そして相変わらずおれと魚をとり、町へ行って馬鹿騒ぎもやったが、――真夏の昼下がり、そう、昼のさなかと夕暮れ前のちょうど真ん中の一刻、照りつける陽射しにも何かこう、闇のような黒いものを感じるってことないか？　ちょうどそんな感じ……登りつめ、登りつめ、登りつめてその先には道はなく、見まわせば光と影が雲のように空虚さをまとってあとは足を踏みはずすだけ……そんなふうな不安な感じが、その夏中、ずっとつきまとっていた。そしてひいばあさんが亡くなった。病でも事故でもなく、ある朝起きてこないので見に行った母が見つけた。年だったのだ、と皆口々に言いあって納得するしかなかった。前日までヨブケイシスと兄妹喧嘩、口汚く罵《ののし》りあっていたけれどもな。ケイスがなお矍鑠《かくしゃく》としていたから、誰も年のことに思い及ばなかっただけのことで……。

陽に照らされた緑の木の葉が裏がえって、青白さが目につくことがある。それで立ちどまって見あげる。青ブナだとばかり思っていたのに、ハクロウガシだった、と啞然とするってこと、ないか？　堅牢な古木だと信じていたのに、三年で青ブナの百年樹ほどに生長する。指で押せばそのあとが残るようなやわな木だ。ひいばあさんの死は、おれにそういった感覚をもたらした。夏が終わって秋が深まるにつれて、その感覚もどんどん強くなっていった。

そしてある日、今まで見えなかったことに気づいた。今のような季節、雪どけの最中だった。妹が葬《ほうむ》られてから、ケイスは家中をわがもの顔に仕切りだしていた。彼によれば、この館を建てたのは確かに妹だが、費用のほとんどを自分が用立てた、したがって自分の家に等しい、ここの主人は自分だ、とね。そんなはずはなかった。ひいばあさんはつれあいの残した金を――ひいじいさんはコンスルの千人隊長もつとめた男で、その年金は寡婦年金として彼女に支払われていたんだ――投資と利殖で賢く増やして館を建てたんだ。ひいばあさんの娘、つまりはおれの祖母だが、その娘はケイスにそう言いかえした。だが、ケイスは、自分も出資したことは確かだ、一文も出していないおまえたちには権利はない、これ以上文句を言うと放りだすぞと脅した。ケイスはひいばあさんに無理やりあぶく銭をおしつけたのだろうと、おれは思ったよ。世話好きで面倒見がよく、金離れもいい兄の顔をしてね。もうおれもその頃には、一人の人間を神のように完璧だとは思わなくなっていた。無条件におとなを信用する子ども時代はすぎ去っていた。薄い殻を叩いて粉々にしてくれたのは、皮肉なことにケイス本人だったがな」

「うっわあ……すごい、勉強になるなぁ。お金をくれる人には要注意、ってか」

「お金ね……。ユース、あなた、銅貨、見たことあるの？」

おれはにやりとした。あるぜ、おれだって、銅貨銀貨の一枚や二枚、とむきになる少年を、憐れむべきか寿《ことほ》ぐべきか。トゥーラは帯に下げている小袋から銀貨を一枚取りだすと、少年の手のひらにのせてやる。

「もうお金の価値はないけれど、記念にあげるわ。塔の書庫の奥から出てきたものよ。わたしはあと数枚持ってるし」

「記念……？　何の記念？」

トゥーラは自分でもなぜそんなことを口走ったのかわからない、と首をすくめた。ユースの手の上で、銀貨はテューブレン帝の横顔を見せたあと、きらりと輝いた。

「おい、ユース、そいつは大切にしろよ」

「あ……うん……もちろん……」

「トゥーラもな。そいつは六百年も前のものだぞ。皇帝の座が理性と客観性に支えられて決められていた時代の。金としては通用しないが、帝国の都に持っていけば、今でも古物商で高く売れる。おそらく一財産の値がつくはずだ。テューブレン帝、と覚えておけよ。その横顔は、ヒバル島の宮殿跡のモザイク画で見ることができる」

「エンス、見たんだ」

「おうよ。ヨブケイシスの本性がわかって、嫌気がさしたあと、家をとびだしてしばらくあっちこっち旅したからな」

「じゃあ、館は彼のものになってしまったの？」

とトゥーラは憤りを含んだ口調で尋ねる。

「祖父母も両親もかなり抵抗した。そのせめぎあいが子どもには辛くてな。ヨブケイシスはおれに呪いを教えた大々伯父ではなくなってしまった。皇帝のようにふるまって、漁にも出なくなった。ぴりぴりした空気が高まると、突然雷を伴った嵐となる。あんな感じだ」

「あ、それ、何となくわかるわ。うちの母も同じだったもの」

「それまでびくびくしながらじいっと耐えていた家族が、突然牙をむきだしにしてケイスに嚙みつく。おれは最初、何がはじまったのか理解できずにいる。ただただ諍《いさか》いが終わって、以前のように笑いながら食卓を囲めるようになることを望む。だが、口論がすんでも、食卓には笑いは戻ってこない。また緊張して、互いの顔色をうかがうことのくりかえしだった」

「ヨブケイシスの何が、そんなに皆を苦しめたの？」

少年よ、だからおれはおまえのその無垢を大事にしたいと思うのだ、と言おうとしたが、トゥーラがその前に切りつけるように答えてしまった。

「支配よ。なんでも自分の思いどおりにしようと思ったの。でしょ？　特に、家族を。自分に従属させ、感情や考え方の違いも認めようとせず、矯正しようとした。自分の枠にはめてなお、満足せず、もっともっとと支配しようとするの」

この苛烈さも、おれは気に入っている。彼女がおれを理解するように、おれも彼女のことがよくわかるからだ。彼女を支配しようとした母親はすでにこの世にない。だが、傷跡はまだ癒えていないのだ。傷つけられた記憶と共に、ふとしたことでよみがえる。

「おれは十一歳で家を出た。ただひたすら自由になりたかった。生きのびるために必死の毎日だったが、それでも自由の大気にはかえ難いものだった」

「ああ……それならおれにもわかる」

親に売られ、奉公働きを余儀なくされた少年には、それでも家族への共感という宝があって、恨みを昇華させたのだろう。

「おのれの力量だけで生きのびるために、なんでもやった。ときには騙されたり、脅され支配されたこともあった。だがそうした中で、おれの呪いは磨きがかかり、魔法といえるまでになっていた。四年間の放浪のあと、おれは湖館に戻った。大々伯父への恐怖や口喧嘩の鬱陶《うっとう》しさより、家族と湖への郷愁が勝ったからな。帰りついて愕然としたよ。祖父母は墓の中、両親も病んでいた。あの晩秋、戻っていなかったら、二人は互いに看病しあって人知れずこと切れていただろう。ヨブケイシスは流行病《はやりやまい》が湖沿岸に伝播《でんぱ》したと知った直後、『もっと乾いて安全な土地』に逃げだしていた。それを聞いて、心底人を憎むことを知ったのだ。家族を見捨てたケイスを軽蔑し、憎みながら、両親を看取った。初霜におおわれた大地を歯をくいしばって掘りおこし、二人を葬った」

おれはわいてくる怒りをおさえようと、一息ついた。するとトゥーラが何も言わずにおれの腕にやさしく手をかけてくれた。ダンダンが首をまわして彼女を凝視していたにもかかわらず。

眉間がゆるむ。赤銅の輝かしきおれの花。

「大々伯父は、病が収束した翌年の初夏、いけしゃあしゃあと戻ってきた——とおれは思った。というのも、彼はいつもと同じように、矍鑠として舟を漕いできたからだった。彼は岸辺に立つおれを見て、舳先《へさき》の向きを変えようかと逡巡《しゅんじゅん》した。だが、彼には他に行くあてがなかったらしい。そしておれが誰だかようやく悟った。ひきつった笑いをはりつけて、舟から降りた。

おれはそれまで、一発ぶん殴ってやろうと待ちかまえていたのだが、彼の立ち姿を目にして拳《こぶし》をひらいた。齢六十を超した老爺《ろうや》は、腰が曲がって歯も少なくなっていた。今のリコより、はるかに年老いて見えた、と言えばいいかな？　おれは今と同じほどに成長していたんで、彼の頭がみぞおちのあたりにようやく届くくらいだった。リクエンシス、とおれを呼ぶ声には、疲労と怯えと虚勢と追従の臭いがまざっていた。

みやげを持ってきてやった、と彼は偉ぶった口調で言った。舟の中にあるのは、オスゴス一匹と、破れ放題になった漁網だけだった。

それからしばらく、奇妙な同居がつづいた。おれは彼が家の中に入ることを黙認したし、食事も用意してやったが、口をきくことはしなかった。三日に一度、ケイスは昔家族にしたように、おれを目の前に座らせて、話しあいと称した支配権の確立を企てたが、おれはそれも無視した。彼ががなり、怒鳴りちらしはじめると、湖に出て魚と戯《たわむ》れた。

……夏は葡萄が熟すように熟していった。ある日のことだ、おれは無人の小島に舟を寄せて昼寝をしていた。陽が傾いてきたので起きあがると、前方を顔見知りの漁師が横切るところだった。凪はなく、湖は枠にぴっちりはめた太鼓の皮みたいだった。暑気が圧迫してくるような夕方で、岸辺の森は青黒いタペストリーと変じていた。おれは圧迫感を破ろうとして大声をあげた。漁師は舟を近づけてきた。ケイス大々伯父に客だと言った。見ればもう一人乗っている。この暑いのに、頭から頭巾を被っている。頭巾の端やセオルの下から見える薄手の服の袖先、裾には、フェデレント北部地方特有の、赤と青を使った刺繍《ししゅう》がしてあった。それがなければ、うろんな女、と決めつけて、相手にもしなかったに違いない。顎と口元から想像するに、四十がらみの婦人だった。

おれは彼女を自分の舟に移らせ、漁師には礼を言って帰ってもらった。女にいろいろと話しかけたが、返事はなく、とりつくしまもなかった。愛想のない人だと思いつつも、館に案内した。

『爺さん、客だ』

口をきいてもらったことで大喜びのヨブケイシスは、奥の居間から相好を崩してあらわれたが、玄関の敷居をまたいだところに佇《たたず》む客を見て不審そうに立ちどまった。

『誰じゃ、そのおなごは』

『あんたの客だ。知らないのか？』

ケイスは女をうかがうように斜めに見あげた。知らん、と首をふろうとした刹那《せつな》、女は頭巾をゆっくりとおろした。

おれは思わず飛びのき、ケイスはたちまち青くなってがたがたと震えだした。

女の顔の上半分がなかった。いや、まったくないわけではない、肉がついていなかったと言うべきだな。ここから上が」

と二人にもわかるように、鼻頭《はながしら》の上に水平に片手を掲げてみせる。

「骸骨だった」

「うわぁ……」

「ひえええ……それで、なんで生きてんの？」

おれは頭をふってそれに答える。

「あれは生きている者ではなかった、と思う。だが髑髏《どくろ》の両目には燐光《りんこう》が灯っていて、死んでいるようにも思えなかった」

「うわっ、最悪っ」

「うん、最悪の状況だった。生きてもいない、死んでもいない、あれは一体なんだったのか、今でも首を傾げざるをえないんだが――」

「エンス、エンス。考えている場合じゃあ、ないだろ。で、どうしたんだよ、その女」

「女であるかどうかもわからなくなった。フェデレント北部の衣装は男も似たようなものを着るし、こっから下では」

とまた手のひらを横にして、

「華奢《きゃしゃ》な男とも見てとれる。『わたしを覚えているか、ヨブケイシス』と尋ねた声は、三重の音に聞こえた。大道芸人の演奏を聴いたことがあるか？　太鼓とタンバリンと鈴が同時に鳴るのを？　ちょうどあんなふうだった。おれはさほど聞き分けられるいい耳をもってはいないが、中年の男と女と子どもの声のようだと思った」

「つ……つまり、何？　そいつの中には、三人の亡者が宿っていたってこと？」

「それ、何かで読んだ覚えがあるわ。フェデレントの伝承。名前がついていたはずだけど、忘れてしまった。そうよ、エンスの言うとおり、憎悪と憤怒と怨恨《えんこん》の三つが集まったとき、生きてもいない、死んでもいない、仕返しを果たそうとするものが生まれるって。ああ、だんだん思いだしてきた。フェデレントの山岳地帯、深く湿った黒い森の中で魔法によって作られる、肉体は生きているけれど中身は亡霊、ええと名前は……だめ、忘れてる」

　トゥーラの説明におれは非常によく納得した。あのときおれたちの前に立っていたのは、確かに魔法の産物だった。

「覚えているかと問われて、ケイスには思いあたるふしがあったらしい。それでも彼は震えながら後退りして、『知らん』と答えたよ。それでおれは逆に、よくよく知っているのだと直感した。都合が悪くなると必ず素知らぬふりをする、おのれの非は絶対に認めようとしない男だったからな。知らん、を連呼したところを考えると、彼自身二度とふりかえりたくない酷いおこないを、この亡霊だか生きている者だかどっちつかずの人たちにしたのだと。

　おれはその時点で、自業自得、と判断した。よく面倒を見てくれた大々伯父に恩義ももちろんあったが、病気の祖父母と両親を捨てて遁走《とんそう》したことへの軽蔑が勝った。だから、彼に加勢する気はなかった。これは二人の――いや、四人の、か？――問題だった。おれは骸骨頭を招き入れる素振りをし、階段をあがって踊り場に腰をおろした。どうぞ好きにやってくれ、ってな」

「よくわかるわ。わたしでもそうする」

辛辣にトゥーラは同意する。おれは両手で顔をこすった。

「今だったら、きっとあいだに入っただろう。トゥーラ、おまえももう少し年をとったらそう判断するさ」

「ええ？　どうしてよ、エンス。年をとれば柔らかくなれるっていうわけ？」

「落ちつけ、そうじゃない。この話をしてんのも、そこをわかってほしいからなんだ、二人とも。年をとれば幅が出てくる、それはそうなんだ。それもある。……まあ、聞いてくれ。どういうことか、先を聞けば感じとれると思う」

唇を心もち尖らせて、それでもトゥーラは座り直した。納屋のそばの青ブナの梢で、一羽のムクドリがけたたましく鳴いている。おれは小石を拾って滅多にしないことをした。石の当った枝から、ムクドリは非難がましい羽ばたきをして飛びたつ。

「……で、なんていうのかな、その、化物、か？　そう言ったら憐れな気もするんだが、まあ、一応そう呼ばせてもらおう。とにかくそいつはケイスに迫った。ケイスは逃げる。化物が追う。……そのうち気がついたんだが、そいつはケイスに近づいて何をするでもないんだ。ただ近づいてふれようとするだけ。呪文を唱えて魔法をかけるでもなし、そのへんの火かき棒を振りまわすでもなし、恨みつらみを吐くでもなし、ただケイスのどこかにふれ、できれば密着したい、そんなふうに見えた。一方、ケイスの方は、さわられたら心の臓が止まってしまうっていう怯え方で逃げまどう。冷汗を撒きちらし、目をとびださせ、絶叫をあげながら、六十すぎの爺さんとは思えない身のこなしで。余程悪いことをしたんだろう、人でなしの所業を、と思いながら、おれはだんだんおかしさがこみあげてきた」

「ダンダン？」

「おう。おまえはここで日なたぼっこをしていな。いい子だな。……追いかけっこを笑いながら見ていると、ヨブケイシスはなんとかして居間から玄関にまわりこんだ。わが大々伯父は、あれでもってなかなかしぶといんだ。脱兎《だっと》の勢いで外へ逃げだした。

　あとを追って岸辺に出ると、舟にとびつくところだった。そのすぐ後ろに化物が迫っている。これはちょっとまずいかな、とさすがに思った。助けようか、それとも様子を見ようか。救ってやらねばならないと良心がささやき、このままどうなるか見てみたいと冷酷な好奇心がうごめいた。そのあいだに、大々伯父はなんとか舟を出していた。

　一馬身ほど岸から離れた化物は、半呼吸の逡巡のあと、舟にむかって頭から跳んだ。水飛沫《みずしぶき》があがったが、その両手が船尾の端にひっかかった。舟は大きく揺れ、ケイスの悲鳴が湖中に響きわたった。

　おれはやっと我にかえり、もう一艘の纜《ともづな》を解いてケイスの方に漕ぎだした。夏の長い夕暮れはほんのかすかな涼気を北の方から運んできていたが、湖にたったのはおれたちの舟の生みだす波紋だけだった。

化物は舟を傾けながら這いずってケイスに近づいていく。おれの舟はあと二漕ぎで接舷できそうだった。一漕ぎ、大きく櫂《かい》を動かす。渾身の力をふりしぼって、筋肉がみしみしいうのもかまわず。ケイスは舳先ぎりぎりに退いて、櫂を空中で振りまわしている。化物は艫《とも》側でしばしうずくまっていたが、やおら立ちあがると、同時に舟の中にあった網を両手ですくい、ケイスの上に投げかけた。櫂がからみ、ケイスもじたばたともがく。

二漕ぎめ。歯をくいしばり、呻《うな》りをあげる。大きく進んだおれの船首が、ケイスの舷《ふなばた》に衝突した。その勢いで網がからみ、ケイスは跳ねあがる。そこへ化物がとびかかり、抱きしめた。時が止まった。夕暮れに翳《かげ》った水の上に、赤と青の刺繍の裾が翻《ひるがえ》った。ケイスは網の中で黒い口をぽっかりとあけ、髑髏の目の中をのぞきこんでいた。

大きく水飛沫があがり、島の森から鳥たちが喚きながら飛びたった。おれは急いでケイスの落ちた付近に近づき、沈みかけている網の端をひっぱりあげようとした。頭が水上に出てきた。両手でもがきつつ、すがれるものなら何にでもしがみつこうと必死な彼に、おれは手をさしのべた。彼はがっしりと腕をつかんだ。だが、口にしたのは、

『わしじゃない』

だった。

『わしはそんなこと、しない。そんなこと、するものか』

とたんに脳裏によみがえったのは、館に君臨していた彼の姿だった。完璧で絶対善のヨブケイシス。常に正しく常に偉く常に命令者のヨブケイシスだ。

おれは思わず身を退いた。そうさせまじと爪が腕にくいこんでくる。おれも湖の中に落ちそうな具合だった。必死に踏んばっていると、骸骨が再び彼に抱きついた。ケイスの目玉がとびだした。黒い口は、なおも『わしではない』と訴えながら髑髏と一緒に沈んでいった。おれの腕から力を失った手がずるずるとすべり落ちていく。おれはもはや、それをとどめようとはしなかった。

黒い湖面にあぶくがたっていたが、しばらくすると静かになった。いっとき、湖には何の動きも何の音もしなくなった。琥珀《こはく》の中に閉じこめられたかのように。

おれは呆然と座りこんでいた。起きたことがすべて夢のような心もちだった。ぼんやりと見あげると、彩度のおちた青空がまだ広がっていた。うつろに湖面に目をおとすと、いまだ黒く翳っている。

不意に背後で物音がした。水底から網をひきあげるときの音だった。ふりかえると、ヨブケイシスの亡骸《なきがら》が網にからめとられたまま浮かびあがってきたのだった。

おれはおそるおそる手をのばした。彼とおのれに対する羞恥《しゅうち》だけを感じていた。罪悪感もあったか。彼は、からまった網のせいで、ひどく重かった。苦労してなんとか半身を舷にあげたとき、その足元にまたあの化物の髑髏が白く浮きあがった。思わず手を放しそうになったよ。髑髏は暗黒の眼窩《がんか》でおれを凝視した。目の裏、脳味噌の奥までその闇は届いた。――あとでその瞬間が、おれを本物の魔道師にしたんだと気がついたね――。それから化物は、残っている唇を歪《ゆが》めて笑いを浮かべ、釘が沈むように沈んでいった。鳥共が森へ舞い戻ってきた。

そのあと、ヨブケイシスを網ごと葬った。家族の墓に。一族の眠る同じ丘に。大々伯父は一家に大きな影をさしかけたひどい男ではあったが、幼い頃おれに授けてくれた知恵や技術を鑑《かんが》みて、敬意を表してもいいかと思ったのさ。同時に彼の死の刹那、おれが抱いた罪悪感やら羞恥も一緒に埋めた――つもりだった」

「十五歳だったんでしょ、そのとき」

トゥーラが呟いた。

「できるだけのことをしたんだと思うわ。あなたなりに」

するとユーストゥスもはっとしたようだった。

「おれ……今のおれが、同じ経験したら、どうかな……。どうしたらいいか、わからなかったかもしれない。あんたのように、階段に座って見守ったりできなかったかも。まっ先に逃げだしていたかもしれない」

「おまえはそれでいいんだよ。逃げなきゃならないときもあるんだ」

「え……だって、それじゃ、ケイスと同じ卑怯者になっちゃうでしょ？」

「ケイスはおとなだった。何十年と生きたおとな。おまえはまだ子どもだ。トゥーラの言うとおりだ。子どもでは立ちむかうことの難しいこともある。おれのように、立ちむかって、あげくのはてに大々伯父を見殺しにしてしまったら、そのこと自体を墓におしこめておかなきゃ生きつづけられない」

「見殺しだなんて……そんなふうに思っていたの？」

トゥーラがおれの顔をのぞきこんだ。

「助けようとしたじゃない」

「本気で助けようとしたか？　この問いかけを何百ぺんも自分に投げかけた。あれがおれの精一杯だったか？　もっとできることがあったのではないか？　とな」

眉根を寄せて目を潤《うる》ませているトゥーラに笑いかけた。

「いろいろ考えたが、いかんともし難いことだったと、理屈はそうだった。それでもな。自己憐憫でもなんでもなく、ここにはそいつがまだ残ってるのさ。墓に一緒に葬ったはずのものが。それは誰にも消すことのできないもので、一生ついてまわる。で、今回のように、何かのきっかけで、墓から起きあがってきたものを呼びよせたりする」

「過去が追いついてくる……？」

「うまい言い方だな、トゥーラ。過去が追いついてくる。そうだ、それは人として生きる以上、致し方のない運命ではあるが、大抵はそんなことを考える余裕もなく日々の暮らしに紛れていく。日々を必死で生きのびようとする者にとって、流行病や飢餓や戦の方が過去よりはるかに切実な問題なのかもしれない。ふりかえる暇なく疾走すれば、過去なぞおのずと後方に転がって眠りにつく」

「でも、立ちどまれば……」

「せっかく眠っていたやつが目を覚ますかもしれない。……だからなんだ、ユーストゥス。どんな目にあっても曲がることのない背骨をもっているおまえが、人殺しをしてどす黒いものを抱えこもうというのが何ともやりきれない。戦と雄々しき名のつく勇気の証《あかし》の場で活躍しようとも、人殺しは人殺しだ。そんなもの、抱えこむ価値など、どこにもない」

ユーストゥスは珍しく烈しい口調で断言したおれをじっと見て、肩を落とした。やがてぼそっと言った。

「……でもおれ、卑怯者になりたくない」

それも一理ある。皆が生命をかけているとき、自分だけ安全な場にひっこんでいるというのも、それこそ良心の許さない所業だろう。

「手伝うだけでも、だめ？　あんた、さっき、判断はおれに任せるって言ったじゃないか」

「そうだな。おれの話でその覚悟ができたんなら、判断はおまえのものだな……」

「わかった……約束する！　絶対人は殺さない。石を落としたり、矢を集めたり、そういう手伝いをする。なら、いいだろ？」

人殺しの手伝い、ね。おれは奥歯をかみしめた。トゥーラがおれの腕を力をこめてつかんだ。そうだな。ある地点で妥協しないとな。

「わかった」

渋々という声を出す。

「だが、もしも、敵が塁壁を越えてきたら、すぐにトゥーラの塔に行くんだぞ。エミラーダとリコを護ってやってくれ」

ユースは両手を拳と平手で打ちあわせ、元気よく立ちあがった。日なたぼっこをしていたダンダンが、鼻面をあげた。

ちょうどそのとき、森の方から進軍の合図の喇叭《ラッパ》が途切れ途切れに聞こえてきた。ダンダンは急いで襟巻に駆け戻り、おれとトゥーラは塁壁の方へと駆けだした。

9

いつもながら、事はおれの思ったようには進んでくれなかった。ライディネス軍が一気におしよせてきてくれれば万々歳だったのだが、相手も最初の失敗で警戒しているようだった。あるいは食料事情を察して、戦《いくさ》をひきのばす作戦だろうか。進軍の合図に待ちかまえているおれたちの目に映ったのは、ほんの百人ほどの部隊が畑を駆けぬけてくる姿だった。しかも彼らは斜面の下までやって来ると、届きもしない矢を射かけてよこした。北西の風に矢は横へ流れて、東側の板壁の近くに瀕死の蝶さながら横たわる。

「何のつもりだ、こりゃあ」

とマーセンサスが塁壁に身をもたせかけて呟く。

「時間稼ぎか？」

「食料難はむこうも同じ。長期戦はお互い避けたいんだと思っていたが」

「我慢比べはしたくねぇなぁ」

敵はさっきより一馬身前進して、再び矢を放ってきた。塁壁に刺さるのがほとんどだったが、るそのうちの一本がおれの耳の横をかすめていく。

「まだ射つなよっ」

　マーセンサスが村人に命じた。

「おまえらの腕じゃ当たらねぇ。矢を無駄にするな」

　志願した男女が二段構えで待機している。。

　敵兵たちはまた一馬身坂を登った。おそるおそる足を踏みだして矢を放ち、また一歩前進す
　森からは後続隊がぞくぞくとあらわれはじめた。

「ははあ。そうか」

とマーセンサスが頷き、おれにも彼らの意図がわかった。斜面を百人に登らせて、坂すべりの紐魔法を全部発動させてしまおうというわけだ。罠にかかった百人のあとから登れば、残り千九百人は難なく塁壁に達しよう。

「ま、いいさ。それでも案山子《かかし》とエイリャたちがいる」

「射つな。あいつらのあとに本隊がおしよせる。それまで矢は保たせとけっ」

　この戦でおれがめざすのは、なんとか講和にもちこむこと。なるべく死人を出さないことだ。そのためにはできるだけ粘り、手を焼かせるしかない。

　飛んでくる矢が増えてきた。ユーストゥスがマーセンサスの手ぶりで、案山子を後方に立てていく。すると、村人たちの上にひょろひょろ落ちてきた矢はもうひとふんばりとばかりに飛

距離をちょいとのばし、案山子の胴や腿に刺さる。ハリネズミと化したそれを危なくない場所までひきずっていき、矢を抜くのはユースと同じ年頃の子どもたちだ。引きぬかれた矢は、待機中の射手のもとへと運ばれる。案山子が足りなくなるかと気をもんだが、敵の前線はほとんどが坂すべりの魔法にひっかかってずるずると落ちていく。

おれはその隙に、新しい紐を案山子共に結わえつけてまわる。この魔法も坂すべりの魔法も、何度も使えればいいのだが、まだその方法を開発してはいない。やがて、まだあと半分、紐をつけなければならないものが残っているというのに、敵の本隊が雄叫びをあげておしよせてきた。

マーセンサスの「射て」の命令が野太く響きわたる。村人たちは矯《た》めていた矢を解き放つ。土嚢《どのう》と土嚢の合間からちらりと見れば、相手は斜面の中ほどまであがってきている。盾を頭上に掲げて決死の突進だ。

トゥーラが塁壁の上に軽々と飛びのった。短弓を構えている。

「トゥーラ！　手足を狙え！」

赤銅《あかがね》の髪が渦を巻いてなびき、にっと笑ったその顔は冥府《イル》の女神《モア》かと見まごう。と、おれの目の前に矢が降ってきて、横たわった案山子にぐさりと刺さった。

「エンス！　危ないよ、どいてっ。こいつ、さっさと立てないと」

ユースに噛みつかれて我にかえる。

「トゥーラに見とれてないで、次の案山子、早いとこ結んでよっ」

そう喚きながら、ユースは仲間たちと案山子を立てて運んでいく。おいおい、負うた子に教えられってな？　とマーセンサスの揶揄《やゆ》が聞こえてきそうだ。

案山子の仕事をしながらも、トゥーラの姿をときおり確認した。万が一彼女に何かあったら、即座に助けに行くぞ。しかし、その必要はなさそうだった。機敏に塁壁の上を動きまわっては短弓を放っている。塁壁の下では悲鳴と雄叫びと呻《うめ》きがごっちゃにあがっている。

一番端の案山子に魔法を施したときには、もう反対側のものは矢の重さで倒れ伏してしまっていた。トゥーラは塁壁からとびおり、村人たちも弓を捨てて急ごしらえの剣やら槍やらに持ちかえた。塁壁の上に頭をみせた敵兵の一人が、マーセンサスの剣の柄《つか》で殴られて背後にひっくりかえっていく。快哉《かいさい》をあげる暇もなかった。敵の先頭が次々にあがってきた。

おれも剣を抜いた。ユースたちに下がるように合図をして、三十すぎの婦人に襲いかかろうとしていた一人の肩を貫いた。農家の女はたじろがなかった。そいつの脛《すね》を思いっきり蹴っとばす。敵は仰向けに倒れ、横転する。

女はパン作りに使う麺棒《めんぼう》を振りまわし、青い顔をしながらも、次の敵にかかっていく。鍛冶屋が彼女の名を呼びながら加勢する。おっと。気をとられている場合じゃない。危うく額を割られそうになって跳びすさると、見た覚えのある顔が歯をむきだして剣をかえしてきた。それをうけとめると火花が散った。ああ、こいつは山小屋の近くでトゥーラにやられた連中の生き残りだ。名前をなんといったっけ。名前を呼んでやると、大抵戦意がおちるものだ。誰だって知りあいに切りつけるのはためらわれる。いくら憎しみが強くても、無意識のうちに潜む良心ってものは、悪意と同じように自分勝手に動くものなのだ。だめだ、名前は出てこない。代替措置として話しかけてみよう。

「恨みのあまりに敵に走るなんて、八つ当たりもはなはだしくないか？」

やつの目の周りが真っ赤に染まった。しまった、逆効果か。やつは突いてくる。おれは腹をへこましてよける。もう一度突いてくるのを跳ねあげる。

「なあ、少し冷静になって客観的に考えてみろよ。そもそもナフェサスが――」

脇から別の男が槍先を突き入れてきた。危うくよけながら、そいつに体当たりをかまして転がし、柄を踏んづける。

「ナフェサスが殺されたのは、トゥーラのせいじゃないぞ」

男は破れかぶれに剣をふりかぶって迫ってくる。驚いたな。目をつむっている。死にたいと思っているのかもしれない。

おれは剣の柄頭《つかがしら》でそいつの額の上の方を殴った。一番やさしい殴り方だったが、彼は白目をむいて倒れていった。槍の男の方が起きあがろうとしていた。顎を蹴とばし、こちらも昏倒《こんとう》させる。やれやれ。

周囲をさっと一瞥《いちべつ》すると、マーセンサスは塁壁のそばに陣どって、登ってくる連中を次々に落としかえしている。勢い余って土嚢も二つ三つ、一緒に転がしている。トゥーラは村人たちが危機に陥ったところへ割って入って、短剣をふるっている。指の一本二本がそのたびに宙に舞っている。血飛沫《ちしぶき》も凄まじい。指の一本二本、と人は笑うかもしれないが、これが存外戦意喪失には効果的だ。何よりすごく痛い。腹に致命傷を負うより生命の危険を感じるほどだ。それに、噴きだす血の量が半端なく多いように錯覚する。大の男でも目眩《めまい》を起こす。さらに、もう、得物を持つことはかなわない。

村人たちもそれなりに抵抗している。かなわないと見たら逃げるべし、とマーセンサスが前もって言いおいていたにもかかわらず、おのれの生活を護ろうと必死だ。だが、敵の数はどんどん増えている。何しろ二千人の大所帯だ。そろそろまずいぞ。

薄陽に影がさした。雲ではない。雲ではありえない漆黒《しっこく》の影が視界に入ってくる。それでもしばらく剣戟がつづく。おれはあたりの数人を昏倒させて一息つきつつ、空に仰向いた。

「おやっ？　あれは、なんだ？」

わざとらしいが、効果はあった。指さすことまでやってみる。つられて、二人、三人、十人、と目をあげる。その手から剣や槍が落ちる。

漆黒の凧《たこ》が舞っている。いや、凧ではない。生き物らしい。やたら巨大な見たこともないものだ。大きく広げた翼は鋭い三角形をしている。頭も錐《きり》のように尖っている。そいつはおれたちの頭の上を通って平地をかすめていく。慌てて逃げ去っていく敵兵が豆粒のようだ。突風にあおられて頭巾《ずきん》が脱げ、兜《かぶと》は飛び、塁壁上にいた兵士たちは全員転げおちた。

あれを知る者が誰もいないとまずいな。リコが居あわせていれば、金切り声でとどめの一声を出してくれようものを。仕方がない、ここはおれが叫ぶしかないか。

「ソルプスジンター、ソルプスジンターだ。人喰いの化物だっ」

まさか。あれが？　伝説の、語り部のおとぎ話、北の国の噂の、あれが？

もう一羽——いや、もう一匹、か？——があらわれた。さっきのより小ぶりで、飛び方もおぼつかない。と見てとるうちに、きりもみ状態になって落下してくる。全員が悲鳴をあげて大地につっぷした。鈍い音に少し頭をあげてみると、鋼鉄のような太い脚に土嚢をひっかけつつ、よろよろと斜面を飛び、折よく吹きつけてきた一陣の追い風に乗ってようやく体勢を立て直す。

「獲物を物色しているっ。大変だ、みんな逃げろ、喰われるぞっ」

マーセンサスの野太い声が戦場中に轟《とどろ》いた。ソルプスジンター、獲物、喰われる。ようやく我にかえった人々に、おれの叫びも届く。

「みんな館に逃げろっ。村長の館だっ。あそこなら安全だっ」

人々は、村人も敵兵も一緒になって走りだした。ユーストゥスが待ちかまえている玄関口に殺到していく。一方、塁壁の外側の敵軍は雪崩《なだれ》を打って逃げていく。土嚢がその上に落ちて数人を潰した。

二匹のソルプスジンターは彼らをかすめて飛び、金切り声をあげ、真紅の目で睨みつける。ある者は泥につっぷし、ある者は沢にはまる。南の森に逃げ帰る者、西の山間に潜もうとする者、東の台地に分け入っていく者。中には矢をつがえる豪気の者もいたが、堅牢な鉄板のような翼は楽々とはねかえし、鋭い嘴《くちばし》に牙をむく。

重々しい音をたてて館の扉が閉まるのが聞こえた。

おれの思い描いていたソルプスジンターとは少々違うな、と首を傾げる。仕方がないか。誰も本物を見たことはないし。だが、これは後々議論になるぞ。翼はもっと小さいとか、嘴はないんだとか、鶏冠《とさか》を持っているんだとか、リコやエミラーダもまじえて、侃々諤々《かんかんがくがく》、こりゃ楽しそうだ。皆が持論を展開するのを肴《さかな》に、残った葡萄《ぶどう》酒を味わうのもよさそうだな。

敵は散り散りばらばら、さらに追いたてられて、やがて踏み荒らされたカラン麦の畑だけが痛々しく残るのみになった。

ソルプスジンターは再び村の上空に飛んでくると、徐々に姿を変えながら落ちてきた。翼をたたんだ化物から色が脱けるように暗黒がぬけ、小さくなっていき、おれたちの目の前に着地したときには、息を切らしたエイリャとサンジペルスに戻っていた。

サンジペルスは大地にひっくりかえってそのまま起きあがれず、エイリャの方は駆けつけたユースとおれとで両脇を支えた。冷汗でびっしょりのエイリャは、まっ青な顔に、それでも笑いを浮かべて、どうだい、と誇らしげに言った。

「ウィダチスの魔道師の中で、あんなものになったのはあたしたちくらいだろ?」

「ああ、すごかったよ。みんな逃げていっちゃった!」

とユース。おれも大きく頷いた。

「おかげで講和が結べるよ、恩にきる」

吐息をついて崩れおちそうになるのを慌てて支える。トゥーラがおれにかわってエイリャの腕をとり、近くの家で寝《やす》ませるためにつれていった。サンジペルスはユースがなんとか起こして肩を貸す。彼らが離れていくと、マーセンサスが口をひらいた。

「よっぽど消耗したようだな。大丈夫か……？」

「三日は休養が必要だろう。あれも一種の生命がけだ」

「ふん。それじゃあ、おれたちはそれを無駄にしないよう、せいぜいがんばるとするか」

見張りに村人を数人残して館へ行き、すっかり戦意喪失の敵兵から一人を選びだした。まだ年若いその男に言伝を教えこみ、敵陣へ帰してやった。

一日、二日とたっても森の方には何の動きもなく、おれたちはそのあいだに土塁修復と捕虜の始末と食糧計画の見直しをした。

捕虜を一人一人とり調べて、名を聞きだし、トゥーラが一覧表を作った。館の出入口に簡単な結界を張ったので、大広間と手洗場だけが彼らの自由空間になった。食物はいつもの半量におさえてもたせた。だが、今日明日中に何らかの決着をみなければ、まずいことになりそうだった。

リコの顔を見ていないことに気がついたのは二日めの夜だったが、エミラーダが一緒ならば安心だと思って塔へは行かなかった。ずぼらなテイクオクの魔道師め、とあとでおのれを罵《のの》ることになろうとは。言い訳をさせてもらえるんなら、さしものおれもくたくただったのだ。大きい肉体は大量の食物を欲するが、それもかなり遠慮したせいで、元気もわいてこない。それでも翌朝一番に、塔へと村をつっきっていこうとしていたのだ。

塔まであと十馬身、というところでユーストゥスが追いついてきた。歩きつづけようとするおれの腕をひっぱり、使者があらわれたと告げた。麦畑をつっきってやってくる途中だという。

おれはちょっと躊躇《ちゅうちょ》した。だが、使者よりリコの方が先だと判断した。なにせこのあいだは、異郷の地で死にかけた爺さんだ。顔さえおがめばあっちもおれも安心する。

「でも、エンス――！」

ひきとめようとするユースには見むきもしないで、大股に進む。

「エンス！」

「すぐ戻る！　連中が塁壁の下にたどりつく前に、戻ってくるから！」

塔に駆けこみ、三段とばしで階段をあがり、ちょっと息を切らして四階の扉をあけた。ことわっておくが、普通はこんなもんで息を切らしたりしない。疲れがたまっていて、腹も減っていて、あまり寝ていないからだ。

誰もいなかった。灯りもなく、暖炉もついていない。窓板をおしあげてふりかえってみたが、エミラーダもリコの姿もない。リコがいつも座っていた椅子には無造作に毛布がおかれているだけ。暖炉の灰は冷えていて、まるまる一日はたっている。声に出してリコを呼んだが、返事があるはずはないとわかっていた。

心の臓が激しく動きだす。戦でだってこれほど速く脈打つことはない。狂おしく部屋を見わたせば、大卓の上に紐のついた小袋が二つのっているのに気がついた。

テイクオク魔法の覚え書きがおしこまれている二つだ。植物や食い物やその他聞き書きした束は見あたらない。意図してリコはこの二つだけをおれにおいていったということか？

輪切りにした瑪瑙《めのう》の文鎮の下に、手のひらの半分ほどの小さな羊皮紙があるのに気がついた。

そいつを取って窓際に持っていくと、リコの手で、

「ゆえあってライディネス側に投降する。エミラーダも一緒。心配するな」

と記してあった。

幾度か殴られたことあれど、この書きおきほどの衝撃ではなかった。おれはまさしく一歩二歩と大きくよろけ、後頭部を壁にしたたかに打ちつけてしまった。しばらく呆然として、窓から射しこんでくる光に、埃が四角く切りとられてきらめいているのを眺めていた。

ヒヨドリのきつい声がし、ようやく疑問を口にした。

「どういうことだ?」

リコのことだ、裏切ったわけではない。それは絶対だ。彼なりの深慮があって——あいつの深慮は常に厄介事をたちあげる——か、それともエミラーダの考えが加わっているのか? エミラーダだって裏切りにはほど遠い。ありえない。何かわけがあるに違いない。計画があるのだろう。そうだ、そうだとも。では、どんな計画だ? おれがリコだったら、エミラーダだったら、どんなふうに考える?

下でユーストゥスが叫んでいる。さっきより切羽つまった声だ。ただならぬ様子に、仕方なく壁から身をもぎはなした。

「ねぇ、エンス! とにかく早く降りてきてっ。大変なんだ。本当に大変なんだよっ」

リコの書きおきを懐《ふところ》におしこみ、二つの小袋をひっつかみ、階段を駆けおりていくと、ユースは先に走りだした。ぬかるみの泥をはねかしながらあとを追い、喘ぎつつ土塁の端にたど

りつく。村人たちが鈴なりになって畑の方をのぞいている。

しばらく呼吸を整えていると、マーセンサスが大股に近づいてきた。

「おい、エンス、こりゃ一体どうなってる？」

何のことだ。

「これもおまえの計略か？　だったらちゃんとおれに教えておいてくれ」

おれの怪訝《けげん》な表情に、彼は言葉を切って、一息ついてから眉をひそめた。

「ってわけじゃあ、なさそうだな」

「何のことだ、おまえといいユースといいリコといい、わけのわからんことを」

「じゃあ、まあ、見てみろよ。自分の目で」

言われるままに土塁の上に首をのばした。

使者が一列に馬に乗って近づいてきていた。今や土塁下の斜面の縁にたどりつこうとしている。

先頭は三角旗をなびかせた旗持ち、次いでライディネスの腹心にして護衛のアムド、その後ろに白い衣装の——あれは、エミラーダか？　最後にライディネス本人。

おれは思わずマーセンサスを見た。

「おれに聞くな。おれだって何がなんだかさっぱりだ」

リコがいない。捕虜として森の中にとどめおいているのだろうか。エミラーダの様子では、捕虜とは言えないな、と独りごちる。背筋をしゃんとのばして顎をあげ、唇には薄い笑いを浮かべている。

矢が届くか届かないか、ぎりぎりの際で彼らは止まった。旗持ちが口上を述べる。講和の話しあいに応じる、村長は来たれ、付添いは三人まで。

おっと。言われるまで忘れていた。むろん、村の代表は長に決まっている。付添いはマーセンサスとおれとトゥーラだ。トゥーラになるまで一悶着あった。村長の妻、ナフェサスの母親が、息子の仇は自分が討つと言ってきかなかったのだ。これは話しあいで、仇討ちではないとなだめるのに半刻余りかかった。おれたちが板戸から出ようとすると、また蒸しかえしてついてこようとするのを、ナフェサスの手下だった男たちがおしとどめなければならなかった。

手間取っているあいだに、斜面下では床几と小卓が用意され、天幕も張られていた。こちらからは、残り少ない葡萄酒と干した果物とチーズを持参し、円滑なる和議をもくろむ。

坂をおりていきながら、あれやこれやとエミラーダの計略を考えめぐらせた。ライディネスはリコをテイクオクの魔道師だと決めつけているので、それを利用してあっち側に寝返ったのだろう。寝返ったと思わせて、こちらの情報をあることないこととりまぜて語り、操ろうというわけか？

なぜ、そんな面倒なことをする？　そんなことをしなくても、充分有利に話しあいができたはずだ。自分とリコの生命を危険にさらしてまですることではない。事この一点については、心底腹をたてていた。いつ転んでもおかしくないリコをつれだすとは。老人子どもを危険にさらすとは、まちがってもエミラーダがおこなうはずがなかった。リコもリコだ。しなびた洋梨頭で何を考えたのか。のこのこついていくとは。いやいや、もしかしたらエミラーダが脅したのか？　このままでは全員の生命が危ない、とかなんとか。その場合は前提がまちがっていることになるぞ。つまり――つまり、エミラーダが本当に、裏切った、としたら？

おれはエミラーダの姿をさがした。天幕の中に待機しているのだろう、視界には入ってこない。カダー寺院の安寧を条件に、オルン村を売るなどということがあるだろうか？　汚濁を嫌う月の巫女《みこ》がそんなことをするか？　いや、寺院のみならずカダーの町全体を取り引きの供物にしたということか？　五百人の村人と何千人の町の人々との取り引き。いや、ありえん。エミラーダは一人の生命たりとて粗末にする女ではない。

眉間が凝って目がかすんできた。あれこれ気をもんで考えるのは苦手だ。おれは目をぎゅっとつぶったりあけたりをくりかえして、まず現実を冷静にうけとめようとした。

天幕は無骨なコンスル兵士の持ち物らしい、粗い帆布のくすんだ色をしていた。明かりを入れるために、出入口は大きくあけられて、ライディネスが卓のむこうに腰をおろしているのがすぐ目に入ってきた。エミラーダは彼の後ろに立ったままだ。彼の後ろだって？　こりゃまた随分、信用されたものだな。

卓のこちら側には床几が二つしか用意されていなかったので、村長とおれが座り、マーセンサスとトゥーラは立ったままということになった。すぐにでもエミラーダを糾弾《きゅうだん》したい気分だったが、ぐっとこらえた。

「前に会ったな。リクエンシス殿の用心棒、と言っていたか」

互いに名乗りあってから、ライディネスは杯を掲げつつ口をひらいた。おれはちらりとエミラーダを仰いだ。目を細め、微笑し、だがとりつくしまのないよそよそしさをまとっている。そこからは何も読みとれないので、まともな返事はしないことにした。

「そういうあんたは一体何者なんだ？　彗星《すいせい》のようにあらわれて、災厄をまきちらして何を企んでいる？」

ライディネスは心もち首を傾げ、すべてを見通しそうな目でおれを観察した。やがて彼はぱっと口をあけ、

「わたしか？」

と尋ねかえした。

「わたしはコンスル帝国の生みおとした卵だ」

背後でマーセンサスがすかさず呟く。首をふっているのがわかる。

「卵にしちゃ薹《とう》が立ちすぎてないか？　腐っちまって孵《かえ》らないのかもな」

ライディネスは相手にもしない。

「わたしはダルフを基点とした新しい帝国を築く。ダルフ、キスプ、ナランナ。中央《ミドサイトラント》で権力争いに明けくれている自称皇帝たちには勝手にやらせておけばいい。何も帝国領を簒奪しようってわけじゃあない。瓦礫《がれき》の街や雑草はびこる畑なぞ必要ない。三州をまとめあげて、総司令を頂点とした秩序だった国にする。豊かな穀倉地帯と海、山の豊富な食物を抱え、何人《なんぴと》にも侵されぬ強い護りの力を持ち、それを整然と維持する軍事力を有した国だ。かつてのコンスル

帝国、生まれた当初の帝国の姿がわたしの理想とするところ。そしてそれを維持する。口先だけの文官は重用することをせず、総司令は世襲とせず、政治家なぞ必要としない」

「そいつぁおれも賛成だ」

マーセンサスが小声で言う。

「政治家なんぞ、いらん、いらん」

「規律を厳しく定め、これに違反した者は連帯で責任を負う。身分に差はなく、全国民が兵士となりうる。一人一人が自立した意識を保ち、国の幸福と自らの幸福が一致していると感じる、そういう国を造るのだよ」

「理想的な国家だな。応援したくなってきたぜ」

とマーセンサス。村長が上半身を乗りだした。

「すばらしいもんですなぁ。わしら田舎者には想像もできねぇ――」

「その理想のために、あんたは今まで何人殺してきたんだ？」

柔らかい口調をこころがけておれは村長を遮《さえぎ》った。

「戦で失われた生命のことじゃない。あんたが無慈悲に手にかけた人数のことを聞いているんだが」

ライディネスは口を閉じ、おれを睨みつけた。だがその視線にはまだ余裕があった。おれを値踏みするような色があったのだ。

「わたしはそういうことを難しく考えはしないね。目的を達成するために最短の道を選んでいるだけでね。余計な枝葉に気をとられている時間はない。人生は短い。いつ〈死者の丘〉を登らなければならなくなるか、誰にもわからない。わたしは幸い丈夫だが、過信はしないよ。きみより大柄で、斧でもたたっ切れそうもない大男が、踏んづけてしまった蛇の一咬みであっけなく死ぬ場に居あわせたこともある。きみが思うほど死は重くない。そして、生は死よりも軽い」

おれは睨みかえしながらしばし彼の言葉を考えた。数呼吸ののち、身をひいて、

「どうやらあんたとは嚙みあわないらしい」

「いや、そうでもない。わたしの計画のためにきみはひと働きできるぞ。一兵でも多く必要としているわが軍では、きみとそちらの剣士を歓迎しよう。……ちなみに指揮をとったのはどちらかな？　おお、そちらか。見事な采配に敬意を表する。わが軍の千人隊長にならないか？」

「おれか？」

マーセンサスはおだてられてまんざらでもなさそうな顔をした。昔から褒められると実力以上の力を発揮する男で、調子に乗りすぎて失敗したこともしばしば。ちょっとまずいか、とおれはうろたえたが、彼も伊達に年月をすごしてきたわけではない。

「あんたの副官ならやってもいいぜ。だがな、生は死より軽いなぞとほざくやつには心服しかねるんでな。背後から忍びよってそっちの首をかき切るかもしれねぇぜ。それでいいんなら、どうぞお雇いくだせぇってもんだ」

親指を地面の方に突きだして嫌味ったらしく応答した。ライディネスは鼻頭《はながしら》をあげて無表情

に戻った。怒ったわけではない、とおれは見てとった。こういう、生と死を超越してしまった男は、こんな小さなやりとりで心を乱したりはしない。拒否されれば道端の石ころと同じに、ただ捨て去るだけだ。彼は笑顔を見せたときの方が、ずっと狡猾《こうかつ》で油断ならない。おれは手をふった。

「講和をしたくて来たんだろう？　さっさと事を進めよう」

卓上に羊皮紙が広げられ、ペンはライディネスが持った。話しあいがはじまった。手の内は泉の底のように互いに見すかすことができたので、つまらない駆け引きはなかった。彼らの入村を認めるかわりに、村人の安全と去就の自由を保障すること、彼らが荒らした畑を共に耕作し直すこと――カラン麦は多少踏み荒らされても枯死しない丈夫な麦だ。なにせ、霜の降りた畑で芽を出すし、連作障害もない。これぞ神々の恵みである――を約束させた。箇条書きにペンを走らせているライディネスの頭越しに、おれはエミラーダに視線を送った。すると彼女はかすかに首をふった。おれの考えを読みとったのだろうか。

ダンダンは首に巻きついたまま、身じろぎもしない。エミラーダとつながっているはずのこの蜥蜴《とかげ》が、昼寝をきめこんで目をつぶったままというのも合点がいかない。彼女の作った大きな計画の渦に巻きこまれようとしているのか？

どうもよくわからん。わからないときは、小石を放ることにしている。そいつがただ道に転がるのか、竜の逆鱗《げきりん》にぶちあたるのか、やってみようじゃないか。

「講和成立の証《あかし》として」

とおれはエミラーダと目を合わせながら口をひらいた。

「捕虜の交換といこう。こっちにはおたくの兵士を五十人ほど、閉じこめてある。そっちはエミラーダとリコを渡してくれ。五十対二だ。悪い取り引きじゃあないだろう」

ライディネスは最後の一行をすらすらと書きおえてから顔をあげた。

「エミラーダとリクエンシス殿は、捕虜ではないよ。二人は自ら客としてやって来たのだよ」

「それは知っている。だが――」

「わたくしは、ライディネス殿のカダー攻略に協力を申しでたのです、エンス」

エミラーダはうっすらと笑いを浮かべた。碧《みどり》の目が妖しげに光った。

「カダー攻略、だって?」

「古巣を滅ぼす手伝いをするってのかぁ?」

マーセンサスと二人同時に聞きかえした。

「ライディネス殿はカダー侵攻に苦慮なさっておられる。わたくしは協力とひきかえに、神殿をいただく、そうとり決めしましたの」

「あんたらしくもない」

おれは首をふった。彼女もまた首をふった。

「いいえ。これが最もわたくしらしい方法ですのよ。昔から、神殿の頂点に昇りつめたいと、これはひそかな長年の望みでしたから。月の裏の力を利用してしまうような方を大軌師《だいきし》とあおぐことはできません。それならわたくしが。ライディネス殿と力を合わせれば、カダーを陥《お》とすことができましょう。ですからわたくしのことはおかまいなく……と申しても、あなた方は納得して下さらないでしょうから、リコ殿はわたくしの人質に」

「あんたがリコを傷つけるつもりがないのはよくわかっている。人質にはなりえないんじゃないか？」

「そう、わたくしは、ね」

視線をライディネスにおとした。おれははっとした。二重の警告が含まれていると気がついたのだ。ライディネスはリコを魔道師だと思いこんでいるから、下にもおかないもてなしをするだろう。エミラーダになんとまるめこまれたのかわからないが、リコのことだ、極楽気分でいるかもしれない。魔法を使えと求められれば、口八丁とエミラーダの助力で何とかやりすごすだろう。

だがそれもエミラーダの一存で暗転する。もし彼女がリコの正体を明らかにしたら、窮地《きゅうち》に立たされることになる。エミラーダがそんなことをするとは信じたくない。が、今の彼女を見ていると、やりかねない感じがしてくる。

――ツキガヒックリカエルノヨ。

ダンダンの警告がよみがえる。月がひっくりかえるのを止めるためなら、どんなことでもしようとするのではないか？　裏切り者と罵られようが、自分やリコの生命が危険にさらされようが、世界がばらばらに砕け散るのを防ぐためであれば、覚悟を決めるのではないか？　それとも……それとも、本当に拝月教《はいげつきょう》の主権を握りたいのかもしれない。

地面が揺れたような気がした。あの碧の目の輝き。権力欲に、からめとられてしまったのだろうか。

「おい、エンス」

マーセンサスが肩に手をふれ、おれは意識を集中させようとした。大きく息を吸って、

「じゃあ仕方がない。捕虜五十人と馬十頭の交換というのはどうだ？」

ライディネスは少し考えてからいいだろう、と頷いた。インク壺にペンを突っこみ、最後の行にその一箇条を書き加える。と、途中でふと手を止めて、呟いた。

「……なんだ……？」

おっと。地響きを足の裏に感じる。さっきのも、気のせいではなかったらしい。本物の地震か。東の方から響いてくる。

外にとびだしていたトゥーラが戻ってきて叫んだ。

「エンス、大変よっ。みんな逃げなきゃっ」

二歩で天幕から出たおれは、あんぐりと口をあいて立ちつくした。逃げてっ、早く、村の上へ、とトゥーラが絶叫し、人々が動きだすのを背後に聞きながらも、そいつが東の台地から水《みず》飛沫《しぶき》を伴って落ちてくるのを見つめていた。まるで漆黒の瀑布《ばくふ》だ。

「エンス、早くっ」

腕をトゥーラがひっぱる。おいエンス、行くぞ、とマーセンサスの声が斜面から降ってくる。網の化物は、最後に見たときよりはるかに大きい。なにせ台地の頂上から垂れ下がって中腹

の岩棚にまで届くほどだった。それが、雪どけ水の奔流と一緒に――誓ってもいい、あの洪水はやつがひきおこしたんだ――盛りあがったかと思うや、カラン麦畑の端になだれ落ちてくる。春の陽射しに金に燃えあがり、すぐに漆黒の網となり、また災の炎のように輝き、暗黒に変化して。畑の上に達すると、巨大な芋虫のように身体を縮めてはのばして近づいてくる。畑を蹂躙《じゅうりん》するかと思われた奔流も傾斜の理《ことわり》には逆らえず、そこここの小川を汚しながら南の方に流れ落ちていく。また、いくらかは畑に吸収されたのか。

トゥーラがぐいぐいひっぱる。マーセンサスが怒鳴る。エミラーダも叫ぶ。彼女にあんな声を出させるなんて、おれも捨てたもんではないなどと思う。

腐った水草と墓土の臭気が鼻をつく。横幅十馬身は、今までの大きさの比ではない。そして今日に限って、テイクオクの魔法の準備をしてこなかった。しまったなぁ、油断したぜ。つまりは年貢の納めどき、か。逃げてもこいつは迫ってくる。どこまでも。おれが死んで骨になってもからみついてくるやつだ。しかしなんて臭いだ。葬《ほうむ》られたものの臭いだけではない。これを生みだしたやつのとてつもない悪意が臭っているのだろう。

網芋虫は地響きをくりかえしおこし、泥を宙高く舞いあげながらどんどん迫ってくる。さてはて、万事休すか。

「ノマレテミタライイノヨ」

突然ダンダンがシャラナの声で言った。

「タタカウノデハナク。シズンデミレバ。オリテイケバ。ソノトキガキタノヨ」

するとトゥーラが腕にしがみついてきた。思わずふりかえると、赤銅の目を虎のように光らせて、挑むように笑った。

「それなら、わたしも」

「トゥーラ……」

「ソウ、トゥーラモ。ソノトキナノヨ」

おれは斜面の方に首をまわした。

「マーセンサス！　あとは任せたぞっ」

彼が、エミラーダが、何か必死に呼びかけてきたが、おれとトゥーラは腕を組みつつ一歩二歩と前進した。網目がはっきり見えてきた。あいている方の腕で鼻をおさえ、ひりひりしはじめた目をしばたたきながらなおも接近していく。黒い縦糸は三本よりになって、横糸と交差している。ところどころの結び目が金にはじけている。ヨブケイシスの呪《まじな》いの名残りが、イスリル魔道師の魔法に反応しているのか。その結び目の一つをはっきりと認識した刹那《せつな》、マーセンサスの声が轟いた。

「エンス、この、大馬鹿野郎っ」

頭の上に網がおおいかぶさってきて、あとは夜よりも深い闇。

10

〈死者の谷〉を行くものすべてが死者とは限らないという。
〈死者の丘〉を登るものすべてが死者ではないがごとくに。
――冥府を司る女神イルモアの神殿に伝わる警句

耳元を吹きすさぶ風もなければ、回転することもなく、ただ落下していく感覚はあった。トゥーラはおれにしがみつき、おれはいくら目を凝《こ》らしても何も見えない全けき闇の中、ただただ下へ下へと降りていく恐怖に、吐きそうになっていた。これが永遠につづくのであればたまらんぞ、気が狂ってしまう。

目をあけてもつむっても同じならば、見ないにこしたことはないと、目蓋《まぶた》を閉じてトゥーラを抱きしめた。互いのぬくもりと息づかいだけは現実のものとしてうけいれられる。おれたちはしがみつきあってそれに意識を集中した。すると少しは楽になる。

「タノシイコトカンガエルノヨ」

ダンダンもおれの首を半ば絞めるように身体をこわばらせながら言った。楽しいことだって？　こんな状況で、楽しいことを考えるのか？

「オツキサマニアタタメラレタイシノオイシイコト。トロケルヨウナヒカリガカラダジュウニヒロガルノヨ」

「りんごが食べたい」

胸の中でトゥーラが呟き、くすっと笑った。おいおい、ここで食い物談議か。しかも笑えるとは、なんて女だ。さらに、

「人に抱かれるのってこんなにいい気持ちだなんて、知らなかったわ」

ときた。おれは返事のかわりに喉の奥を震わせて唸ることしかできない。トゥーラの頬が当たっている胸がやたら熱く感じる。

「エンスは？」

「う……なんだって？」

「エンスの望みは、何」

「おれの望むことか……」

半分叶っているようなものだが、と腕をひきしめて彼女の髪の匂いを吸いこみ、

「おまえと一緒に暮らせたらいいいな」

と思わず口にしてしまった。それはまだ言うつもりのない文句だったのだが、なぜか玉が転がるように転がりでてきた。ちょうど彼女の頰の当たるあたりで心の臓が鐘のように連打する。

しかしトゥーラはやはり並の女じゃなかった。即座にかえってきたのは、

「いいわよ」

くぐもっていてひどく小さい声だったが、そう聞こえた。聞こえたものの、おれはちゃんと確かめたくて、聞きかえそうとした。だのにいきなり光が射してきて、闇に慣れたおれの目はそのまぶしさにくらまされた。ほとんど同時に両足が地面につき、その衝撃をやわらげるためにとっさに身体を倒さざるをえなくなった。

トゥーラを抱えたまま三回転した。背中と尻をしたたかに打ち、しばらく起きあがれなかった。呻《うめ》きながら毒づき、毒づきながら手をのばす。トゥーラの指先とふれあい、ようやく上半身を起こした。トゥーラも四つん這いに起きあがり、おれの隣に身体を寄せてくる。地べたに尻を落ちつけたまま、周囲を見わたした。

目もくらむほどだった光は、右手斜め前から鈍角を作って射しこんでくる、淡く青白いものだった。その淡い光に漆黒《しっこく》の水がわずかに反射して、足元から奥へと広がる湖が見えた。湖の上はおれたちが降下してきた闇の空、一寸の明かりもない。

おれは波うち際からそっと足をひっこめた。着地したのが岸辺で良かった。湖に落ちていたら、多分おぼれていたに違いない。トゥーラの「いいわよ」の光の一言がおれたちを救ったのだ、という直感が働いた。

湖上がわずかに波立ち、生臭い風がそっと吹きつけてきた。おれたちは痛みをこらえながら立ちあがった。岸辺に寄せる波も強くなってきたようだ。その段になってはじめて、蜥蜴《とかげ》がお

れの首からぬけ落ちていることに気がついた。

「ダンダン、どこだ」

着地の横転でどこかに飛ばされてしまったのだろうか。岸と湖に交互に目を走らせ、呼びかけるが、黒い水と黒い砂、黒い岩が見えるだけ。

「エンス、あれっ」

トゥーラが湖上を指さした。黒い波のあいだからうごめく網のかたまりがあらわれた。さっき地上で相対したやつの縮小版、横幅と奥行きは一馬身というところか。波を打ちよせながら近づいてくる。

トゥーラがいつのまにか短弓を構えていた。一矢、二矢、三矢と連射する。網は身をよじって咆哮《ほうこう》した。おれも思わず懐《ふところ》に手を突っこむと、短い赤紐がこぼれ落ちてくる。すべて八の字結びになっていた。得意の大騒ぎの呪文を唱え、波うち際にばらまく。身を翻《ひるがえ》し、トゥーラの腕をひっつかみ、青白い光のある方へと岩のあいだを駆けぬけた。盛大に水がはねかえる音を背後に、楕円に切りとられた明るみの際までたどりつく。

白々と浮きあがる岩の上で、蜥蜴がちゃっかり待っていた。

「ゴブジデナニヨリ」

おいそれは皮肉か、となじろうとしたが、その前に素早く肩に駆けあがり、尻尾を首に巻きつける。ぶつくさ言いながら一歩踏みだすと、期待していた外界ではなく、白や銀や半透明の六角柱が互いによりかかりあっている洞窟に足を踏み入れていた。

「こりゃなんだ……」

危うく額を打ちつけそうになって首をすくめる。トゥーラは身軽に柱と柱のあいだを通りぬけ、

「エンス、ここ。ここならちゃんと立てるわよ」

と狭い空間に手招きする。

「驚いたな……これは水晶の結晶柱か？」

右斜め上にのびる柱と膝の前に横たわる柱とそのあいだにはさまっている二本の柱の隙間に片足を入れ、背中を丸め、首をすくめ、もう片足を引きぬき、右肘で新たな柱をおさえ、さらに一歩進む。柱の太さはおれの胴ほどもあるものから指ほどのものまで、ときおり細いやつを折ってしまい、硝子《ガラス》の砕けるような音がこだまする。

ようやくトゥーラのそばにたどりついた。身体が大きいせいで不器用なことをしてしまうとは、おもしろくないぞ。

偶然にもできた空間で、おれたちはさらなる道をさがした。二馬身上は、灰色岩の天井になっている。柱の隙間から隙間へとあらゆる方向へつながっているので、どれが正しくてどれが誤っているのか、はたまた道であるものなのかさえ定かではない。迷っていると、蜥蜴が助け船を出してくれた。

「ヒモヨ。イトヨ。ヒカリノスジヨ」

目をさまよわせるうちに、ほのかに光る細い糸筋が見えてきた。糸端は目の前の水晶柱の上

に垂れている。そっととりあげると、予想に反してぴんと張る。

「これのことか?」

昔話にこんな話があったな。糸をたどって竜の洞窟にたどりつく姫君の話。あれは蜘蛛《くも》の糸だったか。蜘蛛の糸なのに、どうして切れないのだろうと子ども心に不思議だった……。おっと、のんびりしてはいられない。大騒ぎの魔法から早くもぬけだした化物が、柱洞窟の端にもう、やってきていた。水晶柱にかけられたのは、あれは、人の手か。網目をまとった泥と水草のかたまりが、飛沫《しぶき》をまきちらして五本指となる。乳色の水晶の上に漆黒の汚れがこびりつく。

「トゥーラ、先に行け」

軽々とくぐりぬけ、またぎこし、身をかがめる彼女を真似て、できるだけ機敏に進む。ちらりとふりむくと、化物は見覚えのある人影になって追ってくる。あの頭の形、あの身体つき、ヨブケイシスだ。糸をひっぱりひっぱり、先を急ぐ。気がつくと横穴の一つに入りこんでいた。少しずつ水晶柱は減っていき、やがて白い苔《こけ》が光る細道になった。天井が低い。これほど低くなければとっとと走れるものを。おれは首をすくめ、中腰になって、呻き、毒づき、喘ぎながらよろよろと進む。

その先で三つ又にわかれている。左は突然天井が高くなって逃げやすそうな道、中央は白苔で視界が通っている。一番右は暗く、岩がおおいかぶさるように上から突きだして、這わないとくぐれないほどだ。糸は物語のお定まりで、その最も困難な右端につながっている。

トゥーラは迷うことなく導き糸の示す先にとびこんだ。おれは一呼吸整え、白苔の通路をよろめいてやってくる大々伯父の亡霊——亡霊というにはあまりにしっかりと形を保って、さわれば実在すると信じられそうな代物だが——を一瞥《いちべつ》し、狭く暗い未来にあえて入る勇気を奮いおこし、ええいままよと頭を突っこんだ。意地悪く穴の半ばをふさいでいる岩の下を、ヤモリさながらに這って通りぬける。尖った岩の先が背中にひっかかったが、かまってはいられない。セオルが破けるのを感じつつ、前進を強行して五馬身も這っただろうか。前方の薄明かりが徐徐に大きくなってきた。トゥーラの手がさしのべられ、おれはそれを頼りに這いだすと、ようよう立ちあがった。

灰色石の転がるがれ場が広がっていた。霧を裳裾《もすそ》にして、灰色の山々ががれ場をとりまいている。糸は登り斜面の先につながっていた。

石と石がうちあわさったときに漂う匂いがした。風はなく、静まりかえっている。空も大地も無彩色におおわれている、鳥も飛ばず、せせらぎの一つも流れず、がれ場につきものの硫黄《いおう》の臭いも火の気配もない。

「〈死者の谷〉ヨ」

ダンダンが顎の下でささやいた。

「わたしたち、死んだの？」

「さあ、どうだろう。実感はないいな」

「もしかして、この糸をたどっていくと、〈死者の丘〉に出るのかしら」

「〈死者の丘〉ハズットサキ。〈死者の谷〉ハヒロイノヨ」

なぜおまえが知っているんだ、一度死んだことがあるのかと聞いてみたいところだったが、後ろの穴の方から、ヨブケイシスが呻き、喚くのが響いてきた。おれたちは斜面を登りはじめる。

くぐもっていたヨブケイシスの叫びが、明瞭になった。ちょうどそのとき、頂上についた。そこには生垣に囲まれた庭つき池つきの小さな狩猟小屋が建っていた。生垣は枯れた木ばかり、庭には草花の一本も生えておらず、池に泳ぐべき家禽《かきん》はおろか、ミズスマシの一匹もいない様子。ただ、小屋の煙突からは細々と灰色の煙がまっすぐに立ち昇り、薪の燃える匂いが漂ってきた。それこそは生きる者のいる証《あかし》のように思え、糸端が扉の中に消えていることもあって、おれたちは迷わず押し戸をあけて敷地に入った。

扉が中からあき、顎の細い四十がらみの女がおれたちを招き入れた。

「リクエンシス。トゥーラ。ダンダン。ようこそ」

生垣の縁でヨブケイシスが咆哮した。女は無慈悲に扉を閉め、椅子をすすめた。

室内にはもう一人、女より少し年上の男がいた。彼は小さな円卓と炉のあいだに座を占め、おれたちには挨拶一つせず、鍋の中身をかきまわしていた。おれたちが座ると、女は羽織っていた肩掛けをとり払って椅子の背にかけた。おれは喉がつまったようになって、拳骨《げんこつ》を作って口元をおさえ、もう一度彼女の衣装の袖先と裾に目を凝らした。鮮やかな色糸で施された刺繍《ししゅう》の模様は、まちがえようがなかった。ヨブケイシスを湖の底にひきこんだ、半分髑髏《どくろ》の女。だが今日は、菫青石《きんせいせき》の瞳とすべらかな額と木肌色の髪を持った静かな女性だ。

誰かが階段を登ってきて、扉を叩き、ゆすぶった。小屋全体が傾ぐかと思われたが、男女は平然としていた。

「彼は入ってこられません。ここにいるあいだは安心です」

〈死者の谷〉のどこが安心なんだぁ、とマーセンサスの皮肉が聞こえてきそうだった。

「あなたを見たことがある……ずっと昔、あなたはヨブケイシスをおぼれさせ、おれはできたはずのことをせず、良心の咎めからそれを忘れようとした」

おれにしては珍しくぼそぼそと言った。すると女は目元にかすかな笑いのようなものを浮かべた。

「わたしもあなたを見たことがある。ずっと昔、ヨブケイシスをおぼれさせたとき、彼を救えなかった罪悪感と、彼の死に安堵した罪悪感で、つぶれそうだった。それで、それを忘れた。忘れてよかったのです。忘れなければ、あなたの心は耐えられなかったことでしょう。しかし今、それは戻ってきた。イスリルの魔道師の悪意によってよみがえり、ねじまげられ、再びあなたを害するものとなって。でも、あなたももう十五歳の少年ではない。神々は、やり残した課題を乗りこえる力を貯えるまで猶予を下さった。今のあなたなら立ちむかうことができるでしょう」

「確かに」

と口にしてから、よくよく反芻《はんすう》してみた。そして思わず女を見直した。

「確かに、そうだ……」

女はかすかに首肯し、トゥーラに話しかけた。

「彼の奈落行についてきたあなたも、根は同じ闇を抱えている。相手も経験も別ではあったけれど、乗りこえるべき課題は同質のもの」

トゥーラは瞠目《どうもく》した。

「それは……母のこと？」

「怒りと憎しみについて。なされたことが消えないことについて。癒えない傷について。それから自分の犯した許されざる罪について」

トゥーラは肩をこわばらせた。

「あなたは何者？」

「おれもそれを聞きたい。ヨブケイシスとはどんな関わりがあるのかも」

扉がしつこく叩かれ、枠がゆすられ、小屋中がたぴしといったが、誰も注意を払わなかった。ヨブケイシスが決して入ってこられないことはもうわかっていた。たとえ扉がもぎとられたとしても、彼はそのとたんにうなだれ、決して中を見ることはできないだろう。

鍋をかきまぜていた男が、ようやくおれたちの方をむいた。骸骨に近いと思ったのは、皮膚が薄くはりついているだけだったからだ。頬骨や眼窩《がんか》も透けて見えそうなほどで、鼻も唇も辛うじて盛りあがっている体だった。棺に横たわる死者と違うのは、両目に鬼火さながらの燐光《りんこう》が宿っているからか。

「おれはヒューリー、エレントスの船大工だった」

片手をのばしておれの手に重ねた。女が立ちあがってトゥーラの肩に手をかけた。

「わたしはヒューリーの妻キアラナ、お針子だった」

するとと円卓の下から小さな頭がのぞいた。ヒューリーそっくりの子どもだった。彼と違うのは両目が澄んだ金茶色で、憎しみに毒されていないところか。

「ぼくはネデル、生まれるはずだった息子だよ」

「あんたたちを……ヨブケイシスは殺したのか？」

重ねられた手の下で拳《こぶし》を作り、聞きたくない質問をした。

「彼の卑怯なふるまいが、わたしたちを破滅させたの」

「彼はそのことを決して認めようとしない。だからぼくたち、復讐したの」

「復讐したものの、おれたちも彼も、この〈死者の谷〉から出ることができなくなった」

「〈死者の丘〉へ登る道がわからないの。だから生まれ変わることもできない」

「ぼくたちに何がおこったのか、教えてあげるよ。だからぼくたちを助けて」

「あなたたち二人なら、道を見つけてくれる」

「〈死者の谷〉からおれたちを救ってくれ」

拳の上にかけられたヒューリーの手にぎゅっと力がこもった。するとそこから紫電《しでん》が入り、目蓋の裏ではじけた。キアラナの声が頭の中に響いた。

「わたしはエレントスの町でお針子をしていた。お腹にはこの子ネデルがいた。ある船主のお宅に縫い物を届けたとき、ヨブケイシスの目にとまってしまったの」

エレントスの町はナランナ川が〈北の海〉に注ぐ河口の港町だ。造船と漁業で成りたっているその町並みが目の前に広がった。深い海がナランナ川の水とまざりあい、翡翠《ひすい》のような色合いを醸《かも》している。三角屋根の家々は皆背が高く、窓は小さく、北風からの影響を最小限にする工夫がなされていた。潮の香りと魚の臭いがしたと思ったのは気のせいだろうか。

キアラナは黄色にぬられた漆喰《しっくい》壁の家の階段を登り、飾り彫刻の施された扉をくぐり、贅沢《ぜいたく》な調度品のそろった客間に通された。白と桃色と薄緑の花模様の詰め物たっぷりの長椅子には先客が座っていた。家の女主人は先客のことなど眼中になく、キアラナの持参した縫い物を広げて歓声をあげた。それは、もうじきできあがる新しい船の進水式に着る衣装で、派手すぎず上品に仕あげており、女主人は大層気に入ってくれた。約束の銀貨に銅貨を数枚余計につけて、次に頼むときにもあなたにお願いするわと言ってくれた。

キアラナもこれで生まれてくる子の産着や揺り籠が用意できると有頂天になった。奥様とのやりとりのあいだじゅう、先客の船乗りらしい年配の男の、粘つく視線が気になったものの、それを背筋ではねかえして部屋を出た。出口ですれちがったこの家の主人が、先客に呼びかけるのが聞こえた。

「待たせたな、ヨブケイシス」

「また厄介になりますわ。ところで今のは、誰です?」

「ああ、あれはうちの船大工のかみさんで――」

屋敷の外に一歩出れば、もうその男のことなど忘れ去った。市でおいしいものを買って帰ろう。ここのところ新しい船のために夜遅くまで仕事をして、疲れている夫のために、高い肉でも買っていこう。喜ぶあの人の顔が見たい……。

「それから何日かするうちに、わたしはしょっちゅうヨブケイシスと会うようになった。市で買物をしていると話しかけてきたり、夕方の通りで両腕に女の人を抱いたまま大声で呼んできたり。はじめは少し変だと思った程度だったけれど、そのうち荷物を持ってあげようなんて言いだして。御近所のおかみさんたちが指さしてひそひそ話をするようになったの。それで思いきって、わたしは人妻であなたに特別な気持ちなど抱いていない、むしろ迷惑だからもう来ないでと言いわたした。そうしたら彼、びっくりしたようにとびのいて、おれだってそんな気はなかった、ただ親切心からだったのだと弁解したわ。もしかしたらわたしの勘違いだったかもしれない、と思わされるほど上手に言ってのけた。それでも、噂が大きくなるのは嫌だったから、きっぱりと、わたしの前にあらわれないでと言ったのよ」

ヨブケイシスは塩をかけられたナメクジのようにちぢこまり、姿を消した。――しばらくのあいだは。

「二月くらいして、ヒューリーがほろ酔い気分で帰ったとき、ついてきた友人の中に彼の顔を見つけて、頭を殴られたように感じた」

「ココツコ島から戻った船乗りの連中と一緒に呑んだのだ。おれとヨブケイシスは初対面だったが、彼の話し上手についひきこまれて、なぜかうちのかみさんを皆に紹介するってことになったんだ。キアラナとケイスのいきさつなど知らなかったしな」

「彼はココツコ島に生える薬草や出没する化物の話をおもしろおかしく語って、仲間うちでも人気者になっていた。わたしは知らないふりをして、彼が帰ってくれることだけを祈った」

「彼もキアラナのことに直接ふれはしなかった。ふれるときは他の仲間が挨拶がわりに聞くのと何ら変わりなかったよ。彼は飲み仲間の一人にすぎないし、キアラナに執着しているなんて考えもしなかった」

「わたしが話していれば……事態は変わっていたかもしれない」

いや、とおれは首をふった。

「ヨブケイシスは自分が中心でなければ気がすまない男だった。そしてなんでも支配できると感じていた。すべての人が自分の言うとおりになるべきだってね。たとえあなたが旦那さんに相談していても、彼は変わらなかっただろう。だって……ほら！　〈死者の谷〉に堕ちても、あの調子だ」

おれたちはしばらく、扉が叩かれる音を聞いた。二呼吸してからヒューリーが話をつづけた。

「あるとき、新しい船の話題になった。船乗りたちは建造中の船を見たがり、船大工たちはおれも含めて、自分の手がけた作品を自慢したいと思っていた。それで、彼らが造船所にやってきて——冬に入っていたから次の航海に出るまで船乗りたちは暇をもてあましていたしな——組みあがったばかりの甲板やら船底やらを見てまわった。そんなことって、一生に一度あるかないかなんで、見る方も見せる方も興奮したよ。気難しい親方でさえ相好を崩して説明するくらいだった。彼らが帰ったあとも、おれたちは胸を張って仕事をした。日が暮れてしばらくすると、親方がもう上がれと声をかけた。他の皆は後始末の当番だったおれを残して先に帰った。

おれは明日使うはずの瀝青《れきせい》の樽やら刷毛《はけ》やら油布の準備で甲板を往復していたから、ヨブケイシスが一人で戻ってきたのにすぐ気づいた」

ヒューリーに見咎められたケイスは、彼と一緒に呑もうと誘いに来たのだと言い、待つあいだもう一度船を見てまわってもいいかと尋ねた。ヒューリーは許可し、ケイスは下げてあったカンテラを一つ持ってあちこち見学していた。ヒューリーが仕事を終え、姿の見えないケイスをさがしまわると、彼は船底に立ちつくしていた。その前では帆布が炎をあげていた。

『何をやってるんだっ』

『お……おれじゃないっ。つまずいて転んで……でも、おれじゃないんだっ』

帆布の上に割れたカンテラが横たわっていた。ケイスがつまずいたとはとうてい考えられなかった。カンテラの油が帆布にこぼれ、火はどんどん大きくなるばかり。ヒューリーはあたりを見まわしたが、建造途中の船底に水樽などあるわけもなく、ただ駆けよってまだ火のついていない帆布で叩くことしか手段はなかった。

ヨブケイシスはそのあいだに甲板に駆けあがり、火事だ、火事だと絶叫しながら遠ざかっていく。

煙と煤《すす》にまみれ、頬と腕を火傷しながらも、何とか消しとめたとき、人々が階段を駆けおりてきた。ヒューリーは熱に曲がったカンテラの縁を凝視しながら、これはケイスの故意だったのだろうかとぼんやりと考えていた。

人々をおしわけて親方が、これは一体何の様《ざま》だ、と鋭い問いを発した。即座にそれに答えたのはケイスの声だった。

『ヒューリーでさぁ』

言われたことがすぐに理解できなかった。大きく息を吐いた直後に、再び声が言った。

『ヒューリーが、カンテラを落っことしちまったんで。何かにつまずいて、そんで火が燃え移っちまった。おらぁ、見てましたぜ』

「……あとはもう、無茶苦茶だった。ケイスは声高にとうとうとおれのせいだとくりかえし、おれは必死で違うと叫んだ。問い返しとこづきあいがつづき、……気がつくと、ふらふらと一人家にむかっていた」

ヒューリーは両手で顔をおおい、むせび泣いた。キアラナがあとをひきとった。

「結局、火を出したのは誰か、うやむやになったけれど、この人は船大工をつづけられなくなった。事件当初の喧騒はおさまっていったけれど、ぼやを出した船大工という噂はたちまち広がっていった。親方にもう来なくていいと言われ、町中の人から罵倒《ばとう》され、石や野菜屑が飛んできた。わたしの仕立て仕事も数が減っていき、食うや食わずの日々の末、この人は海に落ちて死んでしまったの」

数日後、漁師の網にからまってひきあげられた彼の遺体を確かめたのは、ヨブケイシスだった。験《げん》の悪いその網をゆずりうけたのもヨブケイシス、葬式の費用の寄付を呼びかけたのも彼だった。

「生きているあいだ、目も合わせず口もきかなかった人たちが、葬式にだけは参列した。罪ほろぼしにね。そのうちの一人でも、わたしたちによりそってくれていたら、こんなことにはならなかった。わたしはずっと泣きっぱなしだったけれど、流した涙の半分は悔しさからだった。そして思ったの。わたしは絶対死ぬものか、お腹の子のためにも、絶対生きぬいてやるって」

冬も終わろうとするある晩、船大工の親方が訪ねてきて、暮らしの具合を尋ねた。夫の死によって同情心がわいた商家のおかみさんたちから仕立て仕事を頼まれ、細々とだが何とかやっていると答えると、いい話があると切りだした。

『おまえさんを腹の子ごと、面倒を見てくれるってやつがいてな。食うに困ることはなくなるし、赤ん坊も心配なく育てられる。どうだい、考えてみちゃ』

「わたしは一人ででも生きていけるって答えた。ヒューリーが亡くなっていくらもしないうちに、どうしてそんな話をもってこられるのか、親方にも腹がたった。喚きちらすわたしをなだめて、親方はとにかく会ってみてくれと言ったけれど、親方にとっても気乗りのする話ではなさそうな口調だった」

会うつもりはないと答えたにもかかわらず、その人物はもう扉の外で待っていた。親方が脇にどくと、ずかずかと上がりこんできた。

「もうおわかりでしょ？　ヨブケイシスだったわ。恥知らずにも傲然として、いかにも養ってやるってふうに肩をそびやかしていた。そのとたん、わたしのここで」

とキアラナは両手を目尻の上にひらめかせ、

「真っ赤な火花がはじけた。気がつくと、手当たり次第に物を投げつけていたわ。親方とヨブケイシスはほうほうの体で逃げだしていった。あのときだけが、唯一、胸のすっとする瞬間だった」

ところがヨブケイシスはあきらめなかった。ヒューリーの船大工仲間が毎晩一人、二人とやってきて彼女を説得しようとした。彼女の数少ない女友達もそれに加わった。どれだけ嫌な相手でも、今の暮らしよりいい暮らしができるのなら、我慢すべきだと、仕立物をおさめるおかみさんたちも口をそろえた。

「誰も彼のしたことにはふれず、彼の本性に気づいていなかった。わたしは世間なんてそんなものかと愕然とした。なぜみんな、根っこにあるものを見ようとしない？」

「上辺だけのいい暮らし。それを手に入れるには、ヨブケイシスの心の中にあるものをのぞいてはならなかったのだろう。皆、本能的にそれを感じて、目をそらしたんだ」

ヒューリーがようやく両手を顔から離し、うつむいたまま呟いた。

「おれたちはのぞいてしまった。だからここにとどまっているのかも」

「町中がわたしに迫ってくるようだった。このままここにいたら、息がつまって死んでしまうと思った。わたしはある朝町を出た。ナランナ川沿いに遡《さかのぼ》り、森の奥かどこかで一人で暮らそうと思った。その方が町にとどまるよりましだとそのときは思ったの」

昔の街道を歩いていると、船着き場に出た。向こう岸に渡る船があった。向こう岸には街道のつづきが白々と陽に照らされていた。雪どけがはじまっており、流れは急だったが、船頭は巧みに櫂《かい》を操り、淀みのできた岩陰まで難なく船を運んだ。渇水期には中洲もありそうな川の中央だった。

『どうだい、キアラナ。このまま流れに任せて海に出て、エレントスに戻ろうじゃないか』

舟首に立っていた船頭がふりかえった。ヨブケイシスだった。

『おまえはどこにも行けねえよ。一人じゃ何にもできねぇ女だ。おれが養ってやる。おれは小金も貯めてるし、いざとなりゃローランディアの親類筋に預けてある土地と館をとり戻せばいい。おれが子どもを育ててやるし、一生何の心配もないようにしてやるぜ』

キアラナは舟の上に立ちあがっていた。おい、危ねえ、座れよ、と慌てるヨブケイシスにつかみかかった。小舟はあっけなく傾き、二人もろとも水中にひきずりこまれた。

「水飛沫があがって、春先の陽がまるで針のように輝いていたわ。流されていくとき、わたしはヨブケイシスの襟を握りしめ、絶対に放すまいと思った。冷たく激しい流れだった。泡と水流が息をさらっていった。それでも、この子をこんな男に渡すよりは死の方がましだと思った。こうなったらこいつを道連れにしてやる。わたしたちに破滅を運んでおきながら、しゃあしゃあと善人面をしているこいつを。まるで自分がなした悪事を忘れてしまったかのようにふるまっているこいつを」

おれは溜息と共に首をふった。

「ヨブケイシスは忘れたんじゃない。自分は闇など持たない完璧にすばらしい人間だと思っていた。だから影がさせば顔をそむけ、罪悪感が頭をもたげれば踏みつぶし、自分より上だと思う相手があらわれればおとしめるか無視するかするんだよ。彼にとって人は支配できるか否かで分けられる。敵か味方か。上か下か」

奔流にもまれる中で、ヨブケイシスは必死にもがいた。長年の漁師生活、泳ぎは得意だったが、しがみついているキアラナが邪魔だった。彼女の指を剝がそうとし、彼女の腹を蹴った。

「それでもわたしはあいつを放さなかった」

ケイスは腰の短剣を抜いて、やみくもに振りまわした。幾筋かは彼女に当たり、そのうちの一つが偶然、首の血管を切った。

「力がぬけていくのがわかった。濁流の渦の上にあいつが浮かんでいくのが見えた。そうしてわたしは死に、ここへたどりついたの。憎悪と憤怒がヒューリーを呼びよせた。わたしたちは骨と化しながら、あいつへの復讐を果たしたはずだった。なのに――」

「なのに、二人共〈死者の丘〉を登ることができずにいる。ひきずりこんだヨブケイシスと一緒に」

「わたしたちもよ、エンス」

トゥーラが思いださせてくれた。

「彼をどうにかしなければ、わたしたちもずっとここにいるしかなくなるわ」

トゥーラと二人なら、〈死者の丘〉さえ喜んで登ろうと思ったが、ヒューリーとキアラナの手前、それは口にしてはならないことだろう。

それにしても。ヨブケイシスがよもやそんな悪行をなしていたとは、露知らず。おれは頭を抱えた。わが祖父母、両親のみならず、赤の他人にまでなんて酷いことを。扉を叩きつづけているあいつの襟を鷲づかみにして、激しくゆすぶってやりたい。恥を知れ。どれだけ周りを不幸にすれば気がすむのか。あんた一人の欲望のせいで、みんなが犠牲になるなんて、申し訳ないと思ったことはないのか。

「……。思うことはなかったのだろうな……」

そんな自省の念が一欠片《かけら》でもあれば、この夫婦の不幸は回避されただろう。イスリルの魔道師の闇をひきよせることもなかっただろう。おのれの足元にのびる影をおのれのものと認めないがゆえに、悪意の網がからみついているのだから。

悩んでいるとダンダンが円卓の上に降りたった。ネデルが笑い声をあげた。笑い声は光の玉になって宙に浮かび、ダンダンが口をあけてそれを呑みこむ。頭の上から背骨を通って尻尾の先まで金色の光がゆっくりと動く。ダンダンは満足げに喉を仰向けた。

「マンゲツノイシヨリオイシイノヨ」

「〈死者の谷〉で唯一の光だな」

ネデルが蜥蜴に手をのばすのを見つめながら応じた。まったく無邪気。余計な俗塵を浴びていない、つまりは考えることも学ぶこともない、ある意味では無。忘却に近いか。

ネデルが両手で蜥蜴をつかみ、ダンダンは少し手をゆるめてくれと尻尾をばたつかせる。ネデルは再び笑い声をあげ、白目をむいた蜥蜴を放す。

ヨブケイシスに闇を認めさせるのは至難の業だろう。なにせ何十年もそうやって生きてきて、化物となった今ではますます凝りかたまっているに違いない。しかしもし認めさせることができたらどうなるか。万に一つもない可能性だが。もしそうなったとしたら、しっかり自己を再構築して〈死者の丘〉を登れるようになるかもしれない。——おれの直感は、そんなことは最もありえない、と告げていたが。あの大々伯父が、今さら変われるとは思えなかった。彼の行くべき道は、ほぼ定まってしまっている。さらなる淵に落ちて二度とよみがえらないか、さらなる化物に変化して、それこそソルプスジンターのようになるか。

おれの気分としては、そうなってもいっこうにかまわなかった。自業自得。あんたはあんたの道を行けばいい。だが、それではおそらくだめなのだろう。おれとトゥーラが生きながらにして〈死者の谷〉にやってきた意味は、そこにあるのだろう——まだ死んでいない、と思いたい。リコをおいて死ぬことはできない——。今のおれは、ヨブケイシスを見捨てても何ら良心の呵責《かしゃく》なぞ覚えない。だからこそ、手をさしのべなければならない。気がつくと、選択の分岐点はすでに後方に通り過ぎていた。

「ならば、はじめるか」

「ダ……ダンダンモテツダウノヨ」

「おう。おまえが頼りだ」

トゥーラが近づいてきた蜥蜴に若干身をひきながらも、何をするのかと尋ねる。おれは立ちあがってダンダンの頭をなでた。

「この子の力を借りるのさ」

11

トゥーラに百発百中の矢を三十本も用意してもらった。おれはその一本一本に紐を結わえつけた。細い金の糸三本をよったものだ。〈死者の谷〉は生と死の中間地点にあり、おれとトゥーラとダンダンは生者でありながら生身とは言い難い。それゆえだろうか、考えたものが次々にあらわれてくる。便利だ。

仕あげにダンダンが金の光を一つ一つの結び目に吐きかけた。トゥーラはそれらを箙《えびら》に入れて背負い、短弓を手に雄々しく立った。朱金《しゅきん》色の籠手《こて》をはめ、いつでもはじめられるとおれに合図する。

ダンダンを首に巻きつけたおれは、大蛇とも見まごう太い斑《まだら》の紐を両手に渡し持っている。本来紐というものは、物をまとめて縛《ばく》しておく役割のものだ。これもそうした力を太さにふさわしいだけ有している。

おれたちはヒューリーとキアラナの小屋の裏口からそっと外に出た。ないと思っていた裏口も、そう望めばすぐにできあがる。かといってすべてが叶うわけでもないらしい。蠟燭《ろうそく》の灯りや暖炉の火はあらわれても、秋の陽射しや春の花畑は望むべくもない。一体どういう法則なのか、じっくり研究する気にもなれない。〈死者の谷〉では、なぁ。ともかく今必要なものさえ手に入れればそれでよしとしなければ。ひどく刹那《せつな》的だが、未来も過去も意味を持たないこの場所では仕方がない。

がれ場の石を下手に踏んで転倒しないように注意しながら、大きく小屋を迂回して、扉を叩きつづけているヨブケイシスの背後に出た。三馬身ほどしか離れていない。近すぎる。彼に背をむけてさらに距離をおく。静かに、できるだけ気配を消して、ゆっくりと。やっと七馬身くらいのところで、おれが物音をたてた。爪先で小石をちょいと転がしてしまった程度だ。だが、さすがは化物、すぐにふりかえった。

——ちっ。あれだけ自分で物音をたてているくせに、どうして小石一つ蹴とばした音が聞こえるんだ?

マーセンサスの嫌味たっぷりの口調が聞こえてくる。おれは駆けだしながら、トゥーラにも、走れ、と叫ぶ。トゥーラはまるで兎《うさぎ》だ。小高い丘の上にあっというまに駆けあがり——地形もやはりおれたちの意思を反映してはくれないらしい——短弓に矢をつがえた。こけつまろびつのおれは、遠慮しないでどんどん射て、と形相険しく怒鳴る。

風を切る矢羽根の音が次々に聞こえた。つまずいたついでに肩越しにちらっと見れば、人形《ひとがた》をした網状の黒いものは、少しもひるむことなく近づいてくる。網糸の交差する場所には、矢が見事に刺さっている。五、六本か。と見ているあいだにも、たてつづけに数本が刺さり、化物はその一瞬だけ動きを止める。

「エンス、走ってっ」

トゥーラの金切り声と共にさらに矢が飛ぶ。おれは大股に斜面を駆けあがる。太腿の筋肉が痛みはじめ、足の下では危なっかしく小石が転がる。ほとんど両手も使った最後の数歩だった。トゥーラの足元に這いながらふりかえると、化物は三馬身まで迫ってきていた。身体中に矢がつき刺さり、毛虫さながらである。

トゥーラが最後の一矢を放ち、化物の眉間に当たった。おれはダンダンを岩の上におろし、呪文を唱える。縛の呪文を逆さから読むので、少しばかり頭を使う。舌を噛んだらやり直さなければならないが、その余裕はなさそうだ。一発勝負、腹を据えて一言一言はっきりと三文節、最後にヨブケイシスの名を唱え、ダンダンに合図を送る。

ダンダンは呪文がやつに届いた瞬間、口から金の炎を吐いた。少しも熱くない光の炎が、一馬身まで迫ったヨブケイシスを包みこむ。

トゥーラの矢三十本に結びつけた紐が鏡の破片のように輝き、豆がはぜるのと同じ音をたてて燃えあがる。それは交差している網目をも溶かしていく。縛の呪文の逆は、解放。互いにからまりあっていた糸と糸が溶けて、網は次々にほどけていき、黒い残骸となってヨブケイシスの足元に落下する。するとヨブケイシスの身体がどんどん縮んでいく。力を失った彼は本来の姿に変わっていく。卑小な黒いかたまりに。

網の残骸の方は、ちかちかとまたたきながら、地面に吸いこまれていく。ヨブケイシスがお

れの膝丈ほどの黒い人形に縮んで、

「おれじゃない、おれじゃない、おれじゃない」

とくりかえし甲高く叫んでいるあいだに、地面にはただ一つの漆黒《しっこく》の薄片だけが残った。それは小さな短剣の刃のようでもあり、ミズナラの葉のようでもあったが、トゥーラの矢をひらりとかわしたかと思うや、反転して襲いかかってきた。薄片に口が生まれた。牙《きば》が生えている。おれは大蛇の紐を打ちふるったが、やつは器用に身をかわし、トゥーラめがけて突っこんでいく。トゥーラは丘の反対斜面に飛びおりて難を逃れる。その手から短剣が舞い、やつをかすめた。ぎゃっ、と叫んだそいつは地面にあっけなく落下した。

いつのまにか、おれの手には剣が握られている。突き刺そうとすると、硬い石の手ごたえのみがあった。耳の後ろに殺気を感じて身体をひねる。牙の嚙みあわさる音がかすかに響いた。トゥーラの矢を余裕でかわし、かわした体勢のままおれに突進してきた。とっさにかざしたのは金の霞網《かすみあみ》。やつは小鳥のようにからまり、一旦上空に飛びたとうともがいてから地面に落下した。そこを再び剣で突こうとしたが、もうそのときには姿がない。

おれたちが思いのままの道具を取りだせるように、やつも自在に姿を変えられるのか。厄介だな。と思っているあいだに、漆黒のかたまりが飛んできた。思わず頭を伏せたが、額に小石が当たったような感触があった。一滴の血が眉間を流れ落ちる。

金属同士がこすれあうような音が聞こえ、おれは半ば転がるようにしてトゥーラのそばに逃れた。それは次なる攻撃の音ではなく、やつが宙に浮かんでけたけたと笑う声だった。ひとしきり笑って、口の周りをなめるのは、あれは、舌か。赤黒い粘性のものがうごめいている。

「血の力」

そいつの声はきしむ蝶番《ちょうつがい》に似ていた。トゥーラが身ぶるいした。

「血の力。もっとよこせ」

ミズナラの葉のようであった薄片に、翼が生えた。二本の鎌さながらの。と認めたとたん、再びおれの額を狙ってきた。金の霞網を再び張ったものの、鎌の翼は易々とそれを断ち切り、右眉の上を裂いていく。血があふれて、目に入りそうになる。片手で払っているうちにも、そいつの襲撃がつづく。トゥーラが蜂を追うように、セオルをはためかせてくれなければ、左目を失っていたかもしれない。

やつは上空で勝利の声をあげた。

「血の力。もっとよこせ」

吊りあがった赤い目があく。頭のてっぺんには鶏冠《とさか》状の突起が隆起しつつある。どこかで見たことがあるぞ。ああ、そうだ、ライディネスとの攻防で、エイリャが化けたソルプスジンターだ。おれの血がそれほどのものを作りあげるとは、本人もびっくりだ。

いやいや、感心している場合ではない。ちょっとまずい。ひどくまずい。無敵の化物に変化するなんて、反則じゃあないか。おれも竜になれればなあ。ソルプスジンターに対抗できるのは、竜くらいなものだろう。

と考えた直後、やつの横っ面を鉤爪《かぎづめ》が襲った。激しくぶつかりながら鋼の翼を剝ぎとばした。

「おお、ダンダン！」

歓声をあげた。だが、あれは本当にダンダンか？　それほど大きくはないものの、身体つきはまるっきり竜だ。身体に比べて翼の大きいことといったら。トゥーラの半分はあるぞ。

ソルプスジンターの小型版は制御を失ってきりきり舞いしている。それを鉤爪でがっしりとつかみ、大きな翼を羽ばたかせて強風を起こしながら口をあけ——ちらっと見えたその牙は鋭く大きく、しかも二重になっていたような——、盛大な黄金の炎を吐いた。

悲鳴が金属のきしみのように轟《とどろ》き、竜の爪のあいだから、木っ端に戻った黒い薄片がすりぬけていこうとした。それをトゥーラの矢が貫く、と思った刹那、ひゅっと音をたてて再び舞いあがり、あっというまにどこかへ逃げていった。

「魔道師の悪意は逃がしてしまった」

珍しくトゥーラが悔しさを露《あらわ》にした。おれも大きな吐息をついた。大蛇の紐を持ち直しながら答えた。

「またまみえることもあろうさ」

「あのとき仕留めていればって後悔しなきゃいいんだけれど」

「大丈夫だ。おれには後悔なんてないから」

トゥーラはやっとくすっと笑った。爪先で、よろめいているヨブケイシスを示し、

「じゃあ、あれは何？」

「あれか？　あれは……後悔のなれの果て、かな？」

おれは斜面に一歩踏みだした。おれじゃない、をくりかえしていたヨブケイシスは砂利の音にびくっとして、

「おれが悪いんじゃない、おれはそんなに黒くない、おれはそんなことしない」

と新たな言葉をつかいはじめた。

「ずっとそれを言いつづけるのも大変だろう、ケイス」

さらに一歩近づく。事ここに至って、おれの中にはなお彼に対する恐怖があった。もはや彼には何の力もないとわかっていても、この恐怖はふさがれることのない傷口にそって瀝青《れきせい》のようにこびりついているのだ。致し方あるまい。神経過敏な少年期の、闇の証《あかし》として抱えつづけるしかない。

気力をふるいたたせて大蛇の紐をやつに近づける。できることならさわりたくはない。呪文を唱えつつやつの身体を一周させて交差結びにし、飛びのくように離れた。彼をそのまま〈死者の丘〉にひっぱっていくつもりだった。

すると肩にダンダンがとまった。目をしばたたいてからまじまじと見ると、大きさはもとに戻っていたものの、翼は生えたままだ。重みは変わらない。いや、前より軽くなったか。

「ダンダン、テツダッテアゲルノヨ」

大きく息を吸いこむ。膨れた腹の中で光がまたたく。上下にわかれた顎には、純白の牙が八本。と見てとった直後、金の炎が噴きだし、大蛇の鱗《うろこ》に当たって、また豆のはじける音をたてた。すると大蛇の紐は結び目をほどき、口をあけた。

まてまてまて。あれは紐にすぎないぞ。決して本物の大蛇ではない——はずだ。

と、実際口にしたのだろう。トゥーラが隣におりてきて、首の骨を鳴らしながら言った。

「今さらそういうことを言うの？」

大蛇はヨブケイシスをひと呑みにした。終日不動であった蛇が、ネズミがとおりかかったとたんに襲いかかったのを見たことがあるが、あれより素早かった。目にとまらぬ速さで頭から呑みこんだ。ヨブケイシスも猫ほどの大きさに縮んではいたのだが。

蛇は頭の後ろに大きな袋を作ったような恰好になった。鱗を金に光らせながら小屋の方へと下っていく。もう彼の泣きごとめいた弁解は聞こえない。彼の存在の証は大蛇の瘤《こぶ》だけとなった。

ダンダンはおれの肩の上に丸くなった。翼をどこにしまったのか横目を使って確かめようとしたが、見つけることはできなかった。トゥーラに肘をとられるようにして大蛇のあとを追うと、ヒューリーとキアラナが待っていた。生垣も小屋も跡形なく、彼らの背後には延々と黒い筋のような道ができていた。〈死者の谷〉にあらわれる影の道。たどっていけば〈死者の丘〉に至るという。

二人に合流すると、誰からともなく影の道に進んだ。二人の息子のネデルは風のように先に行ってしまったのだとわかっていた。彼は両親を思いやってとどまっていたにすぎない。現世のしがらみも穢《けが》れも知らない魂は光より速く去ってしまうのだろう。

ヒューリーとキアラナの足取りも軽かった。彼らは大蛇を従えて、一歩ごとに立ち昇る影の煙にも妨げられることなく、黒い道を歩んでいく。一方おれたちは一馬身進んでは立ちどまり、耳元でささやく煙の言葉に聞きいり、昔、犯したあやまちを一切の弁明なく承認しなければならなかった。

――十一の年に家族をヨブケイシスの手に残したまま出奔《しゅっぽん》した。

そうだ。確かに。

――十二の年に〈神が峰〉の宝物庫から〈炎の玉髄《ぎょくずい》〉を盗みだした。

盗みを働いた。正しく。

――十四の年に、脅されたとはいえ、人を騙し、裏切り、おとしめ、泥棒となった。

子どもとはいえ、してはならないことをした。

――十五の年に、大々伯父が死ぬのを見殺しにした。

一番苦いはずの糾弾《きゅうだん》が、思ったよりは辛くなかった。あの湖の場面がよみがえったが、まるで他人の目を通して見ているようだった。そうだ、助けようと思えば助けられたはず。ケイスの死を望んでいたことに違いはない。彼の死後も、生涯残る心の傷をつけたその存在に対して、恨みと憎しみを抱えている。

そのあとも、おれが犯した罪の数々、頭を抱えてうずくまりたくなるような恥ずべきことごとくを、一つ一つ認めていった。トゥーラも同様だった。かつて、平然と人を殺めた経歴のある彼女は、おれよりもはるかに辛そうだった。歩みが遅くなり、冷汗をかき、すっかり青ざめて、それでも一つ一つを認め、呑みこみ、次の一歩を踏みだす。おれは彼女の横に立ち、腕を支え、目で励ました。

それは決して裁きなどではなかった。おのれの意思で認めるか否かだけ、だった。幼かったから、とか状況が状況だったから、などの弁解に対しても、一切斟酌《しんしゃく》を許さない厳しい選択ではあったが、だからといって誰かから裁かれるとか、糾弾されることではなかった。あくまで自分が選ぶこと、その選びようによって罰のあるなしが決まるということでもなく。

選ぶのは大変だった。でも、だけど、あのときは、そうは言うが、とつい弁解したくなるのをこらえて、認めるのは。しかし認めると、影の煙はうっすらとほどけた。ほどけたものは呼吸に従っておれたちの胸に入り、銀の光の粒子に変じて身体中に広がっていった。すると力を得たように感じ、次の一歩を踏みだすことができるのだった。

やがてようやく、〈死者の丘〉の麓《ふもと》にたどりついたとき、おれたちは銀の光が落ちついて心の奥深くに漆黒の煤《すす》となって沈殿したのを確信した。それはずっと抱えていかなければならない澱《おり》であり、ときとしてかき乱されれば再び浮上するものではあった。だが、それが生きるということなのだろうと悟った。

〈死者の丘〉は墳墓のように円く、霧に囲まれていた。道筋の両側に鬼火のような灯りが点々とつづいていた。緑の燐光《りんこう》を放ったり、極光の黄や橙《だいだい》に変わったりとにぎやかな様は、とても〈死者の丘〉とは思われないほどだった。

登りきってしまったのだろう、ヒューリーとキアラナの姿はすでになかった。おれとトゥーラは腕を組み、微笑みをかわし、登り口に踏みだそうとした。

と、突然目の前にうっすらと人影があらわれて問い質してきた。

――〈死者の谷〉から来たのに生気をまとっている、あなたたちは誰？

肩から上しか見えず、微風にゆらぐその姿は少女のようだ。おれたちは名乗ったが、彼女は首をふった。

――何者かを聞いているのよ。

数呼吸、沈思黙考。名ではない。何者か。

「おれはテイクオクの魔道師で――」

――肩書き、職業、そうしたものではないの。あなたの本質は？　わたしは護り、導く者。あなたは？

おお、そういうことか。ならば簡単。

「おれは結ぶ者。ときとして解きほぐす者、かな？」

――結び、解き放つ者。

少女は言い直して、納得したように頷く。

――それで、あなたは？

「わたしは……」

トゥーラも目をしばたたいてしばらくのあいだ考えをめぐらし、

「わたしは願う者……？　観察し、推測し、計算し、確かめる者？……わからない」

と悲しげに顔を伏せた。すると少女が柔らかく断じた。

——求める者。探求者。歩みつづける者。

トゥーラが顔をあげた。

「探求者……確かにそうだわ！」

——この丘を登れば、死をうけいれ、生まれ変わる準備をすることになるの。次に生まれ変わったら、あなたはどうしたい？

「おれはやっぱり魔道師でいたいなあ」

——闇を呑んでも？

「おう。闇を呑むことこそ階《きざはし》を一段上がることだ」

——あなたは随分人の生命を奪ってきたようね。生まれ変わっても人殺しをする？

トゥーラにはきつい問いだ。一瞬ひるんだかのように瞳孔《どうこう》が広がったが、直後には胸を張っていた。

「大切な人を護るためなら、わたしは何度でも弓を射るし剣をふるうわ。そういう世の中であれば」

——あなたも闇を呑むのね？

「覚悟はできている」

トゥーラはそう言っておれを見あげ、にっこりと笑った。大した女だ。

——それでは、生きながら〈死者の谷〉の影を歩いてきた人たち。今度来るときは、まっすぐここに来ていいわ。そのときを楽しみにしている。さよなら。

何のことだ、ととまどっているあいだに、ダンダンが薄目をあけて勝手に返事をした。

「サヨナラ。ミチビクモノ」

誰かが――〈死者の丘〉の数倍の大きさの手を持つ者が――刷毛《はけ》で周囲を一なでした。一瞬だけ突風が吹き、直後におれたちは花咲き乱れる野原に立っていた。韶光《しょうこう》まぶしく、鮮緑にあふれ、草の匂いと乾いた大地の香りに満ちていた。呆然としながらも、光とそよ風にひたっていると、

「モドッタノヨ」

とダンダンが言った。

「戻ったって……ここは一体どこだ？」

「エンス……あそこ！」

トゥーラがひっぱるのに合わせて向きを変えると、はるか南西方向に薄雲を背負った〈死者の丘〉がほんの少し盛りあがりをみせていた。現実の〈死者の丘〉は、ロックラント州にある。ということは、

「ここはロックラントのど真ん中、か」

「日にちも随分たっていない？　わたしたち、雪どけ時《どき》にいたはずよ」

おれは呻《うめ》いた。オルン村に帰るには、ロックラントの半分とキスプを横断しなければならない。いい季節になったとはいえ、野宿の旅をつづけて一ヶ月以上かかるだろう。

ダンダンがいきなり翼をひらいた。また身体が大きくなっている。羽ばたいて舞いあがり、

宙返りを二度三度くりかえしたあと、シャラナの声で叫んだ。

「リクエンシス！　ヤットミツケタ！　カダーガタイヘン、ハヤクキテ！」

おれたちは顔を見合わせた。

「いやぁ……早く来いと言われても……」

「わたしたち、ロックラントにいるらしいの」

「カダーデマツ。エミラーダサマガタイヘン。アナタガヒツヨウナノ！」

そう言うだけ言うと、蜥蜴《とかげ》は落ちるようにおれの腕の中へ。大きく息を吐いて目をつむってしまった。

「こりゃあ……行くしかないか？」

溜息まじりに尋ねる。

「この花畑でしばし休憩、というわけにはいかないかあ」

トゥーラも息を吐いて肩を落とした。

「間にあうかどうか……そもそも何がおこっているのかもよくわからないのに」

ダンダンがもぞもぞと首の周りに戻って呟いた。

「イクノヨ。ハシルノヨ。サアガンバレ」

トゥーラがその鼻先に顔を近づけて毒づいた。

「この、竜のなりそこない。首、絞めてあげようか」

「タンキュウスルモノ。ミチサガスノネ」

トゥーラはダンダンの首の周りに両手をまわすふりをして、——これは大した進歩だ——次におれを見あげた。

「行くのよ。走るのよ。さあ、がんばろ」

12

月を戴く白き塔群　純白であれば
この世の栄え　約されたり
新月の影　落ち来たりなば
こを止めるは　至難の業
されど　大地の瞳と　時が重なりたれば
身を焼き　引き裂かれ　消滅する覚悟の瞳と　重なりたれば
あるいは　止めることかなうやもしれず
――バーレンの大予言　第一九四章
エミラーダの解釈による

薄青の空にゆったりと鷹が舞っている。上昇気流に乗って高処へ高処へとあがっていく。乙女のときが短いように、若い春もせっかちで前しか見ていない。青ブナの赤い新芽はあっというまに鮮緑に変化し、白黒だった山々は今やにぎやかに彩られている。

この変化についていくのが年をとるごとに大変になってきているわ、とエミラーダは気がつく。柔らかい風やほのかな花の匂いを楽しむ暇もありはしない。もっと年をとればゆっくりと季節を楽しむことができるようになるだろうか。それとも、周囲への興味が失せて、何も感じなくなってしまうのだろうか。あるいは欲に鷲づかみにされ、失いつつあるものにしがみつこうとするのだろうか――パネー大軌師《だいきし》のように。

名を呼ばれて踵《きびす》をかえす。大天幕の下には各部署からの責任者が集まりつつある。カダーをはるかに見おろす台地の上に、ライディネスは本陣をおいて総攻撃の戦略を練っていた。カダーの町を囲むように、彼の腹心の部下率いる軍が小高い丘や小山や峠に待機して、機を待っている。

昨日の会議では、全軍一斉《いっせい》にカダーに襲いかかろうと主張する若い百人隊長たちを、エミラーダが必死に説得した。

「パネー大軌師はそれを待っているのですよ。前回と同じ目にあうだけです。そして結局、攻めあぐねて退却せざるをえなくなる」

パネーに月の裏の力を使わせるわけにはいかなかった。また、体力気力ともにもてあましている男たちに、月裏の力の説明をしても、決して理解されないと知っていた。実際、その力が使われたら、退却ではすまない。ツキガヒックリカエルノヨ、とのダンダンの警告は決して大袈裟《おおげさ》ではない。少なくともダルフ、キスプ、ナランナとローランディア州が壊滅するだろう。

大地全体から俯瞰《ふかん》すれば、ほんの小さな地域にすぎないかもしれないが、山が崩れ、平地が割れ、湖が埋まり、川が逆流し、海がなだれこんでくる。そしてその地域には、何十万何百万の人々が暮らしているはずだった。オーリエラントを二分してしまう大災害となる。そう、〈北の海〉とナランナ海がつながってしまうほどの。

しかしそれをこの血気盛んな若者たちに告げてどうなるというのか。彼らの前には、死も滅びも存在していない。太陽を求めて飛ぶ鳥に、眼下の影が見えないように。

昨夜、ライディネスには言葉を尽くして語った。リコも加勢してくれたので、ライディネスと、同席していた副官数名には、何とかわかってもらえたようだった。だから今日は、ライディネスの計画に期待しよう。

しかし一晩寝て、若い百人隊長たちが出した結論は、

「強行突破すればいい」

という愚策だった。

「どうせ女ばっかりの町なんだ、大魔女が魔法を使う前に奇襲して、大魔女を殺しちまえばいいのさ」

「この前手も足も出なかったのは、不意をくらったからだ。今度はこっちが不意をくらわしてやりゃいい」

「魔法が不発に終わるってことだって考えられるぜ」

「よぼよぼの婆さん相手なんだ、楽勝だ」

下卑た失笑が天幕に満ちた。

「皆の士気は高いですぜ、ライディネス」

「おうよ。たかが婆ァ一人に怖気づいてんのはいやしません」

「なにせ、若い女がメダカのように泳いでるんだ、皆、涎をたらしてまさぁ」

そわそわと落ちつかない男たちを横目で観察しながら、エミラーダは攻撃説を主張している大半が、月裏を見ない部隊に属していたか、見てもそれほど影響を受けない後方部隊に属していたことに気がついた。もろに魔法を浴びたライディネスや数人の側近はむっつりと黙りこんでいる。

「娘たちに手を出すことは、わたくしが許しません」

きつい口調で男たちを睨みつけたが、返ってきたのはせせら笑いだった。「若い女がメダカのように」と目をぎらつかせた男が、彼女の前に立ちはだかった。

「そりゃないぜ、おばちゃん。これだから女ってのは世の中をわかっちゃいねぇ。おれたちが喜んで生命をかけんのは、うまい飯と女と酒とあったかい寝床のためだ。何ヶ月も冬のあいだ寒さをこらえて見る夢を、あんたの一言でおじゃんにできると思ったら、大間違いだぜ」

左右にも大男二人が立ち、遠慮のない視線で彼女をなめるように見、にやにやとした。

「おい、シャーデン、おばちゃんは失礼かもな」

「ふへへへっ。おれもそう思うぜ、キャンバー。よくよく見たらおばちゃんっていうほど年とってねぇかも。もしかして、おれの姉ちゃんくらいかな?」

「姉ちゃんを抱きたくはねぇだろ、おれがかわってやるよ」

ライディネスの腹心アムドが、シャーデン、キャンバー、と名を呼んで警告した。エミラーダは自身の中の月の光を集めて、二人の男たちの目に送りこんだ。あちっ、と叫んで二人はこめかみをおさえる。顎をあげたエミラーダは冷たく言った。

「今のはほんの小手先の魔法です。あなた方の無礼な態度をそのくらいで許してさしあげるのは、わたくしが小娘でも世間知らずの修道女でもないからですよ」

「ちっくしょ、何をした、おばちゃん」

「左目が見えねぇ。まっ暗だ」

「わたくしでさえこのくらいの魔法を使えるのです。準備を整えて待ちかまえているパネー大軌師が、どのくらいのことをしようとしているのか、考えるだけで身ぶるいするわ。それは、あなた方に蹂躪《じゅうりん》されるより酷いことになるでしょう。わたくしは、それをこそ止めたいと願っているのです」

「てめぇの願いなんぞ知ったことか、畜生、二人に何をしやがった」

そう喚きながらとびかかってきたのはメダカ男だったが、眉間に炸裂《さくれつ》した白光にのけぞって尻もちをついた。色めきたつ男たちを、エミラーダは、別人かと思うような覇気《はき》のある声で一喝した。

「騒ぐでないっ」

それからメダカ男に顎をしゃくり、

「大したことはありません。ちょっと目をまわしただけです」

「皆、落ちつけ」

ライディネスが唸って男たちは渋々身をひく。

「この御婦人がオルン村を出てわざわざリコ殿を伴ってきた、その理由は昨夜説明したとおりだ。彼女はその気になったら、おまえたちをかわして天幕を出ていける。だがそうしないように自らを縛る証《あかし》として、リクエンシス殿を伴ったのだ。わかるか?」

頷く者、頭をふる者、ふくれる者、と反応は様々だった。

「リコ殿と一緒にカダーに戻る策もあったのですよ」

エミラーダはつづけて言った。昨夜も話したことのくりかえしになるが、ときとして人々は納得するために同じ話を必要とする。

「でもそうすれば、あなた方と正面衝突することになる。それは互いに破滅になりかねない。ですからそれを避けるための最善を考えたのです。あなた方と手を組むことで、最低限の犠牲ですませることができるかもしれない。ただ、それには条件がある。絶対に、女たちに、手を出してほしくない。それだけは譲れない。できないというのであれば、わたくしはカダーに戻り、破滅への道の準備をすることとなるでしょう」

ツキガヒックリカエルノヨ。ダンダンがここにいてくれれば、もう少し説得力も増そうというものなのに。

「そういえば、リクエンシス殿はどこだ?」

ライディネスが床几からふりあおいでアムドに尋ねる。

「兵たちに魔よけのリボンを結んでおられます」

「じゃあ、カダーの魔女の魔法もきかねぇんじゃないですかい」

別の副官がエミラーダにちらりと視線を流しながら尋ねた。

「少しは弱まるという話だ」

「前回のような大打撃にはならないでしょう。けれど、女の呪《まじな》いを侮《あなど》らぬように。あなた方には決して理解できない闇の力を持っていますからね。やみくもにカダーの門に突っこんでいくくらいはできると思いますけれど、結局は這いつくばって命乞いをしなければならなくなりますよ。どっちみちパネー大軌師が新月の魔法を放ってしまったら、意味はありません。大地は隆起し陥没し、川は逆流し、海はわきたって襲ってくるでしょう。それゆえに、そうさせないための戦略を考えなければならないと、くりかえしているのではありませんか」

ようやく男たちは静かになった。シャーデン、キャンバー、メダカ男も座りこんでいた床から立ちあがる。

「そのパネー大軌師とやらを葬《ほうむ》りましょう」

アムドが提案した。内心の動揺を表情に出さないようにして、エミラーダは尋ねた。

「誰がやるのですか？」

「誰でも。おれたちならやってのけられるぜ」

最初に大魔女を殺してしまえと言った百人隊長が肩をそびやかした。それにかぶせるようにエミラーダが言った。

「どのようにして？　パネー大軌師はほとんど寺院の奥塔にいます。そこへ入れるのは侍女たちと側近の軌師数名だけ。カダーを捨てたわたくしも、今では寺院の奥に入ることは許されません。ましてや男性などもってのほか」

「巡礼者を装って町に入り、あとは力ずくでってのはだめかい」

シャーデンが懲りずに口を出し、キャンバーから肘でこづかれた。

「おまえ、馬鹿だな。巡礼者は女ばっかりだ。それに剣を抜きゃあ——」

エミラーダにふりかえって、頭の横で拳《こぶし》をぱっと広げ、さっきの魔法を思いださせる。ありがとう、キャンバー、そのとおりよ、と心の中で頷き、エミラーダも付け加えた。

「わたくしのような軌師が大勢おりますからね」

「巡礼者は女ばっかりでも、荷物持ちとか馬子とかは男だろう。それなら町には入れるんじゃないですか」

アムドがライディネスをうかがう。ふむ、とライディネスは重い目蓋《まぶた》をひとまたたきした。

「町には入れる。寺院内には入れない。ならば、入らなくてもいいようにすればいい」

「というと？」

「何のための軍勢だ、アムド。戦《いくさ》は同時に複数の戦略を進行させて勝利をえるものだ」

アムドが考えているあいだに、ライディネスはエミラーダに顔をむけた。

「それ以外に、町に入る他の手だてはあるかな？」

「裏に水路が切ってありますわ。カダー包囲の抜け道です。周りの町村をあなたが接収しても、水路がある限り物資は運びこまれてきているでしょう。細々とながら、ね」

「なんだ、そんなら兵糧攻めといこうじゃねえか」

メダカ男が口先を尖らせて喚くと、ライディネスが眉をひそめた。

「敵を追いつめすぎれば新月の魔法をくらうことになるぞ。それを避ける方策を考えているのだ。つづけて、エミラーダ殿」

「カラン麦の袋になるというのはどう？　それとも野菜籠の中で丸まって玉葱《たまねぎ》のふりをする、というのは？　あるいは麦酒樽にもぐりこむことだってできますわ」

「槍衾《やりぶすま》に迎えられる危険性は」

「ないとは言えませんわね」

肩をすくめると、アムドが顔をあげた。ライディネスはにやりとした。

「考えついたか？」

「三つ同時に、ですね、ライディネス」

「そうだ、三つ同時に、だよ」

「ならばその水路からの潜入、巡礼者になりすます、そして進軍をはじめる」

ライディネスはいかにもうれしそうな笑みを浮かべて立ちあがった。

「アムド、わが息子よ、よくぞ考えた」

誇らしげに胸を張るその肩を叩き、全員にふりかえった。

「聞いてのとおりだ。詳細をつめよう。エミラーダ殿、あなたとリコ殿には巡礼者とその家令として正門から堂々と入っていただく」

「えっ、ライディネス、それでは人質が――」

百人隊長の一人が慌てて口をはさむと、ライディネスはけろりとして答えた。

「なに、問題ない。護衛の二人がリコ殿をもお護りする。安心して準備をなされるが良い、エミラーダ殿」

これ以上は聞かせられない戦略だと言外に匂わせたので、エミラーダはおとなしく天幕を出た。アムドの声量をおとした声が、それでも耳の端にひっかかってきた。

「――本当に信用していいのでしょうか」

ライディネスの返事はのんびりした口調だったが、それは故意に彼女に聞かせるためだった。

「彼女の言うとおりだ。われらを破滅させるつもりなら、まっすぐカダー寺院に駆けこめばいいだけのことだろう」

「でも、もしこれが罠であれば――」

「彼女の思惑がもっと深いところにあるとして……例えば彼女自身が寺院の権力を握ろうという野心をもっているとしても、だ、これは罠ではありえんよ。強いて言えば、我々を利用しようとしている、というところだろう」

「利用させるのですか」

「こちらも利用させてもらえるうちは、だな」

「カダーを陥《お》としたあとのことを彼女は語っていません。そこがひっかかります」

ライディネスの含み笑いが聞こえた。わたしもだよ、アムド、わたしもだ、と答えたように聞こえた。エミラーダは小さく吐息をついて、リコをさがしに陣中に歩いていった。


翌日の午後も半ば、乾いた街道からカダーの門に至ったのは、エミラーダとリコとメダカ男、そしてライディネスその人だった。ライディネスはコンスル帝国の元軍人という役割は本来のまま、服をうらぶれたものに着替え、護衛のふりをして一行に加わった。

白衣を頭からかぶった巡礼エミラーダと、いつものリボンだらけの長衣の上に灰色のセオルを羽織って口やかましい家令の役を喜んで演じているリコの馬の轡《くつわ》を取るのは、メダカ男だった。彼はライディネスの同行を知ったとき、大いに慌てた。御大に斥候《せっこう》の真似などさせられないと思ってのことだった。

「お……お頭っ。こ、この二人はおれがちゃんと面倒見て、町まで入りますよぅ」

「いやいや、おまえが頼りないとか心許ないとか、そういうわけではないんだ」

ライディネスは黴《かび》の臭いがたちのぼってくるセオルに顔をしかめながら手をふった。

「おれ一人で大丈夫ですって。決して目を離しませんからぁ」

「わたしが来たかったのだから、そんな顔はするな。そしてわたしは……おれはイダネス、ロックラントから来た傭兵で、おまえはサイザス、キスプの馬子だ」

「おか――」

「イダネス」

　メダカ男は馬の手綱を取って、しなびた葡萄《ぶどう》のようにしゅんとなってしまった。ライディネスは朗らかに馬上の二人を仰いだ。

「で、家令のリコ殿ですな」

「然り。老いぼれてもお嬢様にあれこれと教えて進ぜることは、まだまだ人には譲りませぬわい」

　リコは、名乗りあげの雲雀《ひばり》のように甲高い声で答える。

「行き遅れのお嬢様はマーナと申しますのよ」

　エミラーダは笑いを含んだ声で自己申告した。

「ロックラントの落ちぶれた貴族の娘で、先代は元老院もつとめた家系、縁結びとお家再興の願かけに参りますの」

　カダーの門番にそう告げて、難なく通された。ライディネスの包囲網が完成したとはいえ、庶民はたくましく暮らしをつづけており、巡礼者も平時の四半分までに減っていたものの、皆無ではないらしい。特に西からやってくる女たちは、イスリルの侵攻もライディネスの包囲もどこか遠くの方でおきているものにすぎないと感じているようだった。

　町中も、今日明日攻撃にさらされる危うさを信じているようではなかった。市場はにぎわっていたし——品数は普段の半分ほどに減ってはいたものの——人通りも少なくなかった。

　宿は旅なれたリコが交渉して、元貴族のお姫様にふさわしいところを確保した。おかげ様でいつもどおり繁盛しとります、と宿の主人は腰を折ったが、やたらともちあげ、主人自ら案内するその姿勢からは、この客を逃してなるものかと焦っているのが透けてくる。一階の食堂はがら空き、部屋に通される途中の廊下にも人気はなく、あと一組の客がいるだけのようだった。しかしそのおかげで、三部屋を悠々と占めることが叶った。エミラーダに一室、リコに一室、メダカ男とライディネスに一室。

夕食を終えて各自部屋にひきあげ、しばらくすると、月が昇ってきた。エミラーダは窓から上弦の月を確かめ、それが中天に達するまで待った。

夜半、彼女は部屋を忍び出た。宿の中庭に降りると、昼のあいだに確かめておいた小さな池のそばに立った。家鴨《あひる》たちが驚いて池に映る半月を乱し、植えてある三本の柳の根元に逃げていき、文句を言った。夜気には水と新芽とかすかな花の匂いが漂っており、月の光は白金をふりまいて、足元の小石一つ一つも明瞭だった。

エミラーダは池のほとりに跪《ひざまず》いた。半月は水面にゆらめき静止することもなく、やはり幻影を視せてはくれなかった。シャラナにその力を譲りわたしたのだから当然のこと。未練はない。だが、パネー大軌師の新月の力に対抗できる何かがほしかった。そもそも、パネーは一体どこからどのようにしてあんな力を手に入れたのだろう。禁忌として封じられた扉をどこで見つけ、どうやってあけたのか。それがわかれば、手だてもとれる。ライディネスが彼女たちについてきたのは、自らの手でパネーを殺めようという考えだと看破していた。あの男なら眉一つ動かさずに老婆を屠《ほふ》るだろう。だがエミラーダは極力血を流したくない。月を血で汚してはならない。それは、「ツキガヒックリカエル」のにも準じた災厄を招きかねない。

制約の多いこの状況で、どのように運命の隙間をかいくぐって行動できるか、ずっと考えてきた。エンスやトゥーラたちを裏切る形になったことも、今ここにこうして潜伏していることも、これから拝月教《はいげつきょう》の女たちを危険にさらすことも、細い道をたどるがための方策だった。その細道を広げるものがほしかった。どんな手がかりでもいい。

しばらく水面の月と中天にさしかかった月を見比べ、思案していた。警戒をといた家鴨たちが柳の下からあらわれて、魚を追いはじめる。月は乱れ、半円が歪《ゆが》み、波紋と水飛沫《みずしぶき》が銀に散る。胸元に飾った碧《みどり》の石がそれに反射して光った。のぞきこめば光が次第に集まっていき、うっすらと人の顔があらわれる。エミラーダははっとして身をひいた。ぼんやりしていたものの、シャラナの顔にまちがいない。エミラーダは即断した。

碧の石を手にとる。〈封印の石〉。大地がオルンの女王に授けた力の結晶。これがどんな働きをしてくれるのか、試してみるのもいいかもしれない。

石をそっと池に浸してみる。

波紋が中心にむかって収縮していく。水飛沫も月光の反射も鴨たちと同じように水中に没していく。シャラナの顔も崩れて消える。消える間際に、エミラーダ様、と叫んだようだったが、それに応える気はない。

エミラーダは石をひきあげた。シャラナの幻視を遮った碧石は少しく黒ずんだようだったが、手のひらにのせると再び彼女の瞳の色に戻った。

「何をしておいでかね」

背後でライディネスの声がした。誰かの気配は感じていたので、エミラーダは驚くこともなく踵をまわした。

「幻視の力を持つ、若き軌師の覗き見を、封じましたの」

正直に答えると、ライディネスは二歩三歩とゆっくり間合いをつめてきた。広い額の下の少年のような目が、些細な違和感をとらえようと鋭く動く。

「あんたは幻視の力をもっていたとき、わたしを視たと言ったな。わたしが王になるところを」

「正確には、王になろうとしているところ、ですわ」

「そしてそばにはあんたが立っていた」

「正確には、魔道師らしき人物が立っていたと申しあげたはずです。はじめはそれが誰だかわからなかった。あなたと同じくらいの背丈で、影に包まれておりましたから」

「ふん。リコ殿ではない」

「ええ、リクエンシス殿ではないと視ました。ならばわたくしかと……しばらくしてからそう思いあたったのは、幻視者がおのれのことを視ることは滅多にないからです」

ライディネスはじっと彼女と目を合わせて沈黙した。やがて首を少し傾けた。

「あんたは賢い女だな、エミラーダ。嘘はついていない。だが、すべてを話してもいない」

エミラーダは薄い唇に笑みを浮かべた。

「野心のある者は手の内をすべて明かすほど愚かであってはならない。……お互い様、とお返しするわ、ライディネス。あなたも若者たちにうけのいい理想を語っておられましたけれど、薄皮一枚下にどんな野望を秘めておられるのやら」

「わたしが？」

芝居がかった身ぶりでライディネスは笑いをにじませた。

「語ったとおりだよ。それ以上でもそれ以下でもない。皮の下に何かあると思うのは勘ぐりすぎというものだ。このとおりの男だよ」

エミラーダはかすかに首をふった。

「あなたに心酔している若者たちには通じますけれどね。年ふりた女には通用しませんことよ。なぜ、ダルフなのです？　なぜカダーなのです？　あなたほどの方なら、ミドサイトラントで旗あげし、皇帝の座を奪うことだって可能でしょうに」

「そして日々暗殺に怯え、錆びかけた鎖で、腐りかけた帝国の残骸を縛ろうと空しい努力をするのかな？　エミラーダ、エミラーダ。何かをなそうというときは、土台となるものを選ばねばならん。百も承知だろう。しがらみのない新しい国を建てるには、月の光に清められた乙女の土地というのは最適だと、そうは思わないかな」

エミラーダは素早く思考をめぐらせた。一呼吸後、彼女は頷いた。

「確かに。カダーはそう見えますね」

「そうだろう？　だから――」

「女にとっては、の土地です」

低いがきっぱりとした声で遮《さえぎ》った。

「男にとって、月光は強すぎるということもありますわ」

「調節すればいい。あの白い塔を赤く塗ってもそれはできるだろう。寺院を縮小することも考えうる」

再びの沈黙のあと、彼女はさっきと同じ質問をした。

「何を企んでいるのです？　カダーに何があるのです？　何を求めておいでなのですか」

ライディネスも黙った。言を弄《ろう》しても完全に欺くことは不可能だと見きわめたようだった。次に口をひらいたとき、芝居がかった口調はなりをひそめ、真摯なものとなっていた。

「……昔、心から愛した娘がいた。一粒種の。月にさらわれてしまったが」

「……カダーにいるのですか？　ならば——」

「もういない。あの娘《こ》は死んだのだ。何年も前に。……流行病《はやりやまい》のあった年に」

エミラーダは息を呑んだ。流行病は何度かカダーを襲ったが、そのうちでも最も猛威をふるった冬があった。あれはそう、十年以上前のことだ。咳と高熱、痙攣《けいれん》と妄想。体力がつづかず、何十人も亡くなった。寺院内もその例にもれず、白塔から落ちた女たちもいた。

「お子を失くした気持ちはよくわかります」

そう言うしか他に言葉はなかった。ライディネスはそれ以上詳しく語る気はないようだった。踵をかえしたのは、いまだ癒えない哀しみから目をそらすためでもあったのだろう。

「明日こそ勝負どき。ゆっくり休まないと、エミラーダ」

片手をひらめかせて建物に戻っていく肩が落ちているように思われたのは、気のせいだろうか。

翌日の昼少し前、にわかに町が騒がしくなった。ライディネスの三軍が、東と南から進軍をはじめたのだった。衛兵たちが通りを門の方へ駆けていき、人々は家や宿に逃げ戻ろうとした。ごったがえすその中に、今度は、西の水路から敵が侵入したらしいと大声が伝わる。寺院側では、進軍が陽動作戦で、真の目的は西水路からの襲撃だと考えるだろう。意識は西と門に分断され、足元からはそれる。その隙をついてエミラーダたちは動いた。

打ちあわせていたとおり、彼女たちは寺院敷地内の広場に、巡礼とその護衛を装って待機していた。エミラーダは伽藍《がらん》に通じる扉があくのを他の女たちと並んで待ち、リコとライディネスは付添いの男たちの控え場にある石の長椅子に座って、香茶を供されていた。扉があいて並んでいた人々がしずしずと内部に入りはじめたとき、襲撃の一報が伝えられた。伝えたのは町中の様子をうかがっていたメダカ男で、彼は息せききって駆けこんできて、大袈裟に事態をまくしたてた。

控え場の男たちは、女主人や妻や娘を護るべく、扉に殺到した。門衛がおしとどめようとし、悲鳴と怒号が入り乱れる。おしあいへしあいから何とかぬけだしたエミラーダは、内苑中央付近に位置する最も高い塔をめざす。パネー大軌師が再び新月の魔法をふるうとすれば、必ずあの塔からだろう。最も高く最も堅牢で最も権威を示すことが可能だ。

ライディネスもすぐ隣についてくる。重い防具をがしゃがしゃと鳴らしながら、息一つ乱さないのはさすがだった。

「……リコ殿は？」

「心配ない。扉のそばで待っておられると言っておった」

エミラーダはリコを巻きこんだことが正しかったのかどうか、とふと思った。トゥーラの家で彼に協力を仰いだとき、事情を聞いたリコは迷うことなく首肯してくれた。それに甘えてここまでつれてきてしまったが、はたして良かったのかどうか。事が無事終わるかどうかもわからないというのに。もし彼に何かあったら、エミラーダは自分を許せなくなるだろう。

巡礼者をうけいれる第一の教堂の前を駆けぬけ、広場の一つを横断し、左右が下級修道女たちの住居となっている長屋の小路をつっきり、さらに別の広場をぬける。白い塔の林立する区画に入り、最も高く大きい塔の前にたどりついたとき、ちょうどパネー大軌師も奥からやって来たところだった。

エミラーダとライディネスは大塔の入口を背中にして彼女らを迎えた。お付きの侍女が数人、軌師たちが十人ほど、その中にシャラナの顔もあった。

「おやおや、これはこれは。堕ちたるエミラーダではないかえ」

パネーのしゃがれ声は、鴉《からす》の黒い翼の羽ばたきのように響いた。

「下賤なる者となったにもかかわらず、聖なる場所に入りこむとはいかなる了見か。しかも男子禁制の法を破るとは。万死に価するぞえ」

エミラーダは冷たい微笑みを返した。

「禁忌を犯したあなた様をお止めするための策。新月の魔法を使われましたね」

遠慮なく暴いてみせると、女たちが動揺するのがわかった。彼女たちはうすうす気づいていたのか、それとも知っていたのか。パネーの権力に従わざるをえなかったのだろう。エミラーダに面とむかって弾劾されて、不安そうに顔を見合わせる。

「な……何を証拠に……新月の魔法などと」

パネーが杖をふりあげて叫ぶ。

「証拠などいらないことは、あなた様も重々ご承知のはず。軌師たちを全員ひきつれての大塔入り、彼らの力も汲みあげて破滅へ身を投じようとの魂胆。……そなたたちもうすうす気づいていたはず。よいのですか。大軌師に力を預けてしまえば、生命も失うでありましょう。それどころか世界が滅ぶやもしれません」

「こ、この女のよ……世迷い言を聞くでないぞえっ、皆の衆っ」

パネーにつづいて、初老の軌師が足を踏みならして叫んだ。

「この土地から醜穢《しゅうわい》なる男共を駆逐することに、何のためらいがあろうぞっ」

他の女たちも、その言葉で力を得たかのように背筋をのばした。狂った月の光が彼女たちの瞳に宿っているのが見えた。助けを求めるように、清い額をさがしたが、皆妖しい月光に侵されていた。――シャラナでさえも。

解説

三辺律子

いきなりだが、わたしは〈ナルニア国ものがたり〉は書かれた順に読む派である。全七巻からなる〈ナルニア国ものがたり〉は、作者C・S・ルイスが作品を出版した順番、すなわち、『ライオンと魔女』『カスピアン王子のつのぶえ』『朝びらき丸　東の海へ』『銀のいす』『馬と少年』『魔術師のおい』『さいごの戦い』の順に読む方法と、舞台となっているナルニア国の年代順に読む方法（『魔術師のおい』『ライオンと魔女』『馬と少年』『カスピアン王子のつのぶえ』『朝びらき丸　東の海へ』『銀のいす』『さいごの戦い』）がある。

最初に岩波書店から出た瀬田貞二訳は、出版順だったため、子どもだったわたしは『ライオンと魔女』から手に取った。洋服ダンスのうしろに開ける別世界に夢中になり、四きょうだいの活躍に胸を躍らせたあと、二巻目の『カスピアン王子のつのぶえ』を読んだときの衝撃は、今でも忘れられない。『ライオンと魔女』の冒険から一年後、再びナルニア国を訪れたきょうだいは、前回の訪問から数百年が経っていることを知って驚愕する。そこでは、なんと四きょうだいは伝説中の登場人物となっていた。彼らの冒険が物語となり、数百年のあいだ語り継がれている世界を目にしたとき、わたしの前に、ナルニアという異世界が時間の流れを持つリアルな存在となって立ち上がったのだ。

ルイス本人は年代順に読むことを勧めていたというし、現在ではその順で出版されているバージョンもあるが、わたし個人は、それではあの衝撃は味わえなかったような気がする。時系列とは関係なく、様々な時代や場所の物語がアトランダムに語られるからこそ、今、読んでいる物語はナルニアの世界に無数にある物語の一つ（を作者が気ままに選んで語っている）にすぎない、という感覚がもたらされたのだ。ナルニアの世界は——ここではないどこかは——独自の時間の流れ（歴史）と空間（地図）を持って、たしかに存在しているのだと感じられた。

以来、これに並ぶ強烈な感覚を与えてくれた作品は、あと二つだけだ。二つ目は当然と言うべきか、J・R・R・トールキンの中つ国をめぐる一連の物語群。そして、三つ目が、本書『白銀《しろがね》の巫女』を含む〈オーリエラントの魔道師〉シリーズだ。

古代ローマを思わせるコンスル帝国やロシアを彷彿《ほうふつ》させるイスリル帝国の広がるオーリエラントの世界。この世界を舞台にした物語は、現時点で、短編集を含め十冊が刊行されている。今では年表なども作られ、ある程度年代順に読むことも可能だが、基本的にはどの順で読んでも楽しめるし、逆にどの順で読んでも、オーリエントの世界を俯瞰《ふかん》し、把握するのは難しい。各物語は、必ずしもオーリエラント世界の重要な事件を語るものとは限らず、二千年以上の歴史と広大な空間を持つこの異世界からアトランダムに選んだ（ように感じられる）出来事がそれぞれに綴られているからだ。魔道師が長寿なこともあり、ある物語では若者だった人物が、数百年後を舞台にした別の物語では老人として出てきたりする。また、ある物語ではほんの一瞬しか出てこなかった人物が、別の物語では主要人物になっていたりもする。建国の歴史や、そこで暮らす人々の風俗や習慣、どんな魔法があってどんなふうに受容されているのか、など、何の説明もなく、当然存在しているものとして描写されることも多い。その理由が、ほかの巻で偶然のように明かされることもあれば、明かされないままのこともある。だからこそ、感じられるのだ。オーリエラントという、独自の時間の流れと空間を持った世界の存在を。

さて（とようやく本題に入るわけだが）、本書『白銀の巫女』は、〈紐結びの魔道師三部作〉の二巻目にあたる。先ほど、「基本的にはどの順で読んでも楽しめる」と書いたが、『赤銅《あかがね》の魔女』『白銀の巫女』『青炎《せいえん》の剣士』の三部作だけは、同じ冒険の顚末《てんまつ》を描いていることもあり、順番に読んだほうがより楽しめるだろう。

主人公は、『オーリエラントの魔道師たち』にもちらりと出てきたエンスことリクエンシス。オーリエラントには、石に込められた力を使う貴石占術や、海と月の力に依る拝月教《はいげつきょう》の魔法、動物を御すウィダチス、人形を用いるガンディール呪法、書物を用いるギデスディンなどいろいろな魔法が存在するが、エンスが操るのはテイクオク、紐を様々に結んで呪文と組み合わせる魔法だ。

若いころの冒険（『紐結びの魔道師』に描かれている）もひと段落し、権力闘争に明け暮れる帝国の魔道師たちとも距離を置いたエンスは、テイクオク魔法の祐筆《ゆうひつ》である相棒リコと、コンスル帝国の東、ローランディア州の小さな島でのんびり暮らしていた。しかし、隣国のイスリル帝国が攻めてきたために、島の館を捨て、リコと親友の元剣闘士マーセンサスを連れて逃げ出すことにする。争いに巻き込まれたくないがゆえの逃亡だったが、イスリルの邪悪な魔道師が、館の裏の墓からエンスの大々伯父ケイスの魂を呼び覚ましたため、三人は闇の化物となったケイスに追われることになる。

一方、ローランディア州から西へ進んだところにあるカダーは、拝月教の寺院を中心に成り立っている都だ。幻視の力を持つ巫女エミラーダは、月に未来を視せられ、エンスと自分には課せられた使命があることを知る。

カダーからほど近いオルン村では、赤銅色の髪の少女トゥーラが〈星読み〉の知識を駆使し、古《いにしえ》の予言を読み解こうとしていた。自らの望みを果たすためには人を殺《あや》めることも厭《いと》わないトゥーラだが、盛土に刺さった予言の剣を、よりにもよって何の力も持たない小童《こわっぱ》のユーストゥスが抜くという予想外の出来事により、村の長の息子に追われる身となってしまう。

エンス、リコ、マーセサンス、エミラーダ、トゥーラ、ユーストゥス、そこへウィダチスの魔女エイリャと、〈思索の蜥蜴《とかげ》〉ダンダンも加わり、思惑も目的もちがったはずの面々が、予言の導きに従ってなぜか手を携えることになるまでが、『赤銅の魔女』だ。

そして、一行がとりあえずオルン村に腰を落ち着けたところから、本書『白銀の巫女』は始まる。千五百年前のオルン国の女王の呪いをとこうと、トゥーラは、エミラーダ、エイリャ、リコと共に予言の読み解きに取りかかる。そのころ、カダーの都では、拝月教の頂点に立つパネー大軌師《だいきし》が禁忌を破って月裏の力に手を出したために、巫女たちが闇に堕ちる瀬戸際にあり、一方のエンスは闇の化物となった大々伯父ケイスの影に脅かされつづけている。そんな中、元軍人で、新たに偉大な国を築こうとしているライディネスがオルン村に攻め入ってきて……。本書の見せ場は、エンスと大々伯父ケイスの闘いだろう。読者はエンスの子ども時代を知り、「闇を呑むこと」で力を得る魔道師のありかたを目の当たりにすることになる。

続く『青炎の剣士』では、ケイスの魂を蘇《よみがえ》らせたイスリルの魔道師の正体をはじめとして、ライディネスの過去や、ユーストゥスの将来、ついでに言えば蜥蜴ダンダンの真の姿なども明かされ、エンスの冒険は幕を閉じることになる。

いや、「エンスの冒険」というのは、正しくないかもしれない。たしかに、若きエンスが大々伯父との一件で闇を抱いてから、今回の冒険で改めて「闇を呑むことこそ階を上がることだ」と再確認するまでが、物語の大きな流れだろう。だが、本作をエンスの成長とか（内面の）闘いなどといった、「人間」を描いた物語という枠に収めてしまえば、その魅力は半減する。そこでふと思い出されたのは、（シリーズ一冊目『夜の写本師』の解説も書かれている）井辻朱美氏の、「異世界ファンタジーは、異世界に憧れたり恐怖したりする人間をでなく、異世界そのものを扱おうとする」という指摘である（『ファンタジーを読む』青土社）。異世界ファンタジーは「異世界そのものを扱おうとする」、つまり異世界自体が主役であるという考えは、このオーリエラントのシリーズにぴったりのように感じられる。

オーリエラントは、わたしたちの現実世界とは何ら関わりは持たない。現実世界のアレゴリーであったり、現実世界批判の道具であったり、（例えば幽霊物語のように）現実を脅かすものであったりはしない。それ独自として存在しているから、不思議なこと（魔道師の魔法、予言、生まれ変わり……）も現実に照らして説明される必要もなく、ただ存在している。この「ただ存在している」と感じられること、異世界を通してこれまで人が育んできた数えきれない神話や伝承や物語をも垣間見て、ここではないどこかへの憧れ（ルイスが「喜び」と言い表したもの）をかきたてること――これこそが異世界ファンタジーの最大の魅力だと思うわたしにとって、オーリエラントの世界は大人になって出会った新たな宝なのだ。

最後に、「どの順で読んでも楽しめる」証拠を一つ。わたしは、今回の三部作を読んでから、シリーズ一冊目の『夜の写本師』を読んだ。そこで、ウィダチスの魔女エイリャの「その後」を知ったときの衝撃といったら！　おかげで、彼女に育てられた主人公カリュドウに（三部作のエイリャを知らなかった場合の）十倍は肩入れしてしまったように思う。逆に、『夜の写本師』から読んだ方は、これまで知らなかったエイリャの過去に触れるという面白さを味わえるはずだ。この楽しみがいつまでも続くよう、作者がいつまでもいつまでもオーリエラントの物語を描いてくれますように。

1377	【コンスル帝国】グラン帝即位	
	【イスリル帝国】このころ内乱激しくなる	
1383	神が峰神官戦士団設立	
1391	【コンスル帝国】グラン帝事故死 内乱激しくなる	
1448		「冬の孤島」
1457		「紐結びの魔道師」
1461		「水分け」
1462	イスリルがローランディア州に侵攻	『赤銅の魔女』
		『白銀の巫女』
		『太陽の石』
		デイス拾われる
1703		「形見」
1770	最後の皇帝病死によりコンスル帝国滅亡	
	【イスリル帝国】第三次国土回復戦、内乱激しくなる	
	【エズキウム国】第二次エズキウム大戦 エズキウム独立国となる パドゥキア・マードラ同盟	
1771	フェデレント州独立　フェデル市国建国	
1785		「子孫」
1788		「魔道師の憂鬱」
1830	フェデル市〈ゼッスの改革〉	「魔道写本師」
		『夜の写本師』
		カリュドウ生まれる
		「闇を抱く」

〈オーリエラントの魔道師〉年表

コンスル帝国紀元(年)	歴史概要	書籍関連事項
前35ころ	オルン魔国滅亡	『赤銅の魔女』
1	コンスル帝国建国	「黒蓮華」
360	コンスル帝国版図拡大 北の蛮族と戦い	
450ころ	イスリル帝国建国	『魔道師の月』 テイバドール生まれる
480ころ	【イスリル帝国】第一次国土回復戦／北の蛮族侵攻	
600ころ	【コンスル帝国】属州にフェデレント加わる	
807～	辺境にイスリル侵攻をくりかえす	「陶工魔道師」
840ころ	エズキウム建国(都市国家としてコンスルの庇護下にある)	
1150～1200ころ	疫病・飢饉・災害相次ぐ 【コンスル帝国】内乱を鎮圧／制海権の独占が破られる	
1330ころ	イスリルの侵攻が激しくなる 【イスリル帝国】第二次国土回復戦／フェデレント州を支配下に コンスル帝国弱体化　内乱激しくなる	
1348	【エズキウム国】第一次エズキウム大戦	
1365		『太陽の石』 デイサンダー生まれる
1371	【コンスル帝国・イスリル帝国】 ロックラント砦の戦い	

本書は2018年、
小社より刊行されたものの文庫化である。

下記サイトにアクセスすると
〈紐結びの魔道師〉の特別掌編をお読みいただけます。
期間限定公開（2021年12月31日まで）の物語を、
どうぞお楽しみください。

https://special.tsogen.co.jp/likenciss_ss

検印
廃止

著者紹介　山形県生まれ、山形大学卒業、山形県在住。1999年教育総研ファンタジー大賞受賞。著書に『夜の写本師』『魔道師の月』『太陽の石』『オーリエラントの魔道師たち』『紐結びの魔道師』『イスランの白琥珀』『滅びの鐘』『ディアスと月の誓約』『炎のタペストリー』がある。

紐結びの魔道師Ⅱ
白銀《しろがね》の巫女

2021年6月11日　初版

著者　乾《いぬ》　石《いし》　智《とも》　子《こ》

発行所（株）東京創元社
代表者　渋谷健太郎
162-0814／東京都新宿区新小川町1-5
電話　03・3268・8231-営業部
03・3268・8204-編集部
URL　http://www.tsogen.co.jp
モリモト印刷・本間製本

乱丁・落丁本は、ご面倒ですが小社までご送付ください。送料小社負担にてお取替えいたします。

ISBN978-4-488-52511-8　C0193

第1回創元ファンタジイ新人賞優秀賞受賞

〈真理の織り手〉シリーズ

佐藤さくら

＊

魔導士が差別され、虐げられる国で、
孤独な魂の出会いが王国の運命を変える

魔導の系譜

魔導の福音

魔導の矜持《きょうじ》

魔導の黎明《れいめい》

佐藤さくら
少女の鏡

願いの桜
佐藤さくら

見守るもの
佐藤さくら

第2回創元ファンタジイ新人賞優秀賞受賞

〈ぬばたまおろち、しらたまおろち〉シリーズ

白鷺あおい

＊

妖怪×ハリー・ポッター!!
伝承息づく田舎町から、箒に乗って魔女学校へ。
とびきり愉快な魔法学園ファンタジイ

ぬばたまおろち、しらたまおろち

人魚と十六夜《いざよい》の魔法

蛇苺《へびいちご》の魔女がやってきた

日本ファンタジイの新たな金字塔

DOOMSBELL◆Tomoko Inuishi

滅びの鐘

乾石智子

創元推理文庫

◆

北国カーランディア。
建国以来、土着の民で魔法の才をもつカーランド人と、
征服民アアランド人が、なんとか平穏に暮らしてきた。
だが、現王のカーランド人大虐殺により、
見せかけの平和は消え去った。
娘一家を殺され怒りに燃える大魔法使いが、
平和の象徴である鐘を打ち砕き、
鐘によって封じ込められていた闇の歌い手と
魔物を解き放ったのだ。
闇を再び封じることができるのは、
人ならぬ者にしか歌うことのかなわぬ古の〈魔が歌〉のみ。

『夜の写本師』の著者が、長年温めてきたテーマを
圧倒的なスケールで描いた日本ファンタジイの新たな金字塔。